가라앉는 마을

가라앉는 마을

인쇄 · 2021년 6월 1일
발행 · 2021년 6월 5일

지은이 · 백정희
펴낸이 · 한봉숙
펴낸곳 · 푸른사상사

주간 · 맹문재 | 편집 · 지순이 | 교정 · 김수란
등록 · 1999년 7월 8일 제2−2876호
주소 · 경기도 파주시 회동길 337−16 푸른사상사
대표전화 · 031) 955−9111(2) | 팩시밀리 · 031) 955−9114
이메일 · prun21c@hanmail.net
홈페이지 · http://www.prun21c.com

ⓒ 백정희, 2021

ISBN 979−11−308−1792−7   03810
값 16,500원

30 푸른사상 소설선

가라앉는 마을

백정희 소설집

 푸른사상
PRUNSASANG

느린 발걸음으로 두 번째 소설집을 묶어 내놓습니다.

이 소설집에서는 폭력에 대하여 말하고 싶었습니다. 국가가 국가에게 가하는 폭력, 국가 권력이 개인에게 가하는 폭력, 개인이 개인에게 가하는 폭력, 인간이 자연에게 가하는 폭력 등. 인간에게 폭력을 당한 자연은 다시 인간에게 재앙이 되어 되돌아오는 폭력을 생각했습니다.

인간들에게 상처 입은 흙이 눈물 흘리는 울음소리를 들었습니다. 나무와 꽃과 새들의 울음소리, 바다와 강에서 들려오는 물고기들의 눈물과 울음소리, 땅속 지렁이들의 눈물과 울음소리, 인간 외의 이 지구 안에 존재하는 모든 동식물 생명체들이 눈물을 흘리며 울고 있는 울음소리가 제 귓전을 때렸습니다. 그 생명체들의 눈물과 울음소리를 제 펜으로 받아 적어 인간들에게 말하고 싶었습니다. 그 모든 생명체들에게 가한 인간들의 폭력은 곧 인간 자신을 향한 폭력이 되어 되돌아오니까요. 인간이 이 지구상에 존재하는 한 폭력은 멈추지 않는다는 사실을 압니다. 이제는 이 모든 폭력이 멈추기를 바라는 간절한 마음으로 모든 생명체늘의 울음소리를 제 펜 끝으로 외치고 싶었습니다.

인간들이여, 이제 그만 폭력을 멈추십시오!

깊디깊은 겨울잠이었습니다. 교통사고 후유증으로 통증과 싸우며 힘들여 쓴 작품들을 몇 번씩 도용당한 상처로 영영 다시는 깨어나지 못하고 빛도 볼 수 없는 마술의 잠을 자는 줄만 알았습니다. 손으로 만지기만 하면 모든 것이 황금으로 변해버리는 미다스 왕처럼 내 손이 닿는 것마다 내 호흡이 가는 곳마다 검은 어둠이 출렁였습니다. 빛 한 올 만져보지 못하고 빛 한 줄기 바라보지 못하는 어둠만이 소용돌이치는 진창에서 허우적대며 소진해가고 있었습니다. 빛이 어떤 색깔인지 어떤 모양인지조차 알 수가 없었습니다. 검은 어둠이 어둠인지 내 몸이 어둠인지 아니면 세상 모든 것이 원래부터 다 검은 것으로만 이루어진 어둠이었는지 혼란스러웠습니다. 어둠과 내가 하나가 되어가고 있었습니다. 제 펜 끝에서 나오는 언어에 화살을 매달아 큰 자들 힘센 자들의 검은 심장을 향해 쏘아버리고 싶었습니다.

제 글들은 씨놓은 지 오래되어 먼지만 뒤집어쓰고 컴퓨터 안에서 깊은 겨울잠에 빠져 가물가물 잊혀가고 있는 가운데 빛을 보고 싶다고 해방을 원했습니다. 『가라앉는 마을』을 쓰던 해는 50년 만의 폭염이었고, 김일성이 사망했다는 방송이 크게 울려퍼지던 1994년 여름이었습니다. 참으로 길고 긴 침묵을 깨고 독자들에 의해 새 생명을 얻고 싶다고 소리치는 이 글들의 울음소리를 외면할 수 없어 때늦은 이제야 한 권의 소설집으로 묶어봅니다. 제 몸속에서 늘 떠나지 않고 끊임없이 공격하는 통증과 싸우는 현실에서 오는 좌절감. 문단 발뒤꿈치나 맴돌며 소진해가는 자신에 대한 비애감과 회의에 빠져 기진해 있던 저에게 소설집을 출간할 수 있도록 손을 내밀어주신 푸른사상사에 감사드립니다.

정직과 진실과 약속을 귀하게 여기는 삶을 몸소 실천하셨던 나의 부모님. 작년 2월 하늘나라로 가신 어머니께 두 번째 소설집 소식을 마음으로 전해드립니다. 아버지와 언니와 동생에게도. 늘 통증으로 힘들어하는 나를 위해 기도해주는 형제들과 많은 주위 분들의 기도에 감사의 마음을 전합니다. 코로나19가 어서 종식되고 우리에게 평범한 일상이 오기를 간절히 바라며.

2021년 봄에
백정희

차 례

새들은 어디로 갔을까

새들은 어디로 갔을까

　　물안개가 너울너울 피어오르는 강변 위로 어둠이 서서히 내려앉고 있다. 어둠은 모든 것을 잠식해 들어가며 섭새강 여울에 차곡차곡 쌓여간다. 골 가득 어둠이 채워지자 황금빛 작은 물체가 움직이기 시작한다. 황금빛 물체는 어둠을 가르며 섭새 강변을 향해 빠르게 날아와서 멈춘다.

　　"사랑하는 동물 가족 여러분, 모두 이 자리에 나와주셔서 감사합니다. 물론 어제도 슬픈 일이 있었고 오늘도 우리 주변에서는 계속해서 비극이 일어나고 있습니다. 이 상태로 가다가는 우리 동물들은 아무도 살아남지 못하고 멸종할 위기에 처해 있습니다. 오늘 저녁 결정되는 대로 우리는 이곳을 떠날 것입니다. 모두들 고민하고 있는 문제점과 대안을 발표해주시기 바랍니다. 오늘날 야생동물들의 생사를 나무 막대기 같은 몸에 둥근 머리를 가진 직립보행동물인 인간들이 좌우하게 되었습니다. 우리 박쥐들은 동물들의 생명을 인간에게 내어놓고 처분만을 기다릴 수는 없다는 결론을 내렸습니다. 우리는 맑은 물을 찾아 떠날 것입니다."

회의는 동강의 물소리를 들으며 시작되었다. 황금박쥐 왕은 강변으로 둘러앉기도 하고 서 있는 동물들을 둘러보며 삐-삐- 초음파를 보냈다. 파랑새가 녹색을 띤 흑갈색 큰 머리를 위로 쳐들고 박쥐를 바라보았다. 박쥐 왕은 전국을 살피고 실태조사를 하고 온 파랑새를 제일 먼저 불렀다.

"파랑새여, 그대는 무엇을 보고 느끼고 왔는가. 그대의 정확한 눈이 우리에게 지혜가 되기를 원하노라."

파랑새는 청색 큰 무늬가 있는 고운 빛깔의 몸을 흔들며 붉은 산호색 다리로 튀는 듯 푸르르 날아올랐다가 다시금 강가 소나무 가지에 암녹색 날개를 접고 앉으며 대답했다.

"저는 이박 삼일의 조사를 무사히 마치고 돌아왔습니다. 두루 다녀본 결과 이 나라 산하는 곳곳이 파헤쳐져 상처투성이입니다. 오염과 오염만이 끝없이 이어지는 세상입니다. 바람 따라 구름 따라 산새 따라 흐르는 물 따라 쓰다듬듯 자연스레 개발을 하지 않는 깃이 문제입니다. 심한 개발과 오염이 홍수와 수해를 불러들여 온통 황무지가 되었고 사방에서는 자연들이 흐느끼는 울음소리가 끝이 없었습니다. 심지어 인간들은 자신들이 파헤친 개발로 인해 스스로 죽음을 맞기도 하고 치명적인 피해를 당하기도 합니다. 인간들에게 잡혀간 박쥐 가족들은 약재상들이 모여 있는 경동시장에서 이 나라 일부 남성들을 위한 정력제가 되기 위해 먼지를 뒤집어쓰고 팔려갈 날만을 기다립니다."

박쥐 왕은 자신의 부모들도 그곳에 있는 건 아닌가 하는 생각이 들어 가슴을 떨었다.

"어서 보고를 하시오. 우리는 촌각을 다투는 삶이요."

박쥐는 소나무 가지에 거꾸로 매달린 몸을 한 번 심하게 흔들며 충격을 진정시키고는 파랑새를 향해 까악까악 다급히 재촉하였다. 파랑새가 다시 한번 녹청색 몸을 흔들더니 흰 반점이 나 있는 날개를 활짝 펴고 날아올랐다가 다시 소나무 가지에 앉으며 케엣 케엣 말을 이어갔다.

"이 나라 곳곳에는 난개발로 인해 시화호를 비롯, 새만금 방조제는 물론 수없이 많은 댐과 둑이 만들어졌고, 바다는 물길을 따라 숨을 쉬지 못하고 둑에 숨통이 막혀 죽어갑니다. 그나마 인간들이 버린 쓰레기와 오폐수에 썩어 백화현상이 일어나고 온갖 물고기들은 바다와 함께 죽어갑니다. 산마다 넘쳐나는 사람들의 발길에 짓밟혀 앓고 있으며, 곳곳이 찢어지고 깎여지고 있습니다. 이 나라 서울의 심장이라는 북한산 계곡만 해도 인간들의 배를 채우기 위해 들어선 식당들로 계곡 물은 썩어 악취가 진동합니다."

파랑새가 하는 말에 북한산 계곡에서 온 버들치가 버들잎 모양의 황갈색 몸을 흔들며 물 위로 입을 내놓고는 슬프게 대꾸했다.

"맞습니다. 저는 북한산 계곡에서 도저히 살 수가 없어 맑은 물을 찾아 이곳까지 오게 되었습니다. 사람들은 계곡 주변에 늘어선 식당을 통해 악취가 풍기는 오폐수를 아무렇게나 흘러보내고 있습니다.

그곳 식당들은 그들이 더럽힌 계곡 물을 다시 떠다 음식을 만들어 팔고 사람들은 또 그것을 사 먹고 있습니다. 그렇게 인간 스스로 망친 몸의 병을 치료하려고 병원을 들락거리며 약을 먹다 그들은 죽어 갑니다. 인간들처럼 병원에 가거나 약을 먹을 수 없는 우리 동족들은 계곡을 흐르는 썩은 물을 한 모금만 마시고도 중병이 걸려 죽었습니다. 이제 우리도 청정한 맑은 물의 나라를 찾아가고자 합니다."

입을 쫑긋거리며 말을 할 때마다 암색을 띠고 있는 버들치의 꼬리 지느러미가 물속에서 할랑할랑 흔들렸다.

버들치가 하는 말을 듣고 있던 까막딱따구리 암컷은 텃새답게 동강댐 건설 발표 후 주민들이 보상받기 위해 밭에 심어놓은 유실수 묘목을 쪼아 죽이자는 의견을 냈다. 천연기념물 제242호로 지정된 큰 몸을 흔들며 붉은 털이 나 있는 뒤통수를 숙여 굴참나무 몸통을 콕콕 찍고는 강한 어조로 말하며 그들 가족을 둘러보았다. 쇠딱따구리와 청딱따구리들이 고개를 끄덕이며 동조를 했다. 그러나 그것만으로는 수많은 인간들을 동강에서 쫓아낼 수 없을 것이라고 모두들 입을 모았다. 동강 축제를 위해 길을 만드느라 나무를 베어내는 바람에 보금자리를 잃었다고 딱따구리들이 다시 하소연을 하자 박쥐가 말을 이었다.

"그렇습니다. 수자원공사의 동강댐 건설은 환경단체와 여러 생각 있는 사람들 덕에 중단되어 다행입니다. 그러나 댐 건설 발표로 인해 알려진 경치를 보려고 벌건 눈으로 허겁지겁 몰려온 사람들이 소란을 피워대니 도저히 살기가 힘이 듭니다. 이젠 우리가 이곳을 떠나는 길밖에 없겠습니다."

이때 어라연에서 헤엄쳐 내려온 어름치가 가쁘게 숨을 헐떡거리며 물 밖으로 입을 내놓았다.

"우리는 요즈음 도저히 살 수가 없습니다. 우리들은 원래 물살이 빠른 곳에서만 산란을 하는데 너무 많은 래프팅족들이 동강으로 모여드는 소란에 견디다 못해 지금은 하는 수 없이 물살이 느린 곳에 산란을 하고 있습니다. 우리 새끼들은 결국 살아남지도 못하고 모두 죽어갑니다. 뿐만 아니라 어제는 우리 남편마저 동강 축제로 몰려든 래프팅족들의 뱃머리에 머리를 얻어맞고 죽었습니다."

어름치가 울먹거린다. 하루에도 백 대가 넘는 배가 강물을 가르며 지나가는 소란에 견디다 못해 동족들은 어디론지 피난을 갔다고 하소연을 한다.

"맞습니다. 머리가 크고 두 개의 다리로 서서 걷는, 이상하고 두려운 직립동물들이 장악해버린 이 강가에서 우리는 더 이상 살아갈 수가 없습니다. 날마다 나뭇잎 같은 배를 타고 이어지는 몇십만 래프팅족들이 질러대는 함성에 시끄러워서 견딜 수가 없습니다. 우리 조상들이 대대로 정들어 살던 이 강을 너무나 많은 래프팅 전문 업체들이 장악해버렸습니다. 우리는 이제 하는 수 없이 이 강을 떠나야만 되겠습니다. 가장 가깝고 오염되지 않은 곳은 금강산이 아닐까 여겨집니다. 그곳은 아직 개발이 덜 되어 순수가 남아 있는 곳이기에 우리는 맑은 물을 찾아 그곳으로 떠날 수밖에 없습니다. 자, 우리는 더욱 위로 가고자 합니다."

어름치의 하소연에 송사리 떼가 합창으로 말한다.

"맞아요, 맞아요, 우리들은 어름치가 떠나버린 어라연을 생각할수가 없습니다. 어제는 비오리 떼들이 탈출을 시도했어요. 새끼들이 날갯짓을 배우다가 새끼 두 마리가 그만 된꼬까리 여울 급물살을 타고 내려오다 엎어진 래프팅족들의 배 모서리에 부딪쳐 죽었습니다. 이곳 강에서는 더 이상 새끼들을 안전하게 키우며 살 수가 없다고 울면서 떠나갔습니다. 이제 비오리가 놀던 물에는 청둥오리뿐입니다. 비오리 가족은 어디로 갔을까요."

송사리가 하소연을 하자, 낙동강에서 올라온 쏘가리와 메기들이 입을 크게 벌려 소리치듯 말한다.

"우리 형제들은 더러운 물에서 살아가는 어종인데도 모두 죽었습니다. 이 나라 인간들이 좋아하는 아파트를 지으려고 낙동강 모래를 채취하는 바람에 모래습지가 파괴되어 흘러내리는 모래 알갱이들로 우리 형제들은 아가미가 막혀 숨을 못 쉬고 죽어갔습니다. 끝없이 이어질 고층 건물 공사로 이제 더 이상은 낙동강에서 평화로운 헤엄을 치며 살아갈 수가 없었습니다. 더더구나 나라 안의 유명한 강들을 파헤쳐 대운하를 만든다는 소문은 곧 우리들의 죽음을 의미하기에 더 이상 지체할 수 없었습니다. 이제는 산과 들과 바다를 깎던 기계로 강바닥까지 파헤쳐 깎는 4대강 사업을 한다고 합니다. 우리에게는 사형이요 전쟁이 나는 거나 다를 바 없습니다. 저는 그 무서운 물속의 지진이요, 전쟁을 피해 가족들과 목숨을 걸고 여기까지 뛰어 올라왔습니다. 그러나 이곳까지 오는 길은 너무도 험했습니다. 인간들이 막아놓은 댐과 보를 뛰어넘다 시멘트로 만든 댐 벽에 부딪쳐 제 가족들은 심한 부상을 입기도 했습니다. 아, 아, 그런데 이곳도 와보니 강물은 이미 황갈색이군요. 오래도록 살 수 있는 곳이 못 된다는 사실을 알고 보니 참으로 절망적입니다. 이제 어디로 가야 우리들은 종족의 씨를 퍼뜨리며 살아남을 수 있을까요. 저는 동강 하류를 거슬러 올라오다 너무나 많은 시체들을 목격했습니다. 강은 온통 부유물로 가득 차 있었고 죽어 있는 퉁가리와 새코미꾸리의 시체들뿐이었습니다. 저는 순간적으로 어디서 이렇게 많은 배꽃 잎이 떠내려오는가 생각했습니다."

쏘가리와 메기의 말에 거친 호흡을 가다듬으며 거드는 물고기가 있었다. 동강 하류에서 구사일생으로 살아 올라온 퉁가리였다.

"이제 새로운 물의 나라를 찾아 떠나지 않으면 우리 종족은 멸종하고 말 것입니다. 동강 축제에 몰려든 사람들이 맨손으로 송어잡기를 하느라 더러워졌고 동강 상류에서 떠내려오는 래프팅족들의 오물로 강 하류에는 부유물이 가득합니다. 눈을 뜰 수도 없고 숨을 쉴 수도 없었습니다. 아니 도암댐에서 흘러 내려온 썩은 물로 며칠 전 산란한 제 새끼들은 이틀도 버티지 못하고 시름시름 앓다 모두 죽었습니다. 더러운 부유물들로 우리 종족들은 모두 아가미가 막혀 죽어가고 있습니다. 오직 저만 살아서 겨우 올라왔습니다. 오는 길에 저는 무수히 죽어간 다슬기의 시체들을 보았습니다. 다슬기의 죽음은 강의 죽음을 예고합니다. 동강이 죽는 한 우리는 더 이상 이곳에서 살아남을 수 없습니다. 이곳을 떠나 맑고 푸른 물의 나라로 갑시다."

이때 어디선가 가느다란 비명 소리가 들려온다.

"살려주세요. 살려주세요."

동물들은 모두들 귀를 기울인다. 몇 년 전만 해도 가장 물이 맑아 무지개송어들의 산란장이었던 기하천 쪽에서 들려오는 소리였다. 박쥐 왕은 얼른 초음파를 기하천 쪽으로 보내 무슨 소리인지 들어보았다. 갈겨니 한 마리가 죽어가고 있었다. 박쥐는 얼른 파랑새에게 초음파를 보내 지시를 내렸다.

"파랑새여, 그대가 기하천으로 가 갈겨니를 구해 오시오. 인간들은 없는데 인간 누군가에 의해 버려진 낚싯바늘에 갈겨니가 그만 걸려들고 말았소."

"예, 알겠습니다."

파랑새는 청색 큰 무늬가 있는 고운 빛깔의 몸을 한바탕 흔들더니 푸르르 날아올라 기하천 쪽으로 날아갔다. 모여 있던 동물들이 파랑새가 날아간 기하천 쪽을 하염없이 바라보고 있었다. 어느새 하늘에는 둥실 둥근 달이 떠올라 황갈색으로 변해버린 강물을 비추었다. 어라연 여울도, 된꼬까리 여울도, 섭세강 여울 주변에도 하얀 은가루가 쏟아져 밝게 빛났다. 풀숲에 쏟아져 내린 달빛이 풀잎 위에서 반짝반짝 빛을 내자, 여러 식물 잎사귀 위로 자르르 윤이 흐르고 귀를 쫑긋 세웠다. 풀숲에 은밀하게 숨어 있던 꽃뱀이 달빛에 놀라 스르르 배를 밀고 박쥐가 매달려 있는 소나무 가까이로 다가서며 두 개로 갈라지는 혀를 널름널름 하소연을 했다.

"아. 우리들은 지금 최악의 수난시대를 맞았습니다. 산과 들에 쳐 있는 덫에 걸려 우리 형제들이 죽어갑니다. 정력을 찾아 헤매는 남자들에 의해 우리 집인 굴이란 굴은 모두 파헤쳐져 멸종되어가고 있습니다. 곳곳에서 울부짖는 형제들의 울음소리를 듣고 두려움에 떨고 있습니다. 일부 남자라는 동물들은 우리 동족을 찾는 일에 온통 혈안이 되어 있습니다. 어떻게 하면 우리들을 잡아먹고 쾌락이란 놈에게 힘을 좀 더 쏟아줄 수 있을까만 연구합니다. 인간이란 직립보행동물들 몸속에는 쾌락이라는 동물이 살고 있습니다. 그놈들은 어찌나 배가 크고 허기진 놈들인지 지구를 샅샅이 뒤져서라도 우리들을 모두 잡아먹을 태세입니다. 물론 소수의 인간들은 그러한 인간들을 비판하며 동물을 보호하려고 애쓰기도 하지만, 쾌락이란 놈의 배를 채우려고 헤매는 몇몇 인간들을 당해낼 수가 없습니다. 우리 동족은 너무나 위험한 상황에 처해 있습니다. 이곳으로 오던 길에 제 아내가 인간들이 쳐놓은 덫에 걸려 죽어가는 것을 보면서도 저는 구하지 못했습니다. 제발 살려주십시오."

꽃뱀은 금방이라도 남자 동물들이 덫을 들고 다가오는 위협을 느끼듯 공포에 질려 말했다.

"너도 탐욕에 사로잡힌 놈이 아니더냐? 부화시키려던 내 알들을 전부 통째로 삼키지 않았느냐."

수컷 까막딱따구리가 꽃뱀을 향하여 삼각형 입을 넓게 벌려 큰 소리로 말했다. 까막딱따구리가 붉은색 머리털을 나풀나풀 흔들며 하는 큰 말소리가 섬새강 주변 산들을 울리며 어라연 여울까지 퍼져나갔다. 모여 있던 동물들이 고개를 끄덕이며 꽃뱀을 경계하는 눈빛으로 바라보았다.

그때 갈겨니를 구하려고 기하천 쪽으로 날아갔던 파랑새가 돌아왔다. 파랑새는 넓고 튼튼하게 생긴 붉은 부리로 물고 온 갈겨니 암컷을 섭새강 물에 조심스레 내려놓고는 눈물을 흘리며 보고했다.

"박쥐 왕이여, 제가 갔을 때 낚싯바늘에 걸린 갈겨니는 커다란 눈을 끔벅거리며 겁에 질린 채 청록갈색의 등 쪽이 점점 물속으로 가라앉고 있었습니다. 제가 아무리 낚싯바늘에서 갈겨니를 빼내려고 애를 써보았으나 소용이 없었습니다. 갈겨니는 은창색 옆구리를 점점 위로 보이며 은백색 고운 배를 하늘로 드러내고 말았습니다. 아름다운 혼인색을 띠고 있는 수놈인 걸로 보아 곧 암컷의 산란을 도울 예정이었음을 알 수 있었습니다. 옆에서는 암컷이 남편의 죽음을 안타까워하며 슬피 울고 있었습니다. 겨우 암컷 갈겨니만 데리고 왔습니다."

암컷 갈겨니가 파랑새 말이 끝나자 온몸으로 강 물결을 헤치며 한 바퀴 돌더니 머리를 쳐들고 눈물을 흘리며 말했다. 알이 가득 찬 갈겨니의 볼록 튀어나온 배는 숨을 내쉴 때마다 점점 둥글게 부풀어 올랐다. 큰 눈이 검다고 해서 눈검정이라고 부르기도 하는 갈겨니의 검정 눈은 눈물로 가득 차 있었다. 달빛을 받은 갈겨니 눈물이 반짝 빛을 내며 섭새강 물속으로 또르르 굴러떨어졌다.

"제 남편이 걸려 죽게 된 낚싯바늘은 얼마 전 인간들이 우리 종족을 낚아 바로 기하천 옆에서 매운탕을 끓여 먹은 후 아무렇게나 버린 것입니다. 제 남편은 제가 조심을 하라고 일렀는데도 그만 실수

를 한 것입니다. 제가 알을 낳은 후 남편이 새끼들의 산란을 도와 적
으로부터 지키기 위해서는 많은 기운을 저축해놓아야 한다고 사냥
을 하다 그만 걸려든 겁니다. 우리 부부는 아름다운 사랑을 나누는
것도 새끼를 산란할 계획도 미처 이루지 못한 채 남편은 죽고 말았
습니다. 저는 이제 배 속에 있는 알들을 어떻게 해야 잘 낳아 종족을
보존할 수 있을지 막막하기만 합니다. 왕이시여, 저를 도와주십시
오."

갈겨니가 간절하게 하소연을 하자 박쥐 왕이 삐—삐— 소리로 대
답했다.

"혹시 이곳이 아닌 다른 강에 살고 있는 신랑감을 찾아내는 방법
이라도 생각해봐야 되겠군요."

섭새강 주변에 모여든 동물들과 식물들도 모두들 근심스런 얼굴
로 고개를 끄덕였다. 흐르는 섭새강 물결 위에 비친 식물들의 그림
자도 흔들거렸다. 이때 메기가 갈겨니를 보고 침을 꼴깍 삼키며 맛
있는 먹잇감을 바라보는 표정으로 입맛을 다셨다. 그 광경을 보고
쉬리가 갈겨니를 향해 조심하라고 소리 질렀다. 메기가 고개를 쳐들
고 있는 주변 강물도 술렁술렁 흔들렸다. 모여든 동물들이 흔들리는
물결 소리에 모두들 고개를 들고 강물을 바라보았다.

물속의 폭군 꺽지가 회갈색 바탕에 짙은 빛깔의 가로무늬 띠가 선
명한 몸을 흔들며 강물 위로 고개를 쳐들고 떠올랐다. 조상들과 형
제들을 삼켜 포식해버린 꺽지를 보자 민물새우가 움찔 놀라며 긴 수
염을 떨었다. 새우는 겁에 질려 강물 위에 그림자를 만들고 서 있는

금강초롱 꽃줄기 그늘 밑으로 숨어들었다. 금강초롱이 잎사귀를 흔들며 새우를 꽃잎 밑에 숨겨주었다. 꺽지가 기분 나쁜 표정으로 눈알을 굴리며 새우를 향해 말했다.

"오늘은 우리들이 어떻게 살아남느냐 하는 비상 소집이 있는 특별한 날인데 널 잡아먹을까 봐 그러는 거냐? 나도 그 정도 우리들이 지킬 질서는 알아. 어서 가운데로 가까이 나오렴."

"맞아, 맞아."

강변에 모여든 금강모치, 피라미, 쉬리, 누치, 어름치, 돌마차, 참조개, 눈동자개, 퉁가리, 쏘가리, 모래무치, 갈겨니, 빠가사리, 줄납자루, 새코미꾸라지, 메기들이 입을 뻐끔거리며 한마디씩 했고, 수달, 멧돼지, 오소리, 너구리, 고라니, 멧밭쥐, 하늘다람쥐, 관박쥐 들이 모두들 고개를 끄덕이며 그렇다고 한마디씩 거들었다.

민물새우가 그제야 기어 들어가는 소리로 대답하고는 금강초롱 꽃이 늘어진 그늘 밑에서 강 가운데로 주춤주춤 튀어나왔다.

"우리들도 낙동강에서 오염을 피하여 맑은 물을 따라오다 보니 여기까지 오게 되었소, 아니 앞으로 있을 4대강 사업으로 인해 죽어가기 싫어 온 것이오. 그런데 이곳도 우리가 살 곳이 못 되는 것 같소. 날마다 몇백 명씩이나 되는 인간들이 질러대는 시끄러운 소리와 래프팅족들이 강을 뒤집어놓는 바람에 흐려진 물로 눈을 뜰 수가 없소. 우리 후손들이 안심하고 살 수 있는 이상국으로 가야 될 것 같소."

돌 밑에 잘 숨는 꺽지는 눈과 비슷한 모양의 청록색 무늬가 있는 아가미뚜껑을 들썩이며 큰 입으로 말했다. 껍지가 회갈색 납작한 몸을 흔들며 말할 때마다 배 옆에 나 있는 흑색 가로무늬가 물속에서 달빛을 받아 꽃잎마냥 나풀거렸다.

"금강산으로 갑시다. 저는 제가 태어난 고향으로 다시 돌아가야겠습니다. 호기심이 발동하여 아래로 내려와보기는 했지만, 내려올수록 저는 오염된 물로 인해 생명의 위협을 느꼈습니다. 제 부모님이 계시는 금강산으로 돌아갈 것입니다. 그곳은 최소한 이곳처럼 물이 오염되지는 않았습니다. 물론 관광으로 인해 많은 사람들이 찾아와 소란스럽기는 하지만 말이죠."

금강산에서 내려온 금강모치가 물 위로 고개를 쳐들고 큰 눈을 굴리더니 뾰족한 주둥이를 더 쑥 빼며 큰 소리로 말했다. 금강모치의 황갈색 등에 달빛이 쏟아져 내려 황백색으로 빛이 났다. 금강모치가 뾰족한 주둥이를 빼고 말하는 동안 은백색 배 옆으로 난 황색 세로띠 무늬가 두 가닥의 금발처럼 물결 속에서 나풀거렸다. 어라연 삼선 바위 위에 피어 있던 돌단풍이 금강모치가 하는 말을 두려워하며 자잘하게 핀 하얀 꽃 숭어리를 웅크리고 몸을 떨었다.

"모든 물고기 친구가 떠나버린 어라연은 더 이상 물고기 비늘이 비단같이 빛난다는 여울이 될 수가 없습니다. 적적해진 어라연 여울에서 썩은 물소리나 들으며 살아갈 우리들은 어찌해야 좋을까요?"

돌단풍은 잘디잔 하얀색 꽃잎을 부르르 떨며 공포에 질려 말했다.

강가에 서 있던 바위나리, 동강할미꽃, 눈잣나무, 층층둥굴레, 정선황기, 연잎꿩의다리, 참좁쌀풀, 흰대극, 비술나무, 굴참나무, 물푸

레나무, 고로쇠나무, 달피나무, 신갈나무, 느릅나무, 가래나무, 음나무, 황벽나무, 다릅나무, 떡갈나무, 꼬리진달래, 당조팝나무, 회잎나무, 철쭉, 생강나무, 고추나무, 박쥐나무, 괴불나무, 조록싸리나무, 참갈매나무, 넉줄고사리, 참나물, 우산나물, 벌깨덩굴, 고려엉겅퀴, 산도라지, 거미고사리, 개버무리, 줄댕강나무, 좀참빗살나무, 산조팝나무, 왕느릅나무, 병아리풀, 돌미나리, 물앵초, 참골무꽃, 바위구절초, 아마풀, 자주쓴풀, 소나무, 짝자래나무, 개쑥부쟁이, 흰동자꽃, 당잔대 들이 자신들도 생명이 걱정되는 얼굴로 잎사귀를 곧추세우고 귀를 기울여 동물들이 하는 회의 마당을 지켜보다가 돌단풍을 향해 시선을 돌렸다.

박쥐가 내려다보니 건너편 바위에는 홍자색, 흰색, 자주색 동강할미꽃이 긴 타원형 꽃송이를 활짝 열고 근심 어린 표정으로 귀를 기울이고 있었다. 강물에 비친 꽃송이가 물결 따라 그림자처럼 흔들거렸다. 동강할미꽃과 두어 발짝 떨어진 곳에 피어 있는 물앵초가 노란색 꽃잎을 가느다란 잎사귀로 어루만지며 걱정스런 표정으로 말했다.

"동강이 오염되어 요즘은 제 몸이 예전 같지가 않아요. 뿌리가 욱신욱신 쑤시고 아플 때가 많습니다. 이대로 가다가는 우리 종족도 살아남기가 힘들어지는 건 아닌지 걱정이 됩니다."

박쥐가 자세히 내려다보니 윤기 흐르던 노란 물앵초는 꽃잎도 잎사귀도 푸석푸석해 보이는 것 같았다. 그러나 박쥐로서는 동물들만 데리고 갈 수 있는 현실이 안타까웠다. 식물들은 아무리 몸부림을 처봐도 인간의 손을 빌리지 않고서는 이동을 하기가 힘들다는 것을 잘 알고 있었다. 물론 바람의 도움으로 씨를 퍼뜨려 옮겨 갈 수 있는 방법은 있었으나 그것도 아주 먼 곳으로 가는 건 힘든 일이었다.

박쥐는 초음파를 보내 강가에 모여든 동물들을 감지하며 계속해서 말을 이어나갔다.

"우리 박쥐 가족은 대뇌를 비정상이라 할 만큼 특수화시킨 직립 보행동물들이 뿜어내는 탐욕의 마수를 피해 우리들 궁전이 있는 고향 함평을 떠나야만 했습니다. 수란개 마을이 조용히 자리한 곳, 그 골 뒷산에 위치한 남쪽 아름답고 평화롭던 궁전에서 우리는 떠날 수밖에 없었습니다. 그것은 어느 날 우리의 황금빛 몸체가 방송을 통해 인간들 눈에 보여지면서부터입니다. 전국에서 모여든 인간들의 무자비한 횡포에 더 이상 배겨낼 수가 없었습니다. 이곳으로 떠나온 지 몇 년이 되지 않았는데 또 오염되지 않은 곳을 찾아 떠나야 할 운명에 처했습니다. 인간들은 자신들 집을 꾸미기 위해 아무런 허락도 없이 내 궁전을 훼손시키고 있습니다. 또 나의 궁궐 천장에 매달린 아름다운 샹들리에 석순을 내 허락도 없이 마구 잘라갔습니다. 살아서 숨 쉬던 내 궁전 안 생명체들이 빛을 잃고 상처투성이로 죽어가고 있습니다. 인간들은 쇠톱으로 자르고 망치로 깨고 온갖 연장들을 사용하여 내 궁전에서 아름다운 석순들을 모조리 훔쳐갑니다. 여러 가지 모양의 보물들을 잘라가 자기네 집 안을 꾸미는 데 전력을 다하고 있습니다. 뿐만 아닙니다. 얼마 전에는 나의 궁전에서 불을 피워 삼겹살을 구워 먹는가 하면 쏘가리 매운탕을 끓여 먹었습니다.

그 일이 있고 난 후 우리들의 똥을 받아먹고 살아가는 동굴 노래기 가족들이 모두 사라졌습니다. 오직 나의 궁전에는 불에 그을린 새까만 흔적만 남아 있을 뿐입니다.

중국에서는 우리들이 행복을 가져오는 동물이라고 말합니다. 물론 중국에서도 우리를 잡아먹습니다. 그러나 대한민국 사람들이야말로 우리들을 만만한 정력제로밖에 여기질 않습니다. 그러면서도 중심 없이 행동하는 간사한 인간들을 말할 때는 우리 종족들을 들먹이며 비유로 말하곤 하지요. 우리 박쥐들이 새와 짐승의 중간 모습이기에 불성실, 위선, 교활한 인간을 부를 때는 '박쥐 같은 놈' 하고 나쁜 의미로 불러댑니다. 그러나 우리 박쥐들은 절대로 간에 붙었다 쓸개에 붙었다 하는 종족이 아니라 이 말입니다. 우리들은 이 나라 인간세계에서는 불결하고 공격적이며 증오받아 마땅한 동물로 인식되어 있어요. 이솝우화에서는 우리가 배반자로 나오지만, 우리는 본래 순하고 영리하며 인간들에게 유익한 동물임을 알려드립니다.

인간 그들이야말로 자신의 이익을 위해서라면 간에 붙었다 쓸개에 붙었다 하는 간신 놈들이 얼마나 많은지를 우리 박쥐들은 훤히 잘 알고 있습니다. 특히 정치를 한다는 놈들 말입니다. 비방하고 싫어했던 당이나 물고 뜯던 상대편에게도 자신의 정치 생명을 유지하기 위해서라면 언제 어떻게 궁둥이를 살랑살랑 아양을 떨어대며 턱밑으로 다가갈지 모르지요. 언제는 상대를 향해 똥개처럼 짖어대던 입을 다시 온갖 아첨의 말로 사탕발림을 해서 상대에게 바치곤 합니다. 그뿐입니까.

글을 쓴다는 놈들은 선비정신이 무언지도 모르는지 자기가 가르치던 제자나 후배의 작품을 주저 없이 도둑질하고도 시침 뚝 떼고 얼굴을 하늘로 쳐들고 살아가는 놈들이 있질 않나, 같이 공부하던 문우의 작품을 도둑질하고 눈에 보이는 대로 손에 잡히는 대로 훔쳐다가 자신의 작품에 짜깁기를 하고도 양심의 가책조차 느끼질 못하는 인간들이 허다하질 않나. 이웃집 아내 치마꼬리 이웃집 남편 허리띠 부여잡고 도둑질하는 놈들. 그뿐인가요.

쾌락이란 동물성이 시키는 대로 자기 자식 또래 어린 이웃집 딸들 옷 벗기고 정욕의 노리갯감으로 도둑질하는 놈들. 한술 더 떠 동생 같고 자식 같은 십 대 소년들에게 돈 몇 푼 집어주고 자신의 욕정을 채우는 노리갯감으로 이용하는 부잣집 여편네들. 백성을 위해 써야 할 국가 돈 꿀꺽 한 입에 처넣고도 시침 뚝 떼고 있는 놈들. 자기 백성들을 자신의 권력을 위해 무차별 도륙해놓고도 나 몰라라 언제 그런 일을 저질렀던가 꼿꼿이 하늘을 쳐다보며 사는 뻔뻔한 놈들. 돈 몇 푼 차지하려고 부모를 살해하는 놈들. 자식을 쳐죽이는 놈들. 한 줌 흙에 불과한 육체가 누릴 한순간 쾌락을 위해 밤길 가는 부녀자들 겁탈하는 놈들. 몇억대나 되는 재산 숨기고도 가난하고 배고파서 세금 못 낸다고 꽁무니 빼는 놈들. 자기 동족들 먹는 식품에다 독약을 처넣고 팔아먹으면서도 눈썹 한 올 까딱하지 않는 놈들. 남의 입에 들어가는 것도 뒤통수 몰래 때려 튀어나오는 것 주워 먹는 놈들. 산과 들로 쏘다니며 정력에 좋다 하면 뱀이든 살모사든 먹을 것 못 먹을 것 가리지 않고 있는 대로 허겁지겁 잡아 주둥이에 처넣는 놈들. 산이든 바다든 강이든 주머니 돈 된다면 닥치는 대로 개발, 땅이고 바다고 생채기 내고 찢어발기고 길이엎고 산의 흐름이나 바람의 흐르는 길에 따라 자연을 쓰다듬듯 어루만지듯 하지 않고 닥치는 대로 허겁지겁 돈 흐름에 따라서만 두 눈 희번덕거리며 개발하는 놈들⋯⋯. 아아, 내 입으로 다 주워섬길 수가 없구려. 아니 차마 눈뜨고 다 보아줄 수가 없소이다.

　우리 박쥐들은 절대로 인간들이 하는 짓일랑 꿈도 안 꾼다 이 말이외다. 오히려 인간들이 지어놓은 농사에 해로운 벌레를 잡아먹고 평생을 살아가도 더 좋은 것 먹으려고, 더 즐거운 쾌락 찾으려고 욕심부리는 일은 없습니다. 우리 박쥐 한 마리가 육천여 마리의 모기를 잡아먹습니다. 들판에 나가 인간들이 지어놓은 곡식에 피해를 입히는 해충이나 잡아먹고 살다가 먹잇감 사재기도 해놓지 않고 농부들이 쉬는 겨울이면 우리는 긴긴 겨울잠으로 다음 해를 준비한단 말입니다. 그러나 지금 우리 박쥐들의 주식인 모기, 나방들은 인간들이 무차별로 뿌려댄 농약에 버무려져 있습니다. 인간들은 농약이니 제초제니 온갖 독한 화학약품들을 살포하고 우리들의 먹잇감을 말살시킵니다. 그 독한 제초제와 농약을 사용하지 않아도 우리 박쥐들이 잡아먹으면 농사를 잘 지을 수 있는데도 인간들은 그들 스스로를 죽이는 행위인 자연을 죽여가고 있습니다. 농약 냄새 고약한 먹이를 먹다 보니 우리 종족들이 죽어나가 숫자가 기하급수적으로 줄어들기만 합니다. 그렇다고 굶고 살 수도 없으니 참으로 어찌해야 할지 앞날이 암담합니다.

앞에서도 말했듯이 나는 물론 함평에서 태어났지요. 고향을 떠나 이곳 동강변 백룡동굴까지 오게 된 것은 인간들의 무지막지한 탐욕의 손을 피해서임을 이미 말씀드렸습니다. 보신을 위해 혈안이 되어 있는 인간들의 손에 죽어간 내 아버지의 마지막 유언이자 나의 선택이었지요. 나의 종족을 멸종시키지 않기 위해서는 너라도 살아서 종족을 퍼뜨려라. 우악스러운 인간의 손에 잡혀가던 아버지는 간신히 초음파를 통해 내게 유언을 남겨주셨습니다. 정력을 위해서라면 가리지 않고 전국 곳곳에 손을 뻗쳐 걸터듬질 하는 추악한 사내의 손에 잡혀가면서도 내 아버지는 종족의 씨가 마르는 걸 염려했습니다. 아버지가 보내온 초음파 파장이 나의 전신을 뒤흔들었고 나 또한 파장을 울리며 빠른 속도로 결심하는 답을 보냈었지요. 나는 다행히도 어머니 품에 안겨 있던 어린 나이라서 살아남을 수 있었습니다. 어머니는 나를 살리기 위해 필사적으로 황금색 날개를 파닥거리며 도망을 쳤던 것입니다. 아, 나는 지금도 그때 내 어머니가 날개를 파닥거리며 힘껏 날아오르던 강한 날개 소리를 기억하고 있어요. 아니 잊을 수가 없습니다. 내 아버지, 어머니는 황금색 몸을 가지고 있기에 더욱 위험했던 거지요. 보시다시피 그 씨를 이어받은 내 몸 역시 황금색입니다. 인간들은 황금색이라 하면 사족을 못 써요.

검정색인 우리 동족들도 보기만 하면 잡아먹는 인간들의 탐욕스러운 정력 추구자들 앞에서 황금색 몸을 가진 우리들은 더더욱 그들에게 구미를 당기게 하는 존재들이었지요. 아니 우리들의 황금색 몸이 어디에 있다는 소문만 들어도 인간들은 칼날 같은 눈초리를 희번

덕대며 혈안이 되어 우리를 잡으려고 찾아 헤매니까요. 황금색 몸을 가진 우리들이 함평 어딘가에 있다는 소문이 들리자마자 혈안이 되어 등을 똑바로 세우고 사지를 흔들며 우리를 찾아 나선 직립보행동물들을 보셨을 겁니다.

인간이란 직립보행동물은 물체를 인식하는 데 빛을 사용하고 말을 하는 데는 저주파를 사용하여 시각과 청각을 최고도로 발달시키고 있습니다. 인간들의 눈은 그들이 가진 입만큼이나 말을 하지요. 서로 좋아하는 상대끼리 눈으로 하는 언어는 우리 박쥐들이 가지고 있는 빠른 초음파의 높은 주파수보다도 더 빠를지도 모르겠군요. 우리 박쥐들이 에코로케이션이라는 초음파로 교신하는 것이 인간들의 말하는 것과 서로 비슷합니다. 인간들이 눈으로 보는 것을 우리 박쥐들은 초음파 소리로 물체를 보고 듣게 됩니다. 우리들의 귀는 인간들 눈만큼이나 정위, 정사, 회화 모두를 감지합니다. 그러나 이러한 초고속 초음파로 살아가는 우리들이지만 인간이라는 직립보행동물들의 손아귀에 자주 잡혀가곤 합니다. 경동시장에서 팔려가기를 기다리고 있는 우리 동족늘을 보노라면 이리디 씨가 말리고 말겠다는 걱정뿐입니다.

맞습니다. 저는 직립보행동물들이 가장 많은 물품들을 가지고 전국에서 모이는 경동시장을 언젠가 구경하고 온 적이 있습니다. 그곳에는 팔려가기만을 기다리며 쌓여 있는 우리 동족들의 시신이 즐비했습니다. 모두 다 커다란 머리에 기다란 두 다리를 가진 인간이라는 직립보행동물들의 육신을 위해 바쳐진 제물들이었습니다. 인간들은 그들의 육신에 쾌락이라는 주파를 느껴보기 위해 우리 동족들을 무참히 살상합니다. 인간들이 느끼는 쾌락이라는 주파수는 지극히 짧고 일회적인 것이어서 번번이 추구해야만 느낄 수 있는 것입니다. 인간들의 쾌락을 채워주려면 한이 없으며 한 인간 직립보행동물이 죽는 순간까지는 끊임없이 계속될 수밖에 없습니다. 우리가 아무리 밤에 활동하는 모든 곤충들을 우리들 몸무게의 3분의 1이라는 많은 양을 열심히 잡아먹는다고 할지라도 인간들의 욕심을 채워주기에는 우리 박쥐들의 몸피가 너무나 작습니다. 오늘도 한 무리의 남자 동물들이 우리 궁전에 무단으로 침입하여 동족들을 마구 잡아갔습니다. 인간들의 손아귀에 잡혀가며 '갸악 갸악' 비명을 질러대던 동족들 소리가 아직도 내 귀에 쟁쟁 울려 가슴이 찢어지듯 아픕니다.

최소한 우리들은 머리통이 큰 직립보행동물들처럼 쾌락을 위해서 자연을 훼손시키지는 않습니다. 인간들 속에는 쾌락이라는 동물성 물질이 끊임없이 발동을 합니다. 그 물질의 배를 채우기 위해서는 온갖 수단 방법을 가리지 않는 게 인간들입니다. 그 쾌락이라는 동물이 너무나 깊고 넓게 차지하고 있기 때문입니다. 많은 인간들은 쾌락의 노예가 되어 인생을 망치기도 합니다. 우리 형제들을 잡아먹고 얻은 정력의 힘으로 선생이 제자를 잡아먹고, 제자가 신생을 삼키고, 심지어는 쾌락을 위해서는 근친상간이라는 짓도 서슴지 않는 것이 인간이라는 직립보행동물입니다. 우리들의 궁전이 있는 산을 부수고 인간 동물들이 가진 쾌락을 위한 러브호텔이라는 숙박업소를 마구 지어대기도 합니다. 그것뿐입니까. 인간 동물 군상들 쾌락 추구는 끝이 없는 무저갱의 아가리입니다. 우리가 이곳에 있는 한 결국은 인간 동물들에게 먹히고 우리들의 종족은 멸종하고 말 것입니다. 자, 그럼 금강산 관코박쥐 말을 들어보겠습니다."

박쥐 왕이 관코박쥐에게로 초음파를 보냈다. 관코박쥐가 팔랑팔랑 날개 소리를 내며 황금박쥐 옆으로 날아와 앉아 말을 시작했다.

"금강산에 있는 신기한 동굴들은 왕을 환영한다고 했습니다. 그곳은 우리가 살기에는 좋은 곳입니다. 어서 그곳으로 갑시다."

금강산 관코박쥐가 하는 말을 반대하며 너구리가 큰 소리로 끼어들었다.

"관광지가 되어 시끄러워진 금강산보다는 차라리 백두산이나 우리 동물들만 모여 살 수 있는 이상국 땅으로 갑시다. 저는 인간들이 없는 곳에 우리 동물들만이 모여 살 수 있는 동물 나라를 세우는 것이 좋다고 생각합니다."

"아닙니다. 미국으로 갑시다. 미국은 동물을 소중하게 여긴다고 들었습니다.

수달이 너구리의 말을 자르며 불쑥 한마디 했다. 금강산 관코박쥐는 수달의 말에 반대하며 큰 소리로 말했다.

"미국으로 가는 건 전쟁이 무섭습니다. 그들은 전쟁을 너무나 좋아합니다. 또한 이 나라는 더 이상 우리의 보호처가 아니고, 그래도 자연을 헤치지 않고 순수가 남아 있는 금강산으로 가렵니다. 물론 금강산도 산마다 바위마다 공산주의 사상으로 오염되어 있습니다.

또한 이 나라에서 금강산 관광특구라는 발표가 있었고 관광으로 남한 사람들이 모여들고 있기는 합니다만, 최소한 북에서는 온갖 모텔과 골프장과 마구잡이식 개발은 아직 하지 않고 있으니까요. 저희들이 안주할 수 있는 곳이라 여겨집니다. 자, 우리 모두 짐을 꾸려 북으로 갑시다. 우리의 마지막 생명을 연장할 수 있는 마지막 남은 성역 북으로 갑시다. 나를 따를 자는 모두 따르라. 자, 떠나자!"

힘차게 소리치는 금강산 관코박쥐의 말을 자르며 어름치가 나섰다.

"아닙니다. 우리 모두 은하천으로 가는 게 좋겠습니다."

어름치의 말이 끝나자마자 하늘다람쥐가 불쑥 말했다.

"우리도 백두산이나 인간들이 없는 곳으로 가고 싶습니다. 인간들은 우리의 먹이인 도토리를 몽땅 주워다 묵을 쑤어 먹습니다. 겨울이면 너무나 배가 고픕니다."

"아닙니다. 지구 온난화로 인해 우리가 갈 곳은 지구 밖인 것 같습니다. 그럼 지구를 떠나 화성으로나 가야 되지 않겠습니까?"

꽃뱀이 혀를 널름거리며 말했다. 모여 있던 동물들이 뱀의 말에 모두들 고개를 갸웃거렸다. 청딱따구리가 불쑥 뱀을 향해 힐난하는 투로 말했다.

"넌 삼 일 전 다섯 마리나 되는 우리 새끼들을 통째로 삼켰어. 알에서 깨어나 아직 눈도 뜨지 못한 상태라서, 이 세상이 얼마나 아름다운지 구경도 못한 내 새끼들을 말이야."

"이곳이 아름답다고? 이제 오염되어 떠나려고 하잖아. 어차피 떠나갈 곳인데 구경하면 뭘 하겠어?"

꽃뱀이 미안한 줄도 모르고 끝이 두 개로 살라진 혀를 머리 위까지 널름 내밀며 말했다.

"저 뻔뻔한 것 같으니. 저놈은 데려가지 맙시다."

까막딱따구리와 청딱따구리는 물론이고 뱀에게 새끼를 먹히거나 위협을 당했던 동물들은 더 큰 목소리로 소리 질렀다. 어수선한 분위기를 가라앉히려고 파랑새가 큰 소리로 외쳤다.

"지금 우리끼리 싸울 시간이 없습니다. 우리는 어서 이곳을 떠나야 합니다. 어디로 가는 것이 좋을지 모두 의견을 말해주십시오."

파랑새의 말에도 의견은 분분하였다. 어라연 여울 절벽에 하얗게 피어 있는 돌단풍과 자홍색 동강할미꽃은 싯누렇게 변한 강물을 내려다보며 한숨을 쉬고 있었다. 박쥐 왕이 초음파를 보내 강바닥을 살펴보았다. 강바닥에는 래프팅족의 흔적과 도암댐과 강 주변에서 흘러든 토사와 오염물질로 3급수에만 산다는 피라미 몇 마리만 헤엄치고 있었다. 누런 강으로 변한 강물 위에는 각시붕어 시체가 둥둥 떠내려가고 있었다.

"저기를 보십시오. 3급수에만 산다는 각시붕어까지도 죽어 있습니다. 동강댐을 건설한다고 야단법석이던 인간들을 반대하고 그래도 좀 의식 있는 사람들이 나서서 개발 중단을 시켜놓았지만, 이젠 그 이전에 아름답던 풍경은 찾아볼 수가 없습니다. 동강은 이전에 비췻빛 길다란 천을 널어놓은 것 같은 짙푸르던 맑은 강이 아닙니다. 황금강으로 변해버렸습니다. 인간들은 앞으로 끝없이 이 황금강을 찾아올 것이고 소리를 질러대며 강물을 뒤집어엎을 것입니다."

박쥐 왕이 삐삐 소리를 지르며 모여 있는 동물들을 향하여 큰 소리로 초음파를 보냈다. 웅성대던 동물들도 주춤 입을 다물더니 고개를 끄덕였다. 박쥐는 계속해서 말을 이어갔다.

"나는 왕이로소이다. 내 말에 반대하는 자는 엄벌에 처하겠소. 내가 왕이라는 사실을 듣는다면 인간들은 배꼽을 잡고 웃을 것입니다. 앞에서도 말했듯이 사람들은 주제 없는 인간, 간에 붙었다 쓸개에 붙었다 하는 변덕스러운 인간을 욕할 때 꼭 내 이름을 들먹이니까요. 참으로 웃기는 일이죠. 사람들은 나를 너무나 모릅니다. 이 세상이 생겨난 후 누가 제일 먼저 나를 그렇게 평했는지는 알 수 없으나 그 사람이야말로 얼마나 무식한 짓을 했는지, 지하에서라도 뉘우쳐야 할 겁니다. 고독과 인내의 표본인 나를. 사실은 나를 얼마나 오해하고 있는지, 그 잘못된 시선을 알려주고 싶군요. 박쥐야말로 얼마나 고고한 동물인지를 그들은 모르고 있어요. 얼마나 무식하고 관습화된 생각인지를 인간들은 깨닫지 못하고 있는 겁니다.

나는 습한 어둠을 좋아합니다. 동굴은 나의 궁전입니다. 지금 나의 아름다운 궁전은 몰아닥친 인간들의 무서운 손과 발길에 의해 위협을 받고 있습니다. 70년대 이후 맨 처음 석류동굴에서부터 개발이 시작되었지요. 인간들은 내가 좋아하는 방식인 자연적인 생태 그대로를 무시하고 인간들이 보기에 좋은 그들 생각대로 나의 궁전을 꾸미고 말았습니다. 궁전 주인인 내 의견은 완전히 무시한 채로 말이외다. 어둠 속에서만이 살아 있을 수 있고 끊임없이 성장하며 석

화도 석순도 동굴산호도 만들어낼 수 있는 궁전의 생명들을 인간들은 죽어 있는 불빛인 백열등으로 밝혀버렸습니다. 이제 밝은 백열등 불빛 아래서는 더 이상 나의 신하도 시녀도 성장을 계속할 수가 없습니다. 지금은 내 궁전에 존재하던 동굴 노래기 신하들도 시녀들도 모두 사라져버렸습니다. 그들은 어디로 갔을까요. 내 백성들은 성장을 멈추어버렸고, 따갑게 쏘아대는 백열등 불빛 광선에 말라 죽었습니다. 아니 인간들은 동굴 궁전 숨통에 시멘트까지 발라버리고 궁전의 호흡을 중지시키고 푸른 이끼로 뒤덮이게 했습니다. 내 궁전 안 생명들이 죽어가며 내지르던 비명 소리가 지금도 내 귀에 가득 차 있습니다. 나는 나의 궁전을 밝은 백열등 불빛에 **빼앗기고** 동굴 밖으로 쫓겨났습니다. 인간들은 궁전도 숨 쉬는 생명체라는 사실을 기억하지 못합니다. 자연 그대로 내버려두면 스스로 알아서 숨 쉬고 자라난다는 것을 왜 모르는지 이해가 가지 않습니다.

인간들의 정력을 위해 잡혀간 우리 동족들이 오늘도 끊임없이 경동시장으로 팔려가고 있습니다. 나는 한약재상 상품이 되고 있는 나의 동포요 자식들을 더 이상 보고만 있을 수가 없이 이 나라 처녀지인 동강변으로 이사를 왔습니다. 내 자식들과 내 민족들을 이끌고 북으로 북쪽으로 대이동을 할 수밖에 없었습니다. 그곳에 가면 이 나라에서도 가장 오염되지 않은 동강이라는 곳이 있고, 신이 만들어준 우리들의 궁전, 동강을 중심으로 삼백여 개가 넘는 많은 동굴들이 있다고 파랑새가 알려줬었습니다. 이곳에서는 나의 자손 대대로 걱정 없이 살 수 있으리라 믿었습니다. 최소한 십 년 전까지만 해도 말입니다. 수자원공사의 나리들께서 댐을 만들겠다는 그런 엉터리 발표를 하기 전까지 나는 내 민족을 이끌고 평화롭게 살았습니다. 그러나 인간들은 끊임없이 댐을 만들고 우리들이 살아갈 자연을 물속에 가라앉힙니다. 인간 그들이 대대로 살아오던 고향까지도 물을 끌어모아 담아놓기 위해 산을 깎고 들을 파헤쳐 댐을 만들지요. 그야말로 절약은커녕 물을 물 쓰듯 하고 살면서 말입니다. 거기에다 대통령이란 사람은 한 술 더 떠서 강물 속에다 운하인지 물속 길인지 물속 굴인지를 만든다고 하더군요. 아니 물속을 파헤쳐 요란한 발전기 소리를 내지르며 달리는 화물선인지 뭔지를 다니게 하는 물속 길을 만든다고 하더군요. 물속 길은 물속 생물들만이 누릴 수 있는 특권이 아닐까요. 기다란 두 다리로 육지를 걸어 다니는 직립보행동물들이 물속이든 산속이든 하늘이든 온통 자기들 세상으로 활보를 하려고 하니 우리 동물들은 도대체 어디로 가란 말입니까.

인간들이 동강 주변에 길을 만드느라 베어낸 나무들로 인해 산이 깎여 나가고 있고 직립보행동물들은 점점 자연의 위협을 당하고 있습니다. 인간들이 곳곳에서 베어낸 나무들이 사라질수록 올해도 얼마나 많은 사람들이 수해와 태풍에 죽고 피해를 당했는지 아십니까. 그런데도 인간들은 그들이 자연을 아무렇게나 파헤쳐서 그렇다는 걸 깨닫지를 못해요. 댐을 만드는 것보다 나무를 심고 이미 있는 나무를 베지 말아야 한다는 그 쉬운 일을 왜 모를까요. 특히 한국의 인간들은 몇십 년 된 나무라도 눈썹 한 올 까딱 않고 베어 제쳐버리더군요. 그 큰 나무가 자라기까지의 세월이 아까운 줄을 몰라요."

박쥐가 하는 말에 인간들의 무차별 벌목으로 인해 집을 잃은 청딱따구리가 한마디 했다.

"맞습니다. 저는 이곳에 오기 전 인간들이 행한 벌목으로 인해 너무나 좋은 산란 터를 잃고 떠도는 신세였습니다. 제가 집을 만들어 놓기만 하면 인간들은 어느새 길을 만든다, 공장이나 전원주택이나 아파트를 짓는다, 하며 나무를 베어버리곤 했습니다. 이곳에서는 편안하게 살 수 있으리라 안심했습니다. 그러나 이곳도 역시 불안합니다."

청딱따구리의 말을 듣고 있던 박쥐가 다시 말을 이었다.

"이제 우리는 더 이상 왕일 수가 없고 우리의 궁전은 때묻고 남루해졌습니다. 아니 시시때때로 우리를 위협하고 압박해오는 동강댐이라는 계획을 듣고 난 우리는 지금까지 잠을 제대로 잘 수도 없었고 마음이 편치 못했습니다. 우리를 위협하는 인간들의 어리석은 계획이 결국은 인간 스스로를 위협하는 파멸로 가는 구덩이를 파는 것임을 알려주고 싶었습니다. 우리들은 초음파를 통하여 자신이나 곤충의 위치를 정하며 주위 환경을 살피고 있다는 것을 커다란 머리에 두 다리로 서서 걷는 인간이란 동물들은 물론 알고 있지요.

인간들은 종족끼리 주고받는 수많은 언어로도 서로를 너무나 모릅니다. 어느 때는 제대로 알려고 하지도 않은 채 덩달아서 입을 크게 벌리고 서로를 향해 비방합니다. 또한 틀에 박힌 자신만의 눈으로 누군가를 평가하고 단번에 매도해버립니다. 인간들 세계에는 너무나 많은 오해와 질시가 끝없이 이어지고 있고 자신이 부리는 욕심

때문에 남을 질투하고 괴롭힙니다. 내가 왕으로 있는 세상에서는 절대로 인간들이 하는 그런 치사한 일은 일어나지 않습니다. 내 백성들은 서로를 너무나 잘 압니다. 우리들에겐 초음파라는 소통 통로가 있기 때문이죠. 우리는 그것을 통하여 멀리에서도 서로를 감지하고 잘 느낍니다. 뿐만 아니라 우리는 체온으로도 서로를 느끼고 알아보는 데 사용합니다.

귀소성이 있는 우리들이 왜 하필 은하천을 향해 가기로 결정을 내렸는지, 왜 이곳을 떠나기로 결심을 하였는지, 인간들은 충분히 알기나 할까요. 아니 자연이 어떻게 변해가고 어떻게 상처를 받는지 따위엔 관심조차 없고, 그 자연을 파헤치고 마구잡이로 개발하여 먹고 마시고, 그저 넘쳐나는 힘을 어쩌지 못해 발광하며 즐기고, 쾌락에 빠지고 돈으로 떡칠을 해대며 우리 동물들의 존재 따위엔 관심조차 없는 많은 인간들. 물론 우리들을 아끼고 사랑해주는 소수의 인간들 곁을 떠나가기는 서운한 마음이 듭니다. 그러나 우리의 생명 보존을 위해 어쩔 수 없이 우리는 이곳 남쪽을 떠나기로 결정했습니다. 더 이상 이곳에 있다가는 우리들은 씨가 마르는 멸종에 처하고 말 것이니까요. 금강산은 최소한 이곳처럼 자연을 괴롭히고 짓밟히지는 않기에 우리가 살 길은 그곳도 괜찮겠다고 생각합니다만. 생태계가 파괴되어버린 이곳에서 우리들은 더 이상 버틸 수가 없어 떠날 것입니다. 인간들이 저지르는 살인적 행위에 의해 정력과 건강을 위해 시장으로 잡혀가는 동족들의 아픔을 지켜보면서도 손을 쓸 수 없어 가슴 아팠던 일이 다시는 일어나지 않기를 바랍니다. 인간들은 힘이 있는 곳에 살상이 있고, 이권이 있는 곳에 뇌물이 있고, 권력이 있는 곳에 아부가 있습니다. 그러나 나 박쥐는 아부나 뇌물 따윈 없습니다. 다만 우리의 생명 보존을 위해 최소한의 살상, 들판을 나는 벌레들을 먹는 것뿐입니다. 자, 그럼 집으로 돌아갑시다. 먼 여행을 위해 휴식을 취하고 내일 저녁 다시 이 자리에서 모이기로 하겠습니다.”

박쥐가 말을 마치자 파랑새를 비롯한 모든 동물들이 강변을 떠나 둥지로 돌아갔다.

궁전 주위로 오늘도 해가 저물고 있다. 궁전 안에도 불그스레한 빛이 묻어 있는 어두움이 한 자락씩 스며들기 시작한다. 그 어둠이 섭새강 여울에 된꼬까리 여울에도 어라연 여울 위로도 차곡차곡 쌓여간다. 궁궐 문밖 강변 골에 어둠이 서서히 내려앉고 있다. 된꼬까리 급류가 온통 검정 물결이 되어 소용돌이치며 흐르기 시작한다. 강변 골 가득 완전히 어둠이 채워지자 왕은 오늘도 서둘러 궁궐 문을 나선다. 먹이 사냥을 위해서가 아니라는 사실이 왕을 설레게 한다. 오늘은 특별한 날인지라 마음이 몹시 급하다. 먼 길을 떠날 생각을 하니 마음속에 흘러드는 어둠이 날개를 무겁게 한다. 일행은 검정 물결을 헤치며 다니길 좋아하는 박쥐를 위해 밤에 떠나기로 한 것이다. 박쥐는 벌써부터 초음파를 섭새강변으로 향하며 무거워지는 황금빛 날개에 한층 힘을 더하여 어둠을 가른다. 섭새강변을 스치며 흐르는 물소리는 오늘따라 더욱 처량하게 여겨진다. 동물들이 떠나갈 것을 알고 있는 물결은 더욱 구슬프게 흐느낀다.

동물들은 다시 섭새 여울 주변으로 모여들었다. 왕은 모여든 동물들을 휘이 둘러보았다. 길잡이가 되어줄 파랑새가 보이지 않았다.

"어찌 파랑새가 오지 않았습니까?"

박쥐 왕의 말소리에 풀숲에 엎드려 있던 꽃뱀이 혀를 널름 하고는 더욱 납작 엎드렸다.

"뱀이 파랑새를 잡아먹었습니다. 박쥐 왕이시여, 저 꽃뱀을 그냥 놔두면 안 되겠습니다. 처벌을 하십시오."

저 멀리 울릉도에서 날아온 큰오색딱따구리가 연황색 가슴이 다 드러나도록 검정색 몸을 쳐들고 말했다. 큰오색딱따구리는 며칠 전 남편과 어린 새끼들이 뱀에게 잡아먹힌 것이 억울해 더욱 간청했다. 박쥐 왕은 큰오색딱따구리 말을 듣자 뱀이 가진 탐욕적인 식탐에 그만 기가 질려 몸을 떨었다. 풀숲에 숨은 듯 엎드려 있던 꽃뱀이 침을 꼴깍 삼키고는 혀를 널름거리며 스르르 박쥐가 매달린 나무 밑으로 다가오며 아니라고 소리쳤다. 박쥐는 뱀을 향해 더 빠른 초음파를 쏘아보냈다.

"아닙니다. 어떤 사내가 어라연 여울 옆에 놓았던 그물에 파랑새가 걸려 있었습니다. 이곳으로 오던 길에 저는 분명히 그물에 걸려 있는 파랑새의 죽음을 보았습니다. 청색의 아름다운 무늬가 검게 변한 것으로 보아 어제 저녁 돌아가다 일어난 변이 아닐까 여겨집니다."

하늘다람쥐가 잣나무 꼭대기에서 활공을 하여 강가에 내려앉더니 큰 눈을 더 크게 뜨고 작은 입을 오물거리며 말한다. 동물들이 모두들 슬픈 얼굴로 하늘다람쥐를 바라본다. 박쥐는 동물들을 한 바퀴 둘러본 후 동강을 거슬러 올라가 어라연 여울로 초음파를 보내보았다. 어라연 여울 짙푸르던 강물은 누런 황금빛으로 변해 흐르고 있다. 박쥐는 동물들을 향해 초음파로 신호를 보낸 후 황금색 날개를 활짝 펴고 팔랑팔랑 날아오르기 시작한다. 맑고 맑은 은하천을 향한 힘찬 날갯짓이다. 박쥐 왕의 황금색 날개 소리가 물처럼 흐른다.

외양간 풍경

외양간 풍경

　　여보쇼. 당신 백화점 한 번이라도 가봤소?

　종로 네거리에서든 아니면 다른 길거리에서든 내가 이렇코 묻는
다면 별 미친놈 다 보겄네, 젊은 놈이 안됐구먼 하겄지라우. 그럼시
러 마치 내놈을 동물원 원숭이 새끼 쳐다보듯 힐끔거림시러 늙지도
않고 벌써부터 맛이 가부렀다고 검지손꾸락을 펴서 지 대갈통에 갖
다대고는 빙빙 돌림시러 즈그덜끼리 시시덕거리겄지라우? 미안허
제만 이놈 멀쩡헌 놈잉께 걱정을 말어부이쇼. 허기사 길 가는 사람
열이면 열, 백이면 백, 다 물어보이쇼. 백화점 한 번 안 가본 사람이
있는가 말이오. 요샌 촌 할매덜도 자식 새끼덜 덕분에 백화점 귀경
은 해봤다고덜 헙디다.

　그런디 말이요. 백화점이란 디가 우리나라 재래시장보다 깨끗허
고 좋다고라우? 천만에 만만에 콩떡이요 개 코꾸멍이 웃겄소. 내가
보기로는 백화점이란 디가 참말로 더럽습디다야. 내가 근무했던 식

품부 매장만 해도 지하에가 있소안. 하늘이 보이덜 허나, 창문을 열수 있기를 허나, 별별 사람덜이 다 와서 일으키는 먼지만도 서 말 가웃은 더 될 것이요. 와따매! 바겐세일인지 바께쓴지 헐 때는 참말로 개미 새끼덜 마냥 버글버글해불드면. 꼭 꼬막껍질 엎어논 것맹키로 시커먼 대그빡덜만 구들구들해불드라고라우. 그 많은 사람덜이 방구인들 안 뀌겄소? 별별 걸 다 처먹고 독가스 풍기는 것허고. 온갖 아줌씨덜 낯뿌닥에 떡칠헌 화장품 냄새허며 입냄새는 또 어쩌고라우. 사람덜이 떠드는 소리가 꼭 애릴 적에 우리 고향에서 듣던 파도소리맹키 출렁거립디다. 주둥아리에 음식덜을 처넣음시러도 뭔 놈의 헐 말덜이 그리 많은지 원, 지껄여대는 소리덜이 물결을 치드라이 말이요. 내놈 고향이 어디냐고라우? 어디서 태어났냐고라우?

아따 용의 모양을 허고 있는 고화도란 섬을 아시기나 허실랑가 모르겄소이. 거그가 바로 내놈 태가 묻힌 탯자리라 이 말이요. 거그 가면 손바닥맹키 작은 섬들이 많어라우. 넓은 바다 가운데 떠 있는 섬들이 꼭 사람 몸에 부스럼 딱지덜이 붙어 있는 것맹키로 목포 앞 바다에 있당께라우. 내놈 애랬을 때 부스럼께나 앓아부렀어라우. 웬놈의 부스럼은 그리도 나던지 약을 살라면 목포까장 나가야제만 했어라우. 아따 우리 마을에 뭔 놈의 약국이 다 있었겄소. 곰발 나서 딱지 앉은 부스럼 딱지 같은 섬에가 말이요. 통통배를 타고 십여 분만 가면 목포였지라우. 초등학교 때까지도 내 고향 고화도를 벗어나덜 못해봤어라우. 용머리 갯가에 나가서 제주도로 가는 집채만치 큰 배를 바라봄시러 내놈도 꿈이 있소쇼. 와따매! 내 정신 좀 보쇼. 내가 지금 고향 자랑허고 자빠졌을 때가 아니요. 아까 허다 만 백화점 애기를 더 해야 쓰겄소.

백화점이란 디가 재래시장에 비하면야 뻔쩍뻔쩍 불 켜놓고 빤두구레허니 꾸며논께 맛있게 보이고 좋아 뵈서 군침덜을 흘리고 허천들을 내는디 말이요. 내놈 눈에는 백화점이란 디가 어쩌고 보이는지 아시오? 나라 안에서 덩치 크다는 회사덜마다 앞다투어 대형 백화점을 세우니, 재래시장덜은 천둥에 개새끼 쫓겨가듯 어디로덜 도망가불고 백화점들만 활개를 침시러 서로 대가리가 터지게 경쟁덜을 헙디다만. 참말로 웃깁디다. 낯뿌닥에는 분 바르고 주댕이는 뻘거게 칠허고 귀거리까장 달고 외제품으로 치장했어도 몸뗑이는 목욕도 않고 팬티도 안 갈아입은 미친년 넙떡치 같당께라우. 어째 그러냐고 라우? 백화점 매장 뒤편에 좀 가봤소? 아이고 참말로 온갖 음식 찌꺼기에 쓰레기가 산뗴미 같고 겁나게도 찍껍던적시러워붑디다이.

그것뿐이요. 사람덜을 끌을라고라우. 매장을 치장시킬라면 젊으나 젊은 것덜이 밤잠도 못 자고 꼬빡 새움시러 아가리가 찢어져버리게 하품들을 해 댐시러 디스플레인지 뒤로 자빠전지를 헌당께라우. 아따 그것이 뭣이냐고라우? 손님덜 많이 오라고 백화점 몸뗑이를 이쁘게 치장시키는 것 말이요. 그것도 계절 따라서 바꾸고 계절이 다 뿐이요. 뭔 때니 뭔 때니 외국에서 허는 것까지도 뽄따라서 별놈의 이름들을 붙여갖고 행사란 걸 험시러 오만 지랄덜을 다 떤당께라우. 그러고 봉께 백화점이란 디가 꼭 지남철같이 여겨지요야. 초등학교 자연시간이 있었소안. 그때 지남철 놀이 안 해봤소? 지남철의 힘이 얼마나 센지에 따라서 쇠붙이덜이 딸려옵디여안. 그러고 지남철이 얼마나 크냐에 따라서 가만히 있어도 저만지 있던 쇳덩이기 바늘이던 쇠못이던지 막 딸려옵디여. 내놈 생각엔 백화점도 얼마나 크고 이쁘고 곱게 꾸며놓고 외제로 겉치장을 시켜놓느냐에 따라서 그러고 비싼 것을 싸다고 선전허느냐에 따라서 쇳가루처럼 사람덜이 딸려오는가 말이요. 사람을 쇳가루에 비유헌께 기분 나쁘다고라우? 에이 여보쇼. 만물의 영장인 사람을 어쩌고 쇳가루라 헐 것이요. 기냥 해본 소리제라우. 새겨서 좀 들으쇼.

내놈 어려서 울 엄니 따라 가봤제만, 지금도 재래시장의 맛을 못 잊겄어라우. 아따 오 일마다 서던 닷새 장 말이요. 그런 장에 구경도 못 가봤다고라우? 에끼! 여보쇼. 당신도 한국 사람이요? 오일장도 모름시러 뭔 한국 사람이라 허겄소이. 백화점밖에 안 가보고 말이요. 닷새 장에 가보면 참말로 재미있었지라우. 아니 내일이 장날이라면 오늘 밤엔 내 가슴이 쿵쿵 뛰어서 잠도 설쳤당께라우. 장날이 되면 온 동네 사람들은 시발낙지 잡은 것, 꼬막, 게와 바지락, 뛰갱이 논밭에서 수확헌 콩이며 팥이며 잠깨들 이고 지고 줄을 서서 갔지라우. 그때 약장사 구경은 참말로 볼 만했제라우.

아따! 그때 울 어매가 낙지 판 돈 중에서 동전 한 잎 줌시러 아이스께끼 사 먹으라고 헐 때 먹어본 그 맛은 지금도 못 잊겄어라우. 혓바닥 끝에서 설설 녹는 그 맛이라니 둘이 먹다 하나 죽어도 몰라불지라우. 땅바닥에 쭈그리고 앉아서 파는 장사나 사는 손님이나 서로서로 이웃마을 사람이고 옆 섬마을 사람들이니 낯이 익고 아는 처지

였지라우. 그것뿐이요. 사돈네 팔촌쯤은 되어놔서 안부를 묻고 농사는 잘 됐느냐, 고기는 잘 잡히더냐, 낙지는 얼마나 잡었느냐, 물음시러 옆 마을 할매는 팔을라고 가져온 쑥개떡을 한쪽 쭈욱 찢어 한 볼태기 묵어보쇼 험시러 울 어매한테 줍디다. 울 어매는 덥썩 받아 쭉 찢어진 메기입으로 넙쭉 한 번 베어뭄시러 오매, 나는 드릴 것이 없어서 어쩔께라우 험시러 아따 여간 맛나요이. 어째 요로코롬 맛나게도 쩌겠소야? 허고 호들갑을 떰시러 두어 번 베어먹던 침이 묻은 개떡을 나한테도 줍디다. 아가 개떡 묵어라이 여간 맛나다야. 험시러 울 어매는 가져간 낙지를 재수 좋게 값을 잘 쳐서 받고는 쑥개떡 얻어먹은 할매한테 붕어빵 두어 개를 사다가 앵겨드립디다.

오매오매 이 귀헌 것을 뭣 헐라고 사 왔소야? 험시러 얼른 두 손으로 받아쥘 때 할매의 손은 갈퀴같이 생겼습디다. 땔나무 허는 갈퀴 말이요. 그 손을 치맛자락에 쓱쓱 문지르고 붕어빵을 먹음시러 어따 어따 달착지근허니 맛나기도 허다. 할매는 붕어빵 속의 팥고물이 입에 묻은 채로 좋아험시러 나한테도 줍디다. 울 어매는 그것 째끔 갖고 뭣 헐라고 그러시요이, 기냥 잡수시제 주지 말고 어서 잡숴게라우, 험시러 오고 가던 정감스런 풍경들이 어린 내놈 눈에도 참말로 좋게 보였었소.

지금도 내 기억 밑바닥에는 오래된 사진첩처럼 놓여 있구먼이라우. 아저씨덜은 서서 팔기도 허제만 코딱지만 헌 종이쪽을 깔고 앉거나 물건을 받쳐 이고 온 또가리를 깔고 앉어서 팔기도 허고, 어떤 사람은 넓적헌 독댕이를 줏어다가 깔고 앉기도 했지라우. 아! 하루

쟁일 장을 볼라면 어쩌고 서서만 헐 것이요. 허다 못해 맨땅에라도 질펀히 앉아서 팔고 사고를 했제라우.

그런디 말이요. 백화점이란 디가 참말로 생사람 잡는 뎁디다그래. 가시낭년덜이고 머시매놈덜이고 간에 숫제 마네킹인지 막대기인지 취급을 해불드라고라우. 하루 웬 쟁일 세워놓고 손님을 맞으라 허던 디 아따! 다리통이 얼마나 아플 것이요이. 손님이 없을 때는 둥그런 플라스틱 의자에라도 앉을 수 있게 운신을 좀 허라면 죄 받는답디여? 꼭 그렇코 쟁일토록 세워놔야만 속이 시원허겠냐 이 말이요.

강남인지 남쪽 나라인지, 아무튼 엑쓰세대인가, 엔세대인가, 엠세대인가. 따불류세대인가, 귀하신 상류층 자제분들께서는 어프러지면 콧바람이 닿을 곳을 갈라도 다리에 힘이 없담시러 자가용 아니면 꼼짝을 못 허는 갑디다. 그것뿐이요. 어프러지면 배꼽 닿을 목욕탕이네 맛사지실이네 백화점이네를 갈 때도 자가용에 다리를 모시고 댕김시러 애껴놨던 힘을, 어디다 쓸끄나 허고 넘쳐나는 힘 쓸 디를 찾나라고 발광덜을 하고 두 눈깔이 뻘게져갖고는, 로데오거린지 홍대 고샅인지 서울시네 고샅을 누리번거림시리 힙합바진지 히픈지를 흔들고 싸돌아 댕깁디다. 그러다가도 어떤 고샅에서 뻔쩍뻔쩍헌 불빛덜이 깜빡깜빡해대는 눈짓을 보내기만 허면, 환장 된장을 험시러 뛰어 들어가 몸땡이를 있는 대로 흔들어대는 콜라 땐쓴지 디디알 땐쓴지 디질 땐슨지 테크노 땐쓴지 암튼 서양 땐쓰를 허는 디다 힘이란 힘을 몽땅 쏟아버리더란 말이요. 그러다가 지치고 포대자루같이 텅 비어버린 몸땡이에 비싼 음석들로 채울려고 흐느적거림시러 고샅덜을 누비고 댕기는 꼴을 보노라면, 참말로 내놈 눈에는 꼭 공장에 있어야 할 두부 자루덜이 텅 빈 채 기여 나와갖고는 나풀거림시러 거리를 활보하는 것 같더란 말이요.

허기사 내놈 애릴 때 고향 동네 사람덜이 넓은 마당에 모여들어 내놈 키만큼이나 높게 장작을 쌓은 다음 모닥불을 피워놓고 굿거리장단에 맞추어 마당굿인 걸립굿을 허니라고 꽹과리에 징에 장구에 북을 동원하여 놀 때는 내놈도 어찌나 신이 나던지 온 마당을 껑충거리고 다님시러 신들린 놈같이 덩실덩실 춤을 추고 소리를 질렀지라우. 어른덜이 부르는 노래가 뭔 뜻인지는 몰라도 참말로 흥이 나고 재미가 났당께라우. 그때사 온 동네 사람덜이 한마당 동네 잔치를 벌이는 날인께 일 년에 단 한 번 농사일에 바닷일에 지친 몸 풀고 동네 사람덜 화합 겸 새 힘 얻을라고 허는 것이제, 어디가 서양 땐쓰에 혼이 붙잡힌 년놈덜만치로 일 년 열두 달을 내내 다 그랬간이라우. 아따 참말로 서양 땐쓰 허니라고 년놈덜이 흘려대는 땀방울을 몽땅 받어다가 사용허면 수력발전소 하나쯤은 세울 수 있지 않겄어라우. 그런디 어쨌다고 그 아까운 힘을 그런 디다만 몽땅 쏟아부서 불고 마는지 참말로 아까와서 죽겄습디다이.

그런디 여성의류부에서 고상허는 우리 은희년을 본께 내 가슴이 얼마나 아픈지 찢어지댁기 씨루아서 죽겄습디다. 전번에도 나허고 연애질허는 은희년이랑 돈 아낄라고 한강 둔치에서 만났는디라우, 뭔놈의 파스 냄새가 내 콧구녕으로 솔솔 들어오덜 않겄소. 내가 뭔 파스 냄새라냐? 그랬더니. 내 다리에 붙였어요 허드라 이 말이요.

나는 깜짝 놀래부렀제라우. 어따가 찢어부렀냐? 했더니. 찢기는 어디다 찢어요 하루 종일 서 있으니까 아파서 그넣죠. 너운물로 저녁마다 찜질을 해도 소용없어요. 그 말을 들으니께 내 가슴이 찢어져 나가댁기 말할 수 없이 아퍼붑디다이. 사내놈이 되어갖고 애리디애린 은희년을 보고만 있어야 헌다는 것이 참말로 무능허게 생각되붑디다야. 불면 날아갈까 쥐면 깨어질까 아까운 은희년한테 아무런 도움도 못 돼주는 내놈 신세가 참말로 한스러워붑디다.

내놈은 압구정동 로데오 거리의 오렌진지 낑깡인지 자몽족인지 아무튼 명품으로 온몸을 휘감으신 상류층 자제들허곤 애시당초 거리가 먼 놈의 팔자가 아니오. 귀하신 부모도 좋은 환경도 못 타고난 바로 가난뱅이 섬놈이 아니냔 말이요. 거그다가 일류 대학 출신 넥타이 맨 능력 있는 하이칼라도 못 되고 칼질로 먹고사는 바로 백정놈이요. 백정. 제주도 가는 배와 목포 앞바다를 바라봄시러 키우던 내놈의 큰 꿈이 이렇게 될 줄은 몰라부렀소. 허기사 내놈의 인생이 안즉도 끝난 것은 아니고 청춘이 구만리같이 멀었소만은. 그러고 내 속에 뜨거운 피가 절절 끓는 이 나라의 건상헌 청년이다 이 말이요.

그런디 며칠 전 일을 생각허면 귓구멍이 콱 맥혀붑디다야. 며칠 전 내놈 꼴새를 울 어매가 봐부렀다면 절대로 가만 안 있었을 것이요. 그놈 앞에서 내놈은 꼭 황소 앞에 생쥐 같습디다. 울 어매는 호박 같은 아들놈 다섯에 배추 같은 딸년 하나를 쑥쑥 뽑아놓고도 까딱 않고 용머리 갯가에 나가서 낙지도 제일 많이 잡어오던 아주 억샌 여장부였다, 이 말이요. 그런 울 어매가 막둥이 아들놈이 잠도 못 자고 며칠 밤을 꼬빡 새움시러 벌 받는 것 보고 가만 있었겄소? 쭉 찢어진 메기입으로 이 엠병헐 놈덜아 내 새끼가 뭔 죄냐! 어쨌다고 내 새끼 잡도리허냐! 호랭이나 물어갈 놈덜아. 잡을라면 웃대가리 사장 놈이나 잡을 것이제 내 자석이 뭔 죄가 있냐? 쥐꼬랑지맹키 월급은 서푼썩 주고 일은 소새끼 부려먹듯 돼지게 부려먹대이만, 인자 와선 내 자석 잡도리허냐. 오매오매, 내 아까운 새끼 죽인다네. 시킨 놈은 가만두고 심부름헌 놈만 죽어난다네. 오매오매, 어쩔끄나 아까운 내 새끼 죽인다네. 험시러 우리 어무이 엉덩짝을 땅바닥에 철푸덕 철푸덕 찧음시러 울다가 웃다가 경찰 놈을 쥐어뜯다가 했을 것이요. 울 어매 넙떡치가 얼마나 넓은지, 꼍보리 서 말은 갈 수 있을 맨치 넓고 암팡지게 생긴 엉덩짝이라 이 말이요. 그런 넙떡치를 철푸덕거리면 아마 몰라도 서울 시내에 지진이 난 걸로 알 것이요. 그런 울 어매 아들놈이 개미같이 쫄아들어갖고 벌벌 떨었다 이 말이요. 솔직이 내놓고 말이제만 내놈이사 뭔 죄가 있겄소이?

그런디 경찰 놈이 그럽디다. 너 이 새끼 수입소를 한우로 속여서 팔았지? 팔았지? 내놈 시키는 대로만 했을 뿐인디 말이요. 식육부에서도 제일 하빠리 쫄자 칼잽이가 아니냐 말이요. 내놈 하루 쨍일 작업대 앞에 서서 소, 닭, 돼지의 살과 뼈와 비계를 갈라서 자르는 일만 허는디 내가 뭔 권리루다가 팔고 말고를 허겄소? 기냥 기계 부속품맹키 일허고 상여금까지 합해서 130만 원도 채 안 된다 이 말이요. 사장에 비하면야 쥐꼬랑지는커녕 모기 눈깔만 한 월급 받고 일했을 뿐인디 어쨌다고 나를 심문헌다요? 요새 같은 세상엔 강아지

새끼도 안 물어갈 흔해빠진 대학 졸업장 하나 없는 놈이제만, 그래도 가짜 학력이 아니라 목포 시내까장 유학 가서 고등학교까지는 나녔다 이 말이요. 그렇게 너무 일자무식 취급허지 말어부이쇼. 어째서 대학교를 못 갔냐고라우.

쌀독에서 인심 난다는 옛말도 있는디, 우리 집 광 속엔 쥐새끼들마저도 먹이를 물어다 줄 정도로 가난했지라우. 참말로 똥구녁이 찢어지게 가난했어라우. 아무리 울 어매가 안반짝같이 넓은 넙떡치를 뒤틀거림시러 뙤갱이 논밭으로, 갯가로 휘젓고 댕김시러 껄떡거려 보아도 봄에는 쑥 뜯어 넣고 끓인 보리 풀대죽으로 배때기를 채웠지라우. 그걸 먹고 달음박질을 헐라치면 배 속에선 출렁출렁 파도 소리가 났어라우. 그런 우리 집구석에 자식새끼덜은 줄렁줄렁허제. 울 아부지는 날마다 술독에 빠져 살제. 내놈 아무리 꽃발을 딛고 해볼려고 해도 대학 갈 형편이 안 됩디다야. 공부도 헐 만큼 했는디, 대학은 내놈이 디려다볼 데가 아니라고 일찌감치 포기를 해부렀소. 그래도 우리 집에서는 내놈만 제일 높은 학교를 댕겼제라우. 형님덜은 초등학교까장 마쳤제. 누나는 초등학교도 중퇴를 했낭께라우. 형편이 도저히 안 되야서 그랬는디 울 엄니는 두고두고 누나 형님덜 말이 나오면 눈물바람을 허곤 했어라우. 영리헌 내 새끼덜 애미애비 잘못 만나서 허고잡픈 공부도 못 시키고 말았다고 말이요. 내가 지금 가정사를 떠벌리자는 것이 아니요.

오늘 아침 출근할 때 내 기분을 누가 알 것이요? 참말로 묘해붑디다. 며칠 동안 한소끔도 잠을 못 자고 눈꺼풀을 붙여보딜 못 허고 심문을 받다 본게 대가리가 팍 돌아버릴려고 험디다야. 책상 하나 사이에 두고 그놈허고 나허고 마주 앉어서 사흘 밤을 지샜당께라우. 무슨 애인허고 연애질허는 것도 아니고 눈꺼풀이 내려올락허면 어떻게 해서라도 못 자게 허드란 말이요. 네 시간마다 교대하는 그놈들에 비해 잠 한숨 못 잔 내 몸이 당해낼 수나 있겠소? 사흘째 되는 밤엔 내놈 몸땡이가 의자에 앉었는지 공중에 떠 있는지 그놈이 내 친구인지 내 아버진지 아물아물헌 것이 꼭 꿈속맹키로 벨시로와(이상하다)붑디다. 처음엔 그놈도 사람, 나도 사람으로 보였는디라우. 시간이 지날수록 그놈은 점점 커지고 내놈은 점점 쫄아들더니만, 그놈은 돼지 같고 내놈은 생쥐 같아집디다. 두 눈을 껌뻑거림시러 아무리 정신을 가다듬어보아도 마지막엔 그놈은 황소 같고 내놈은 개미같이 보여져붑디다. 내가 이러다 어둑컴컴헌 깜방에서 울 어매도 못 보고 죽겠구나. 내가 꼭 관 속에 매장된 것 같기도 허고 내 정신이 돌아버린 것 같기도 허고 분간을 못 허게 깝깝해불드먼이라우.

내가 어릴 때만 해도 장난감 구경을 못 해봤소. 목포 시내에 가면사 오만 장난감이 널렸겠제만 우리 형편에 살 수나 있어야제라우. 그래 허구헌 날 놀이란 것이 용머리 갯가에 나가서 배를 바라보거나 모래밭에 나가 모래장난을 침시러 놀든가 아니면 논밭 두둑에 개미집을 찾아 발로 툭툭 차서 전쟁을 일으키는 거였제라우. 개미들 앞의 내놈은 하나님 같았을 것이요. 하루 꼬빡 걸려 물어오는 개미의 먹이도 내놈 새끼손꾸락 하나면 거뜬히 들어다 줄 수 있었고 내 입김으로 훅 불어서도 개미를 날려버릴 수 있었지라우. 그런디 깜방에서 그놈 앞에 내놈은 그짝이더란 말이요. 아무것도 모른다고 해도 같이 들어온 식품부 과장이 시키더냐? 정육 담당 민 대리가 시키더냐? 아무리 다구쳐도 끝까지 모른다고만 했제라우. 안 되겠던지 나중엔 과장도 불고 정육 담당 대리도 불었다고 험시러 말이요. 수입소를 한우로 속였지? 팔았지? 주먹을 먹이는디 온 세상이 별뿐입디다. 바우 덩어리 같은 그놈 주먹이 날아올 때마다 하늘에서 누가 꼭 크디큰 통바구니에 별을 가뜩 담아 쏟아붓는 것 같더란 말이요. 그래도 과장이 시키는 대로 했지라우. 당신들도 당해보쇼만은 참말로 못 견디겄습디다. 밤새 잠도 안 재우고 괴롭히는디 환장해불것습디다. 과장허고 대리가 불었다는디 정말 불었을까? 의문이 생깁디다만, 아무리 그래도 사내놈의 체면이 있제 나까장 불면 되겄냐 생각했소.

어릴 때 여름밤이면 동네 조무래기들끼리 갯가에 나가 모래밭에 누워서 하늘을 쳐다볼 때의 별들은 마치 모래를 하늘에 쏟아논 것 같았지라우. 그때 우덜은 반딧불이 둥둥실 날아다니는 밤하늘을 봄시러 별 세기를 시합했는디, 그놈 앞에서 나타나던 별은 헤아릴 새도 없이 사라집디다. 이 세상엔 개미처럼 일했을 뿐인디 개미 새끼보다 몇백 배도 더 큰 사람덜이 개미집을 짓밟고 죽이고 허는 일이 한두 가진가 말이요. 내놈 앞길이 창창허니 꿈이 있는디 난생처음 가보는 깜방인지라 아따! 참말로 겁이 나불드먼이라우. 그래도 내놈 지조를 지켰어라우. 잡혀 들어갈 때 식품과장이 그럽디다. 너는 무조건 모른다고만 해라 알았지!

사무실 직원으로는 식품 담당 과장 허고 정육 담당 민 대리가 잡혀 들어갔고 현장에선 내놈이 들어갔지라우. 내놈이사 윗사람이 시키는 대로 일했을 뿐이제만 실질적으로 고기를 직접 보고 만지고 작업을 헌다는 이유 때문에 끌고 가는디 무슨 수로 빼팅기겠소? 과장이야 매출 실적을 위해서 속였으니 당연지사고, 정육 담당 민 대리는 현지에 가서 고기를 골라오는 담당을 맡았으니 봉투 받아 주머니 돈 좀 챙기려고 고기의 질이 낮은 싼 수입소를 한우라고 사 왔음에 당연지사 들어가도 된다제만. 내놈이사 고기 살덩이 자르고 만진 것밖에 뭔 놈의 죄가 있겠소. 과장이 내놈더러 고생허고 나오면 승진이 될 것이다라고 허는디, 아따 그 말을 들은께 은희년 얼굴이 제일 먼첨 떠오릅디다이. 그래 사흘 밤을 시키는 대로만 버텼제라우. 내놈이 지금 무쇠 덩어리를 먹어치워도 소화해낼 젊은 피가 끓는 놈 아니요? 잘 먹고 달게 자고 그럴 나이에 있는 놈이 아니냔 말이요.

와따매! 사흘 밤을 꼬박 새우고 난께 죽겄든 것. 사흘째 되는 밤엔 꼭 내놈 몸땡이가 구름 위에 떠 있는 것맹키 어지러운 것도 같고 구름을 타고 붕붕 무지개 위를 걷는 것 같기도 헙디다. 눈꺼풀은 떴는디도 내놈 머리통 속에서는 자고 있드라 이 말이요. 정신이 아물거리는 것이 비몽사몽 꿈속맹키로 생전에 사람 한 번 구경도 못 해본 것 같고 하늘 한 번 쳐다본 적도 없었던 듯 기억이 아물아물허드라 이 말이요. 어찌됐든 사장 덕인지 나흘째 되던 날은 나를 부르는 소리가 다르더라구라우. 나중에 알았제만 사장이 돈푼께나 집어준 덕택이랍디다. 나가라고 그러길래 실감이 안 나서 멍하니 쳐다본께 집에 가라는 것입디다. 아따 꿈인가 했소야. 내 귓구멍을 의심해부렀어라우.

밖에 나와서 제일 먼첨 하늘을 쳐다봤소. 그때의 내놈 기분을 당신들은 알기나 헐랑가 모르겄소이. 두더지가 독수리 된 기분이 그랬을께라우. 어둔 땅속에 있던 놈이 높은 창공을 힘찬 날개로 날아오르는 기분이 아마 그랬을 것이요. 내 생에 처음으로 하늘을 보는 것맹키로 하늘은 곱고 아름답더구먼이라우. 내놈 애릴 때 파도가 철썩거리고 밀려오는 갯가에 나가 놀 때면 파란 하늘과 파란 바다가 똑같기도 허고 두 짝의 석경이 마주 비추고 있어서 내놈 창자까장도 보이는 것 같았어라우. 가막소 밖의 하늘이 영락없이 그렇코 보이더란 말이요.

나랑 같이 일허는 작업장 놈덜이 마중 나와 있다가 반겨줍디다. 야! 갑철아 너 출세했다, 깜빵 신세도 다 져보고. 준석이 놈이 그러길래, 염병허고 자빠졌네, 네놈이나 출세해봐라 새끼야. 그러면서도 내놈 눈깔은 자꾸 누군가를 찾고 있었지라우. 아! 그런디 은희년이 코빼기도 안 보이드라고라우. 준석이 놈이 내 눈치를 알고 그립디다. 네가 누굴 찾는지 알지만 기대허지 마라. 텄다 텄어. 뭣이 어째야, 기대를 말라고야? 씨알도 안 멕히는 소리 허덜 말어라이, 그랬더니 그렇잖아도 네놈 나오는 날이라고 같이 가자고 했었다. 임마, 그런데 은희 지하고는 상관없는 일이라고 그러드라. 준석이 놈 말을 듣고는 장난으로만 여겼제라우. 그래도 왠지 서운허드란 말이요.

거리에는 내놈이 고통 받은 것 따위엔 아랑곳없이 먹고 마시고 있더구먼이라우. 허기사 개미 한 마리 같은 내놈 따위 누가 알은 체나 허겄소만. 내놈의 당한 일이 아무것도 아닌 듯 아무 일도 없었던 듯 출근을 서둘렀지라우. 서울 땅에 내놈 몸뚱이 눕히고 쉴 수 있는 땅 덩어리 한쪽도 갖고 있딜 못해서 서울의 발뒤꿈치께인 경기도 땅에서 살고 있소. 강남이니 강북이니조차도 내놈 형편엔 사치스런 말로 들리고 가당치도 않습디다. 서울시민 자격도 못 갖고 경기도 땅 구석대기에 반지하 사글셋방 한 칸 얻어 살고 있응께 출근시간도 겁나게 걸려붑디다. 내놈 출근 준비래야 청바지에 잠바때기 하나 걸치면 되지라우. 버스와 전철을 번갈아 탐시러 한 시간 사십 분이 넘는 거리를 출퇴근허자니 참말로 힘들어붑디다. 일곱 시도 채 안 되었는디도 전철 안은 온갖 사람들로 북새통이고 비몽사몽간에 빠져 대가리들을 서로 부딪침시러 졸고 있습디다. 아무리 건장헌 내놈 다리제만 두어 시간을 서서 가는 것보다야 앉아 가는 게 안 낫겄소? 구석자리라도 비집고 앉아 졸며 가려고 찾아봐도 그런 횡재는 못 해부렀소. 출입문 쪽 기둥에라도 기대고 가려고 둘러보니 그곳마저도 먼저 온 사람들이 차지해부렀습디다. 어떤 이는 입을 헤벌리고 침을 질질 흘리며 졸고, 어떤 이쁘장헌 아가씨는 허연 허벅지가 드러나는 미니스커트에 가랭이가 벌려졌는 중도 모르고 졸고 참말로 내놈이 다 우세시럽디다야. 그렇코 별별스럽게 졸고 있는 모양새들이 내놈 눈엔 개미 새끼덜로 보여지더구먼이라우. 그렇든지 저렇든지 어서 가서 은희년한테 내놈의 건장헌 모습을 뵈줘야겄다고 마음은 급헌디도 전철은 굼벵이 기댁끼 헙디다야.

식육부로 들어서자 여전히 가득 찬 피비린내가 제일 먼저 내놈을 반겨줍디다. 군대 갔다 와서 마땅히 취직허기도 어려워 사촌형 일허는 백화점 식육부에서 잠깐 일험시러 다른 일자리를 찾어본다던 것이 벌써 몇 년 동안이나 말뚝 박은 채 있소 시방. 그 댓가로 깜방까장 귀경허고 왔소만. 당신덜도 작업장에 한번 와보면 알겄제만 참말로 못 해먹겄습디다. 인생이 어차피 피비린내 나는 전쟁 속이라제만, 작업장에 즐비헌 소와 돼지 닭의 몸뚱아리를 만지며 역한 피 냄새 속에서 하루 쨍일 일허기는 참말로 힘들더구먼이라우. 돌덩이도 삭혀버릴 내놈 건장헌 위장이제만 이 일 시작허고 한 달도 넘게 밥을 못 먹었응께라우. 알만 허제라우. 퇴근 뒤에도 이놈의 피 냄새가 내 골방까장도 따라오더란 말이요. 음식을 입에 댈라치면 그놈의 피 냄새 땜시 토허기가 일쑤였어라우.

오늘도 일주일분 열한 마리가 실려온 것 본께 한우란 놈은 한 마리도 없습디다. 그놈들은 빨개를 활딱 벗어제낀 알몸으로 털끝 하나 걸치지 않고 들어오지라우. 몸뚱이가 갈고리에 거꾸로 대롱대롱 매달린 채 자례로 지울눈 앞에 와서 멈췄다가 무게의 숫자가 찍히면 또 다음 놈이 차례로 뒤따르곤 허는디, 즈그덜이 스스로가 움직이는 것이 아니고 작업장에서 일허는 우리덜 힘을 빌려 움직이제라우. 마치 그놈덜은 신체검사를 받는 신병들 같습디다. 트럭에서 내려진 그놈덜을 작업장까지 밀고 오다 보면 내 몸이 피로 적셔져 그놈이 내놈인지 내놈이 그놈인지 분간이 안 가붑디다. 오늘 들어온 그놈덜 꼬라지들을 본께로 영락없이 엘에인지 브라질인지 호주산인지 암튼 바다 건너서 온 놈덜이 분명허다고라우. 내 말이 확실허냐고라우?
에이! 여보쇼. 내놈 이래 봬도 풍월을 읊을 만치 이력이 난 놈이어
라우. 내놈 이 일을 시작헌지도 삼 년은 훨씬 넘었응께로 안 그러겄
소?

아따 신문에도 안 났습디여. 미국 몬포트산지 뭔지 허는 수출회사
에서는 쇠고기 등급을 조작해갖고 우리나라로 보냈음시러도 냉동창
고 실수라고 핑계를 대고 자빠졌습디다그래. 그것뿐이요. 에프티에
인지 에프킬라인지가 체결된 뒤로는 우리 한우 농가들 피 빨다 소
고기 싸게 들어온께라우, 좋아헐 놈들은 백화점만 배를 두들기고라
우, 우리들은 일거리만 많아져서 미치고 환장헌당께라우. 미국 놈들
은 힘세다고 뼛조각이 있어도 수입을 허라고 우리나라 멱살 잡고 흔
드는디라우. 그런디 내놈 생각엔 꼭 미국 코쟁이 놈덜만 나쁘다고
헐 것이 아닌 것 같습디다. 니기미 씨벌, 개보고 메주 지키란 푼수
제. 통관은 겉멋으로 있다우? 국민덜 건강은 뒷전이고 공무원 놈덜
뒷주머니 챙기니라고 뇌물에나 두 눈깔이 삘게갖고 등급이고 뭐고
알아보덜 못허는 썩은 동태 눈깔덜이 더 나쁘제라우. 아무튼지 뇌물
로 눈깔 가리고 통관된 놈이든지 아니든지 일주일분 발골 작업이 시
작되어 작업대 위에고 바닥에고 웬통 소와 돼지의 살과 뼈로 발 디
딜 틈이 없을 땐 우리덜 정신도 반은 나가불제라우. 정신이 일허는
디만 팔려붕께라우.

공일오칠인지 다이옥신인지 광우병인지 구제역인지 아무튼 사람
잡어먹을 균이 붙어 있어도 발골 작업은 해야제라우. 발골 작업은

고기를 부위별로 해체해서 숙성실로 넣는 것인디, 숙성실은 고기 맛을 좋게 해주는 디로서 온도는 영도에 맞춰놔야제 잘못했다간 큰일 나부러라우. 고기 질이 좋은 것은 숙성실에서 곧바로 고객에게 팔기도 허제만 2~3일이 지나면 고기를 영하 10도의 냉장실로 옮겨놓는디 그건 고기의 부패를 막기 위해서고라우. 영하 20도 내지 40도의 온도인 냉동실로 옮겨놓는 고기는 돌덩이처럼 땡땡 얼려둬야만이 두고두고 팔 수가 있응께라우.

아따 작업장 안에서 진열장 쪽을 보면 웃겨붑디다이. 귀걸이인지 뭔 놈의 열매가 달린 나무가 앞에 와서 서 있는 건지 분간도 못 해불게 치렁치렁 달고라우. 제 깐에는 외제 옷에 외제품들로 꾸미고 귀부인 숭내는 냈습디다만, 내놈 눈에는 완전히 웃기게 보이드먼이라우. 낯뿌닥은 화장을 했는지 페인트칠을 했는지 얼마나 처발라갖고 꼭 백바가지를 뒤집어쓴 것같이 해갖고는 한우고기를 산다고 내놈이 일허는 작업장 앞으로 옵디다. 한우갈비라고 허겁지겁 험시러 잔뜩 사가는디, 천만에 말씀이요. 내놈이 보기로는 한우가 아니어라우. 오늘 들어온 놈빌민 헤도 글안허요안? 온갖 잡종 소가 들어와서 한우로 둔갑헌 명찰을 달고 팔려나가는 것 봉께로 내놈도 고기 먹을 입맛까지 싹 가셔부요야.

아따, 이노무 다이옥신인지 공일오칠인지 광우병인지 구제역인지 허는 벌가지덜이 떼 몰려 들어와서는 내 몸뚱아리를 즈그덜 집으로 착각허고 진을 쳐불면 어쩔 것이요이. 글안해도 광우병인지 뭔지로 유럽이 온통 덜덜 떨고 있고 우리나라에서도 촛불집회를 허고 난리였는디라우. 아이고매 내놈 총각귀신도 못 면허고 그놈의 벌가지들한테 꼼짝없이 당헐 것 아니오. 그것덜이 은희같이 이쁜 가시낭년들도 아니고 아조 독헌 환경호르몬이라 헙디다. 아따 장가도 못 가보고 벌가지덜 종 노릇이나 허고 미친 소처럼 날뛰다가 죽게 될 생각만 해도 억울허고 사리사리 해부러라우.

비육우 중에도 오만 놈이 다 있어라우. 헤어포드라는 영국 소와 한우가 흘레해서 접종된 놈이 있는가 허면, 별 웃기는 소새끼 이름에다 한우로 둔갑시킬라고 난리법석이제라우. 외국 젖소가 우리나라에 와서 여그 흙을 몇 번 밟아보고 이 땅의 풀을 몇 움큼 뜯어먹었다고 해서 한우가 될 수 있겠소? 그런디 그 잡종 놈의 소가 버젓이 한우라는 명찰을 달고 큰소리치드란 말이요. 그 모양새를 한우들이 보면 얼마나 기가 맥힐 것이요.

또 화우라는 일본 소새끼는 한 마리에 이억 원썩이나 허고 비싸제만 어디가 우리 토양에서 먹고 자란 순수 한우에 비교나 되겠소? 공연시리 걱정을 헌다고 그러실지 모르제만 내놈 생각엔 이런 상태로 나가다간 사람은 한국 사람인디 몸뚱이 속에 흐르는 피는 수입소의 피로 가득 차서 우리 국민인지 수입소인지를 분간이나 헐 수 있을랑가 모르겠어라우. 참말로 순수헌 한우는 옛이야기 속에나 나올 것만 같다 이 말이요.

작업장 창으로 눈만 대고 내다봐도 식품부 매장을 넓게 멀리 볼수가 있어서 우리덜은 덜 심심허긴 헌디 별놈의 꼴을 다 보요야. 살코기를 자르다가 내다본께로 어떤 여자는 주둥이가 꼭 쥐 잡어먹은 댁기 뻘거게 칠해갖고 멋은 있는 대로 부렸습디다만. 그러면 체신머리도 그렇게 해야 쓸 것 아니요. 그런디 허는 짓 좀 보쇼. 사기 집서 갖고 온 비닐 봉다리에 사골 한 뭉탱이와 닭 두 마리를 처억허니 넣더니만 계산도 않고 갈라다가 경비 아저씨한테 잽혔지 뭡니까. 고년 참 맹랑도 허제. 그것뿐이요. 어떤 여자는 도둑질을 헐라면 애새끼나 데려오지를 말 것이제, 애는 뭣 헐라고 데려와서 지년의 도둑질 허다가 들키는 걸 뷩에주냐 이 말이요. 애는 울제 고년은 두 손 싹싹 비빔시러 한 번만 봐달라고 허제. 참말로 하루에도 별별 사람덜이 다 있당께라우. 그런 구경 험시러 우리 같은 작업장에 있는 놈덜은 배창시가 꼬꾸라지게 웃는당께라우.

큰 골절기에 사골을 절단하느라 두 눈에 잔뜩 힘을 주고 온 신경을 거그다가 쏟음시러 자르고 있을 때 준석이가 큰 소리로 부릅디다. 갑철아! 점백이가 호출이다. 바뻐 죽겠구먼 호출은 뭔 지랄 맞은 호출이여, 허고 뒤돌아본께 준석이는 소 내장을 잘라 천엽에서 소똥과 불순물을 제거험시러 얼굴을 잔뜩 찌푸리고 있습디다. 쇠똥 냄새가 무던히도 나는 모양입디다야. 나허고 눈이 마주지자 쇠똥 묻은 손꾸락을 입가로 가져다 댐시러 갑철아 가봐라, 밤잠 못 자고 수고했다고 상 줄지 아냐, 허고 말헙디다. 손가락을 입가로 가져가는 것은 식육 담당 민 대리의 입가에 앵두 알만 한 점이 있기 때문에 우리끼리 암호로 쓰는 것이제라우. 니기미, 상은 뭔 노무 상! 야근 수당이나 잘 챙겨 월급이나 제대로 받게 허시라지.

오늘 아침 출근 뒤부터 민 대리는 줄곧 작업장엘 드나드는 횟수가 잦읍디다. 그러고는 내놈을 쳐다보는 눈빛이 마치 살코기에 달라붙은 비곗덩어리처럼 미끄덩거리고 끈적거리는 것이 영 기분을 잡치게 허드란 말이요. 니미럴! 독 트메기에 새앙쥐 새끼마냥 어째 저리 들락거린다냐? 누가 생살코기 한 점이라도 처먹는 줄 아는 거여 뭐여 지금. 내놈이 투덜거리자 동료들이 다 같이 웃음시러 한마디씩 거듭디다. 그러고 있는 참에 일이 나부렀어라우. 재권이 놈은 들어온 지가 얼마 안 돼 나서 손놀림이 서툴단 말이요. 내가 그만큼 말림시러 허지 말라고 헌께 고집을 피우고 큰 골절기에 사골을 썰다가 비명을 질러댑디다. 얼른 가봤더니 아이고 손꾸락이 디롱디롱 해갖고 피가 뚝뚝 떨어지요안. 그 녀석이 고집이 세어갖고 말을 안 든대이 기어코 일을 내고야 말았소야. 헐라면 쇠장갑이나 끼고 헐 것이제. 어저께도 수입육 코너에 있는 정 씨도 손을 다쳐서 병원에 입원해 있다는디. 재권이 놈이 병원으로 뛰어가는 걸 봄시러 내놈 맘이 참말로 아퍼부요야. 이런 일이 일어날 때마다 우리들 마음이 초상집 같어부러라우. 사골과 고기를 썰다가 까닥 잘못 허면 골절기에 그만 손꾸락을 썰어분당께라우. 아따, 아무리 정신을 똑바로 채리고 조심해도 순식간입디다이. 오늘 같은 날은 일주일분이 들어왔어도 이렇코롬 바쁜디 명절 때는 말도 못 해부러라우.

　지난 추석엔 어쨌는지 아시오? 명절이면 평상시보다 더 바쁜 직장이 내놈 말고도 또 있겠제만 백화점이란 디는 귀성객들 손에 줄렁줄렁 선물 보따리를 들려줄 준비를 해놔야제. 서울에 남은 사람들 주고받는 갈비짝을 준비해야제. 참말로 내놈 코가 붙어 있는지 눈썹

이 날아가부렀는지 분간을 못 허겄습디다. 몇 날 며칠이고 퇴근은커 녕 탈의실에서 한 놈씩 번갈아서 눈꺼풀을 붙이는 둥 마는 둥 히고 작업을 허다 보니께 코피까지 쏟음시러 일했소야. 그런디 어쩐 줄 아시오? 월급날 봉투를 받어봉께 귓꾸먹이 콱 맥혀붑디다. 그렇코 사람을 소새끼 부려먹듯 찐꼴 빠지게 부려먹었으면 한 푼이라도 그 대가를 더 쳐서 얹어줘얄 것 아니요? 사람 사기 문제 아니겄소? 그 런디도 평소허고 똑같더란 말이요. 어떻게나 화딱지가 나던지 작업 일지를 적다 말고 용지 밑에다, 이수용 대리 너 똑바로 해! 라고 적 어놓은 채 결재를 올려부렀소. 내놈의 작업일지는 식품부 민 대리를 거쳐 식품부 차장헌테 올라갔지라우. 차장도 인사과에 불만이 있던 차라 내놈의 작업일지를 보고도 그냥 올렸는갑디다. 식품부 차장의 불만은 야근 문제가 가장 비중이 컸지라우. 작업장 놈덜에게 야근 시키고 수당을 주지 않는 것은 물론이고 식품부 전 직원에게 야근을 시키고도 12시 이후에 일한 대가는 제대로 주지 않으니 부처님 가 운데 토막인들 좋아헐 놈 누구겄소? 그래도 날밤을 꼬빡 새우는 우 리 놈덜과는 비교도 안 되제만이라우. 인사과 이수용 대리를 거쳐서 인사부장에게 올려질 작업일지는 이수용 대리가 자리를 비운 사이 인사부장에게 곧바로 올라가부렀고, 내놈이 갈겨둔 낙서를 봤는갑 디다. 사실은 낙서가 아니라 내놈의 분통 터지는 마음이제만. 그래 인사부장은 이수용 대리를 불러 어떻게 행동을 했길래 작업장 놈덜 이 이런 행동을 하느냐고 야단을 쳤는갑디다. 이 대리 고놈이 얼마 나 이를 갈았겄소. 그렇지만 밤새도록 잠도 못 자고 날 새기를 침시러 일은 그렇게 돼지게 허고도 월급이 똑같으면 어떤 놈이 성질 안 날 놈이 있겠소? 내놈 에랬을 때 보면 소한테도 일을 더 시키면 먹을 것을 더 줍디다. 곡식을 거두는 소의 입에 망을 씌우면 되겠소? 또한 일꾼이 그 삯을 받을라고 허는 것은 마땅한 이치 아니요. 내놈은 소새끼도 아니고 사람이요 사람. 밤잠도 안 재우고 고향도 안 보내고 돼지게 부려먹었으면 그 대접을 더 해줘야 쓸 것 아니요?

정육 담당 민 대리가 그러는디 인사과 이수용 대리가 식품부 사무실에 와서 펄펄 뛰고 쌩 엠병지랄을 했다길래 들어보나마나 뭔 일로 그랬는지 모르겠소? 옳채! 혼꾸멍이 난 모양이구나, 허고 속으로는 어떻게나 꼬소허던지 깨소금 두어 말은 씹어 먹은 댁끼 꼬소름 허드란 말이요. 인사과로 올라가보라길래 바빠서 갈 시간이 없노라고 버팅겨부렀소. 분쇄기에 쇠고기를 갈고 있는디 진열장에 고기를 갖다 놓고 온 준석이 놈이 새끼손꾸락을 펴 보임서 전화 왔다고 헙디다. 은희년이 근무시간에 안 허던 짓을 헌다고 중얼거림시러도 속으로는 얼마나 반갑던지 얼른 뛰어가서 받어봉께 이수용 대리가 아니겠소. 빨리 올라오라고 그럽디다. 썩을 놈! 지놈 속이 뻔히 들여다보이는디 호락호락 가겠소? 지끔 바뻐서 못 가겠다고 했지라우. 헐말 있으면 내려와서 허라고 말이요. 작업장 놈이라고 얕보제만 제까짓 거 안 무섭다 이거여. 작업장에 들어오면 지놈덜 인격에 손상이 가기를 허나, 인격 나부랭이에 소새끼 피가 묻기를 허나, 같은 백화점 내에서도 내놈 일허는 작업장에 들어오기를 다들 꺼리더란 말이요. 허기사 피비린내만 진동허지 칼 들고 설치는 우리덜 틈바구니에 맘놓고

외양간 풍경 69

서 있을 자리도 없긴 허제만이라우. 어떤 놈이고 배때기 따보면 똑같은 오장육부 내장허고 똥만 꽉 찼음시러 넥타이 매고 양복 입었다고 뱃속까지 신사 숙녀로 아는 모양인디. 아이코매! 가소롭다 이거여.

백화점 부서 중에 식품부가 젤로 바쁠 것이요. 식욕 문제 해결이 인간의 문제 중 제일 큰 문제 같어라우. 박사님덜이사 내놈의 이 말이 틀렸다고 허실지 모르제만, 자는 것은 정히 졸리면 길거리든 어디서든 꾸벅거리며 졸기라도 허고, 입는 것도 때가 묻어 더럽고 해어진 옷이어도 입을 수는 있제만, 배고픈 것은 참말로 참기 힘들제라우. 서울역이든 어디든 노숙자덜을 봐도 알 수 있는 일이고라우. 내놈 어려서 많이 굶어봤기에 훤허게 알어부요. 식품부는 쓰레기도 제일 많이 나오고 냄새도 그러지라우. 명절 때는 내놈 몸에서 삐그덕 소리가 나도록 바쁘고 힘들지라우. 내놈이 생각허기로도 식품부 직원들은 다른 부서보다 월급을 더 줘야 쓰겄습디다. 꼭 백화점 식모 같더란 말이요. 의류부 같으면야 옷 한 벌 값만도 몇십만 몇백만 원 아니 몇천만 원이 넘으니 매출액을 살 올릴 수 있제만, 식품부야 그저 잔챙이 몇백 원부터 있으니 일은 많고 매출액 올리기가 어려워 더욱 기를 쓸 수밖에 없어서겠지라우. 아무리 기다려도 내놈이 인사과로 올라가지 않자 이수용 대리가 또 전화를 했습디다. 그래도 안 가부렀제라우. 내놈도 고집이 있제 지놈 허기나 내놈 허기나 피장파장 아니겄소? 아, 인사과에 자빠졌음 자빠졌제, 일 시키고 동료들 월급까장 깎아 먹으라고 했을게라우? 아무리 전화질을 해대도 안 올라갔대이만 식품부 사무실로 부득부득 다시 기어왔습디다. 식품부 차장이 불러서 가봤더니만 이 대리가 차장 앞에서 낯거죽이 벌게갖고 눈깔을 치뜨고는 나를 기다리고 있습디다. 차장이 그러는디 내놈더러 잘못했다고 사과허랍디다만. 내놈 못 허겄다 그래부렀소. 그러고는 선은 이렇코 후는 저렇코 명절 때마다 있었던 일을 조단조단 따져부렀소. 차장도 내놈 말이 영 틀린 것이 아닌께로 가만 있더구먼이라우. 그렁께 이수용 대리가 낯거죽이 울그락불그락허는디 평소 허여멀건허던 낯짝이 물감을 칠헌댁기 뻘개갖고 웃기드면요. 내놈도 똥창자까장 시원허게 바람소리가 나도록 뒤도 안 돌아보고 작업장으로 와부렀어라우. 아따, 그런디 끝까장 지랄입디다이. 와따매! 인사과로 올라오라고 또 전화질을 해대는디 일허는 사람 정신 헷갈리게 해불드면요. 깐족깐족 전화로 사람 기분을 상해주는디 내놈도 더 이상은 못 참아불겄드면이라우. 그래 득달같이 쫓아갔제라우. 작업장 직원이 사무실에 가는 일은 참말로 드물제라우. 더군다나 식품부 사무실도 아니고 인사과엔 말이죠. 그렇다고 꿀릴 것 있소? 이 대리한테도 조목조목 말험시러 날밤 새워 사람을 일 시키고 그 값도 안 쳐주면 어떤 시러베아들 놈이 가만 있겄냐고 했소. 내놈 목소리가 사무실에 울려 퍼지니께 여기저기서 조용히 허라고 그럽디다. 펜대 굴리고 사무실에 있던 사무직 놈덜이 힐끔힐끔 쳐다봄시러 이 대리 편을 들고 나서는디, 쨉도 안 되는 것덜이 내놈을 짐승 대하듯 허드란 말이요.

이 대리도 챙피했던지 사무실 밖으로 나가자고 협디다. 좋소. 허고 나갔대이만 아, 요놈 좀 보쇼. 내놈을 훈계허고 나섬시러 내놈 같은 인간은 처음 봤답디다. 그럼, 정육부 놈덜 입장에서 한 번이라도 생각해봤냐고, 그랬다면 그런 대우를 했겠느냐고 했지라우. 명절 때만 되면 몇 날 며칠이고 밤새도록 한잠도 안 재우고 날 새기 쳐서 일 시키고도 야근 수당도 안 주고 세상에 이런 일이 어딨냐고 했습디여. 그랬더니 이 대리 말이 왈, 근로기준법 제 몇 조 제 몇 항을 들먹여 감시러 밤 12시가 넘으면 아무리 일을 해도 그 자체가 야근으로 인정이 안 된다고 그럽디다. 그렇다면 우리 놈덜은 뭣이냐? 잠 한숨 못 자고 일은 좆빠지게 하고도 땡전 한 푼 못 받는 이런 법은 어느 나라의 어느 개 같은 법이냐고 했소. 모기 새끼가 밤새 피 빨아 처먹는 것도 아니고 정육부 놈덜 노동력을 착취했으면 눈꼽 찌그러기만 치라도 그 값을 쳐주는 것이 당연지사 아니냐고 그랬소. 기업이라는 것이 덩치만 컸다 뿐이제, 살살거리고 날아와서 피 빨아먹는 모기 새끼와 다를 것이 뭣이냐고 했소. 우리 같은 가난허고 힘없는 촌 놈덜 노동력이나 빨아먹고도 근로기준법이 어떻고 야근 인정이 안 되고 따위로 이유를 내세우다니 참말로 내놈 눈에는 넝치만 컸다 뿐이제 기업이라는 것이 모기 새끼와 다를 바 없노라고 했소. 땅바닥에 기어가는 벌가지도 밟으면 꿈틀대는디 나 같은 피 끓는 놈 건들면 누가 가만 있겠소?

밤이라는 것은 사람에게 잠을 자고 휴식을 취허라고 주어진 것인디, 밤새 일을 시켰으면 낮에라도 쉬게 허는 것이 아니고 낮은 낮대로 일 시키고 밤은 밤대로, 그러다가 피곤하고 지쳐서 눈 깜짝헐 사이에 손꾸락 잘려지면 누구만 병신 되냐고요. 사장이야 우리 놈덜 손꾸락 한두 개쯤 잘려나가 평생을 병신으로 살아가도 외눈 하나 깜빡이나 허냐고 했소. 이 세상 구조가 아무리 천하고 힘든 일을 허는 사람들에겐 돈이 적고 천시 여길 수밖에 없다제만, 해도해도 너무 허는 것 아니냐. 내놈 무식해서 잘 모르제만 노동법상은 합당헌 것인지 알아보고 내놈 같은 정육부 놈덜이 당허는 부당헌 대우를 고발이라도 하겠다고 했소. 명절 때만 되면 좆이 빠지게 일허고도 댓가는 못 받고 그래도 목 잘릴까 봐 어느 놈 하나 찍소리도 못 허고 못 나서는 게 우리 놈덜 형편 아니오. 일헐 때는 그래도 수당을 1.5배는 쳐주겠지, 기대를 험시러 아가리가 찢어지게 하품덜을 해댐시러, 이참에는 월급이 얼맛쯤 되겠지 허고 막상 받어보면 야근의 대가가 전혀 없어 정육부 놈덜은 주둥이를 대자나 빼고 뒷구녁에서만 툴툴거리며 나발을 불다가도 명절 때만 지나고 나면 잊어먹고 말지라우. 어떤 한 놈 나서서 투쟁이라도 했다가는 밥줄 끊어질까 전전긍긍험시러 기업이라는 큰 덩치에 빌붙어 하루하루 먹고살겄다고 알뜩발뜩 사는 놈덜이 바로 우리 놈덜의 신세지라우.

그런디 말이요. 우리덜에겐 이런 대접 해줌시러도 사장님덜 때꽁인지 골픈지를 꼭 쳐야만이 사장님으로 아는갑다. 우리가 언제 적부터 양식집에서 내프킨인지 턱받이인지를 받치고 쇠스랑인지 포크인지로 식사를 하며 폼 내고 살았던지 모르겄소야. 자기 회사 종업원들에겐 근로기준법이 어떻코까지 들먹여감시러 한 푼이라도 안 주려고 뻐팅기고 인색해도 술집 가선 기분 내고 딸같이 어린 술집 여자 젖가슴에 돈 다발에 수표 뭉치를 쑤셔 넣고 원조교제까지 곁들이고 돈을 물 쓰듯 험시러 거드름 피우는 고상허신 사장님네들이 내놈은 참말로 두 눈 뜨고 좋게 봐줄 수가 없노라고 했소. 내놈 떠드는 걸 듣고 있던 이수용 대리가 그럽디다. 자기네들도 힘들다고 말이요. 윗사람들이 시켜서 허는 수 없이 그럴 수밖에 없노라고. 자기네도 남의 밑에 있으며 밥 벌어먹고 사는데 어떻게 일 시키고 수당을 못 받게 허고 싶겠냐고 험디다. 위에서는 매출 실적 올리라고 쥐어짜고 하루 시간은 제한되어 있제, 밤일이라도 시키지 않으면 매출 실적을 당해낼 수가 없노라고 험디다. 사장은 사장대로 백화점들은 우후죽순으로 생겨나제, 타 백화점과 대형마트들과 경쟁에서 살아남으려면 애로사항이 많대나 어쨌대나, 험시러 내놈을 설득시키는디 말로 한몫 보는 대가리에 먹물 든 놈헌테는 내놈같이 무식헌 놈이 당해낼 재간이 있어야제라우. 이수용 대리 왈 앞으로는 작업장에도 자주 가보고 애로사항을 감안해서 도움이 되도록 노력하겠노라 험디다. 고맙다고 했지라우. 그러나 말뿐이제, 그 뒤로도 짐작대로 작업장에서 이수용 대리의 코빼기도 구경을 못 해봤어라우.

퇴근 시간 무렵 해서 작업대 위에 널려진 고기 찌끄러기를 치우고 비곗덩어리가 담긴 바구니를 밀면서 밖으로 내가는디 준석이가 부릅디다. 갑철아 점백이한테 갔다 왔냐? 벌써부터 말허던 것을 바뻐서 못 갔더니만 또 전화가 온 모양입디다. 식품부 사무실로 가봤대이만 정육 담당 민 대리가 결재서류를 차장 앞에 내밀고 서 있고 차장이 나를 보더니 부릅디다. 차장 앞으로 갔대이만 웬 봉투를 주기에 내놈 속으로 생각허기를 깜빵 가서 며칠 썩고 왔대이만 예전에 없던 뽀나쓰까장 주는구먼, 행여나 하고 받았지라우.

　그런디 차장이 은근한 목소리로 그동안 수고 많았다고 내일부턴 안 나와도 좋다길래 며칠 휴가를 주는가 했어라우. 그런디 다른 직장을 구해보라고 힘시러 인사과에서 서류가 내려와 차장으로서도 어쩔 수가 없노라고 허는디. 내가 지금 헛소리를 듣는가, 허고 멍하니 차장을 보고만 있었소. 차장이 재차 그럽디다. 그동안 수고 많았다고. 자기는 함께 일하고 싶어도 회사에서 결정한 일이라 도리가 없다고. 내놈 기가 막혀서 이유가 뭣이냐고 했더니 잘 모르긴 해도 아마 취조 받음시러 불었기 때문인가 보다고 그럽디다. 내놈 비록 섬놈으로 작업장에서 고깃살이나 자르고 있제만 그런 비겁한 놈 아니어라우. 식품부 과장이 시키는 대로 약속을 지켰단 말이요. 물론 양심껏 헐라면야 수입소를 한우로 속여 판다고 불었어야 옳은 걸 알제라우. 내놈 잠 못 자고 벌 받음시러도 참았단 말이요. 그런디 인제 와선 내쫓기다니, 말이나 되는가 말이요. 내놈 얼른 민 대리를 쳐다봤소. 민 대리가 얼른 내놈의 시선을 피하듯 놀라는 것을 보았어라우. 이런 결과를 알려주려고 차장 대신 전화질을 하고 작업장을 들락거린 모양입디다. 득달같이 인사과로 쫓아 올라갔어라우.

　이수용 대리는 계집년 같은 손으로 서류를 정리허고 있다가 내놈이 나타나자 당황하는 빛이 역력합디다. 내놈 이판사판이다 허고 이 대리 멱살을 잡고 패대기를 쳐부렀소. 그래 사흘 동안 잠 못 자고 깜빵까장 갔다 온께 인자 와선 내놈 모가지를 짤러야! 네놈이 얼마나 잘나부렀냐, 허고 있을 때 인사과 직원들이 내놈에게 우우 몰려옵니다. 그놈덜을 향해 이 대리 놈 책상을 냅다 엎어버리고 인사부장 앞으로 걸어갔어라우. 그러고는 인사부장을 향해 소리쳤소. 당신 얼마나 잘났소, 그래 억울하게 덤태기 씌워 내놈을 좇아내니 시원허요? 시원해? 하고 소리를 지를 때 인사과 직원들이 다시 몰려와 내놈의 사지를 붙잡고는 끌고 나가려고 그럽디다. 펜대나 굴리는 약해빠진 놈덜이 내놈을 이겨보겠다 이 말인디, 냅다 뿌리쳐부렀대이만 픽픽 씨러집디다야. 그래도 여러 놈이 잡아당긴께 내놈 사지가 꼼짝없이 붙잡혀서 질질 끌려갈 수밖에 없었지라우. 발버둥침시러 고래고래 소리를 질렀지라우. 야! 이 새끼덜아! 사흘 동안이나 깜빵 신세 짐시러도 입 다물고 참었는디 인자 와서 나를 좇아내? 개새끼덜아. 네 놈덜은 나처럼 회사를 위해 깜빵에나 갔다 와봤어, 그래 네놈덜이 한우라고 파는 것이 수입소지 그럼 한우여, 말해봐! 말해보란 말이여. 그래 내놈은 똥바가지다 어쩔래! 똥이나 바래기로 처먹을 놈덜아. 잘 처먹고 잘 살어라, 잘 살어!

사무실 문을 나와 하늘을 쳐다본께 하늘은 여전히 푸른빛으로 떠 있습디다. 하늘색은 똑같은디. 요 며칠 사이 내놈의 신세가 정신을 차릴 수 없구먼이라우. 아무리 생각해도 내가 왜 좇겨나야만 허는지 알 수가 없구먼이라우. 한참을 생각에 잠겨 걷다 본께 번쩍 허고 머릿속을 스쳐 가는 생각이 있구먼이라우.

정육부 놈덜한테 정육 담당 민 대리가 회식을 종종 시켜주는디 그

것이 회사에서 나온 비용으로가 아니고 납품업자들에게 받아 챙긴 돈 봉투로 그러는 걸 내놈 이래 봬도 눈치껏 안다 이 말이요. 고기 질보다도 돈 봉투의 두께가 더 두껍고 더 싸게 납품허는 업자들의 고기를 받는 것이지라우. 그럴 때면 우리 놈덜 눈이 민 대리 속을 뻔히 들여다보는 것 같아서 우리들에게 쥐약을 먹이는 거고 또한 매출 실적을 높이느라 야근을 밥 먹듯이 시키는 것이 미안허기도 해서지라우. 회식 자리에서 내놈 바른말을 했던 것이 화근이었던 것 같소.

민 대리가 우리덜보고 애로사항을 말해보라길래 야근 문제를 시정해주되 밤 12시 넘어서 하는 야근도 제대로 쳐서 수당을 받게 해줄 것과 물량이 많고 일거리가 많아져도 인원을 그대로 두는디 인원을 늘려달라고 했지라우. 만약에 그런 것이 시정이 안 될 경우 정육부 놈덜이 사그리 안 나오던가 우리덜도 대책을 세워 추진하겠노라고 그랬지라우. 그런 말투가 결코 윗 상사에게 좋게 보여질 수 없다는 걸 알지라우. 내놈이 그렇게 말헐 때 민 대리의 눈빛이 달라지는 걸 눈치챘어야 하는 거였어라우. 화장실에 가서 볼일 보고 있는디 민 대리허고 권준석이 함께 들어오는 소리가 들립디다. 그러더니 민 대리가 권준석한테 뭣인가를 주는 눈치더란 말이요. 그러고는 내놈 이름을 작은 소리로 들먹임시러 소곤거리는디 확실히는 못 들었제만, 아무튼 내놈의 행동을 감시하고 민 대리한테 보고하라는 눈치입디다. 정육 담당 민 대리는 납품업자에게 받은 돈 봉투를 자기 혼자 다 먹는 것이 아니고 윗사람한테도 상납시키는 눈치입디다. 거기엔 인사과 이 대리한테도 다소 먹였을 것 같은 짐작이 가구먼이라우. 나 같은 말단 사원이야 속속들이 알 수는 없다 해도 눈치로 때려 잡을 수는 있지라우.

앗차, 내 정신 좀 보쇼. 은희년허고 약속해놓고 직장에서 쫓겨난 때문에 얼이 빠져부렀소. 은희년허고 잘 가던 분식점으로 뛰어갔대 이 그년이 막 분식점 문을 나오고 있어라우. 숨을 헐레벌떡거림시러 은희년을 부르고 앞을 가로막아 섰소. 시계를 본께 약속시간이 십 분을 지나고 있드먼이라우. 전에는 일이 늦어지면 한 시간이라도 기다려주던 은희년이 겨우 십 분을 기다리고 가는 것을 본께 서운허고 마음이 벨시로와붑디다. 표정이 밝질 않기에 어째 그러냐? 뭔 일 있냐? 했대이만 상관 말라 헙디다. 내가 어떻게 네 일에 상관을 않컸냐, 했대이만 요년 허는 말 좀 보쇼. 이제까지 지넌허고 있었던 일을 없었던 일로 해달래나요. 하마트면 은희년을 못 만날 뻔해서 겁나게도 반갑던 내놈의 마음에 찬물을 끼얹어도 유분수제라우. 그런 말을 허니께 은희년이 아닌 것도 같고 장난치는 것도 같습디다. 허는 일이 힘들어도 은희년만 보면 새 힘이 솟곤 했었는디 요년이 나를 뭉개는 말을 허잖겄소. 결혼할 사람이 따로 있대니요, 그럼시러 쌩 허고 찬바람을 일으킴서 가붑디다.

아따, 그때사 정신이 들어 쫓아가 붙잡은께 홱 뿌리침시러 이제부턴 갑철 씨와 상관없는 사람이니 알은 체도 말라나요. 와따매, 피가 거꾸로 확 서버리든 것. 내놈도 질세라 그래 이년아, 갈 테면 가부러라, 가부러, 그러고는 거리로 뛰쳐나와 큰소리로 웃었소. 그래 갈 테면 가부러라! 다 가부러!를 한참이나 외치다가 정신을 채려봉께, 길

가는 사람덜이 힐끔거림시러 별 미친놈 다 보겠다고 끼들거리며들 지나가더구먼이라우. 고개를 들어봉께로 길가에 포장마차가 내 눈을 잡아댕깁디다. 그래 포장마차 안으로 들어가 쐬주를 마셨소. 한 병, 두 병, 세 병, 네 병, 다섯 병…….

언젠가 은희년이 그럽디다. 갑철 씨 다른 직장으로 옮길 수 없냐고. 내놈 하는 일 생각허면 끔찍허고 무섭대나 어쩌대나. 식품부에 있다가 의류부로 발령이 나더니만, 아 요년 좀 보쇼. 만날 때마다 옷차림이 달라지고라우. 화장도 찐해지드라 이 말이요. 그러더니 어느 날엔 갑철 씬 양복도 없어, 헙디다. 엠병헐 년. 지년허고 나허고 약속이나 안 했으면 말을 안 허겄소. 열심히 돈 모다서 전세방이라도 두 칸짜리 얻어놓고 식 올리자고 꽃잎 같은 고 주둥아리로 나불댈 때는 언제고. 우리가 시방 옷 걱정허게 생겼냐? 빨개벗지만 않으면 되제, 겉모양이 뭔 그리 중요허단야. 그랬더니 뭐라고 헌 줄 아시오? 보기도 좋은 떡이 먹기도 좋대나 어쨌대나. 눈꺼풀을 쥐어뜯고 돈 모다도 집칸이나 장만할까 말까 헌 세상에 요년이 의류부로 옮겨 간 뒤로는 가만히 보니께 간댕이에 바람이 들 대로 들어부렀습디다야. 허기사 언젠가 텔레비전을 보니께 압구정동의 고샅을 누비고 댕기는 상류층인지 젊은 것덜인지 암튼 그 년놈덜은 한 달 용돈이 사오백씩 쓰는디, 개중에는 천만 원을 쓰는 것들도 있다고 헙디다. 그것들에 비하면야 은희년 허는 짓거리가 아무것도 아니제만, 뱁새가 황새 쫓아갈라다가 가랭이나 찢어지고 말제, 어쩌겠소.

의류부로 옮겨간 뒤로는 점심시간에 식당에서 만나도 못 본 체하

고 의류부 대리 놈허고 붙어 댕깁디다. 쌍판대기가 빤두구르헌께 은
희년 꼬리에 대리 놈이 걸려든 것인지 기생오래비 같은 대리 놈이
은희년 쌍판때기 보고 찜쩍거리는지는 모르제만, 간간이 들려오는
소문이 영 기분을 잡치더란 말이요. 그래도 내놈 헛소문이려니 했지
라우. 암튼 요즘같이 겉치레를 중요시허는 세상에선 성형수술을 해
서라도 계집년들 쌍판때기가 빤지르해야 한몫 보드먼이라우. 그렇
제만 내놈은 은희년 쌍판때기만 보고 좋아헌 것 아니어라우. 어린것
이 쟁일토록 서서 다리가 퉁퉁 붓도록 일허는 것 봉께로 내 가슴이
그렇게 아플 수가 없습디다. 어떤 것덜은 부모 잘 만나서 자가용 타
고 대학 댕김시러 별별 지랄덜을 다 떠는디. 은희년은 동생덜 뒷바
라지에 즈그 아부지 병수발까지 하면서 고생허는 것 본께 내 가슴이
쓰리도록 아퍼붑디다. 할 수만 있으면 도둑질만 빼고 별 짓을 다 해
서라도 지년 하나만은 호강시켜줄라고 했어라우. 엠병헐 년. 호랑이
나 물어 갔으면 내 가슴이 이렇코 아프덜 않컸소. 지금 시상이 아무
리 육철 가마솥 같은 사랑이 실종된 세대라제만은, 금방 끓었다 금
방 식어버리는 양은냄비 같은 사랑이 판을 친다 해도 지년이 나를
배반해라우.

　허기사 백정 놈에 불과헌 내놈 따라 살라면 고생께나 헐 것이요
만. 언젠가 점심시간에 식당엘 가려고 엘리베이터 앞에 서 있을 때
이놈의 계집애덜이 우리 놈덜 옆으로 오덜 않고 비실비실 피헙디다.
저놈의 계집애덜이 우리가 똥인 줄 아는 거야 문둥인 줄 아는 거야!
왜덜 실실 피허고 지랄이야, 지랄이. 하고 준석이가 불평을 허기에

내가 그랬소. 똥바가지는 똥만 푸는 것이여. 그 말에 준석이가 반발허고 나섬시러 그럽디다. 똥바가지로 국 좀 푸면 안 되냐? 준석이놈 말이 영 틀린 것은 아니제만, 인간이란 것이 그 사람의 허는 일로 그 사람의 인격을 판단해불드라 이 말이요. 내놈 칼질허는 일을 해도 맘씨는 비단결이라 이 말이요.

와따매, 쐬주를 몇 병이나 까고 나발을 불었는지 기억도 없소야. 그냥 마신 것이 아니라 아가리를 벌리고 병째로 부어부렀어라우. 모든 것이 기억에 가물거리고 포장마차 아줌니가 은희 년으로 보였다가 수입소로도 보였다가 그요 시방. 오늘 받은 월급봉투를 포장마차 아주머니한테 몽땅 앵겨줘버리고 밤거리로 나와부렀소. 아줌니가 뒤쫓아와 술값만 주고 가라며 봉투를 다시 주는디, 내놈 오늘 꽁돈 생겼슨께 다 가져부이쇼, 허고 다시 앵겨줘불고 걸었소.

아따, 내 몸이 흔들거리는지 길이 흔들리는지 건물이 흔들리는지 분간이 안 가고 자꾸만 웃음이 나오요. 시득시득 웃음시러 걷다 본께 전봇대가 달려와 가로막고 길이 일어서서 내놈 낯짝으로 착 달라붙드란 말이요. 두 손으로 자꾸 길을 뜯어내도 길은 자꾸 내 얼굴에 달라붙고 내가 돌고 길이 돌고 길 위에 수많은 사람덜이 자꾸자꾸 커지더니 황소 새끼덜로 변해가드란 말이요. 정신을 차리고 본께 한우는 한 마리도 없고, 뉴질랜드에서 온 놈 미국서 온 놈 호주에서 온 놈 암튼 온갖 잡놈의 소새끼덜이 길거리에 가득 차서 걷고 있구먼이라우. 오매! 잡종놈의 소새끼덜아 느그 나라로 돌아가그라. 어디가 이 땅이 느그덜 땅이라고 휘젓고 댕기는 것이냐. 느그 땅으로 돌아덜 가그라 워, 워어, 워어!…… 아따. 그런디 내놈 눈이 외양간을 보고 있소. 수입소로 가득 찬 외양간. 잡종놈의 소새끼딜이 내놈 눈에 까뜩 보이요. 가그라 가! 잡종놈의 소새끼덜아, 느그 땅으로 꺼져부란 말이여!

말바우시장

말바우시장

몇 년 만이냐. 너를 만나러 간다. 새벽부터 서둘렀으나 광주행 첫차는 막 주차장을 빠져나가려고 뒷걸음질을 시작한다. 나는 버스를 놓칠세라 광주라는 글씨가 쓰인 차표를 든 손을 흔들며 광주라는 출구 문을 확 밀치고 뛰어나갔다. 차에 올라 거친 숨을 몰아쉬는 내게로 승객들의 시선이 쫙 쏟아졌다. 그동안 광주라는 글씨가 쓰인 출구를 보기만 해도 눈물이 나와 차마 들어가지 못하고 바로 앞에서 뒤돌아서기를 수도 없이 했었다. 아니 광주라는 글씨만 보아도 눈물이 앞을 가려 똑바로 쳐다볼 수가 없었던 세월이었다. 얼마 만인가. 버스에 오르기가 바쁘게 운전기사는 나를 기다렸다는 듯이 곧 출발했다. 광주야. 인순아. 나는 자리에 앉아 입속으로 조용히 너를 불러보며 광주 쪽 하늘에 떠 있는 구름을 바라보았다. 이제까지 살아오면서 잃어버린 많은 것들에 대해 생각해보았다. 잃어버린 시간들, 사라져간 사람들, 이젠 돌이킬 수 없는 지난 기억들을 구름송이에 새기듯 하나하나 떠올려보았다.

 밤새 울었다. 네가 보고 싶어 울다가 새벽녘 깜빡 잠이 들었다. 자지러지게 울리는 전화벨 소리에 깨어나 수화기를 들고 귀에 대는 순간 네 목소리가 흘러나왔다.

 "언니 말바우시장 가게, 빨리 와."

 너에게서 전화가 걸려오다니. 네 목소리를 다시 듣다니. 아무래도 이상했다. 전화를 끊고 나서도 꿈을 꾼 것인지 현실이었는지 분간하기 어려웠다. 네 목소리가 어찌나 생생했던지 결코 꿈이 아니라는 확신이 들었다. 다만 네가 걸어온 전화를 받고 수화기를 통해 네 목소리를 들었다는 사실이 기뻐서 어쩔 줄을 몰랐다. 네 목소리를 들을 수 있었다니. 아무리 생각해도 이해가 되지 않았다. 나는 지난밤 네 생각에 밤새 울고 또 울다가 어느 때에 잠이 들었는지는 잘 모르겠다. 새벽이 되기까지 울었다는 기억과 전화벨 소리에 정신을 차려보니 이불도 제대로 덮지 않고 엎드려 울던 자세 그대로 쭈그린 채 잠이 들어 있었다. 방 안을 둘러보니 눈물 콧물을 닦아 버린 휴지가 떨어진 봄꽃처럼 방 안 여기저기에 수북하게 흩어져 있었다.

 너를 만나기 위해 네가 잘 다녔던 광주 말바우시장을 찾아간다. 몇 년 만인가. 너를 보내고 네가 없는 세상에서 이토록 많은 시간을 살아왔다는 사실이 믿어지지 않는다. 너 없는 세상에서 밥을 먹고 네가 없는 세상에서 잠도 자고 너 없는 세상에서 다시는 웃지 못할 것 같았는데 웃기도 했다는 사실이다. 이렇게 오래 살았어도 되는 건지 너에게 미안한 마음만 든다.

"지금 광주 가는 차 탔어. 곧 출발이야."

광주행 고속버스를 타기 전이나 타고 나서나 나는 늘 너에게 먼저 전화를 걸었다. 그럴 때 너는 조용히 웃으며 반가워했다.

"마중 나갈게. 이따가 보세잉."

그러나 이제, 전화를 할 네 번호를 잊었다. 아니 네 번호는 기억하지만 전화를 걸어도 네 목소리를 들을 수 없다는 사실이 나는 아직도 이해가 되지 않는다. 헌데 오늘 새벽 네가 전화를 걸어와 목소리를 들려주다니.

"왜 그러는 거야?"

어느 날 숨을 헉헉거리며 전화를 받는 너에게 물었더니 너는 큰언니랑 말바우시장에 다녀오는 길이라고 했다.

"조기 한 상자허고 이것저것 샀더니 힘들어서 그래. 아이고 숨차."

너는 시장 본 것들을 삼 층까지 들고 올라왔더니 숨이 차다고 하면서도 말바우시장에 대해 설명해주었다.

"거그 가면 시골에서 할머니들이 직접 농사지은 채소를 갖고 온께 싱싱허고 싸당께."

너는 마치 고향을 한 아름 사 온 듯이 좋아했다. 너는 언제나 그랬듯이 또 내게 말했다.

"그렁께 언니도 얼릉 광주로 내려와부러. 나랑 같이 말바우시장도 다니게. 말바우시장은 팥죽도 유명허당께, 얼릉 와서 언니가 나 팥죽 좀 사주소."

너는 서울에 있는 나를 늘 광주로 내려오라고만 했다. 어디라도 나와 같이 다니고 싶어 했다.

"말바우시장? 말방구시장?"

내가 일부러 말방구시장이라고 한 것은 네 별명을 상기시키려는 장난기가 발동해서였다. 너는 어려서부터 늘 히힝! 말의 콧방귀 소리를 연상시키도록 피식 작게 웃었던 까닭에 내가 놀렸던 별명이었다. 내 말에 너는 또 수화기 저편에서 피식 웃었다. 너는 김덕령 장군의 말발굽 자국이 새겨져 있던 바위에서 유래해 말바우시장이라고 부른다고 내게 말해주었다.

언제나 전화를 하면 네 목소리를 들을 수 있으리라 믿었다. 언제고 네 목소리는 내 곁에 있을 줄 알았다.

어려서부터 너는 늘 무엇을 사러 가거나 어디를 가려면 날더러 같이 가자고 졸랐다. 나도 너와 같이 다니는 것이 좋았다. 너와 함께 다니면 세상이 다 내 것인 듯 든든하고 어디를 가도 두렵지 않았다. 너는 늘 혼자서 어디를 가기 싫어하고 꼭 나보고 같이 가자고 하는 통에 어느 때는 귀찮은 적도 있었다. 너와 나는 어려서부터 늘 붙어 다니던 쌍둥이 같았다. 너는 참으로 너그러운 언니 같았고 신실한 친구와 같았다.

"느그덜은 꼭 쌍둥이 같다. 누가 성이냐?"

동네 어른들은 너와 나를 보면 꼭 그렇게 물었다. 나는 늦게 대답하면 언니라는 자리를 너에게 빼앗기기라도 할까 보아 내가 언니라고 얼른 말하고는 했다. 그러면 너는 나를 보고 싱긋 웃었다.

말바우시장에 가면 너를 만날 수 있으리라는 기대가 되어 내 마음은 둥둥 떠오른다. 서울에서 광주행 버스를 타려고 할 때 가만히 생각하니 네가 떠나고 참 오랜 시간이 흘렀다는 사실을 깨달았다. 어디를 가나 광주라는 글씨만 보아도 눈물이 나왔던 것은 광주 전체가 곧 너라고 여겨졌기 때문이었다. 광주는 너였고 너는 곧 광주였다. 나는 네가 떠나고 난 후 의도적으로 광주에 가지 못했다. 아니 일부러 피했다는 말이 더 정확하다. 광주라는 글씨가 곧 네 모습이었으니 눈물이 흘러 네 모습을 바로 볼 수 없었던 까닭이다.

너를 보러 가는 것이 참 오랜만이구나. 그곳에만 가면 네가 어느 가게에 숨어 있다가 까꿍! 하고 튀어나와 활짝 웃으며 나를 놀래줄 것 같은 확신이 들었다. 이번에 너를 만나면 정말 내가 그동안 너에게 하지 못했던 그 말을 할 것이다. 아니 너에게 듣고 싶은 말이 있다.

너는 어질 인(仁) 순할 순(順)의 뜻처럼 인순(仁順)이라는 이름 뜻 그대로 살았다. 형제들 사이에 갈등이 일어나면 화순(和順)의 뜻을 가진 자로서 화해를 시키고 인덕(仁德)을 갖춘 사람으로 살았다. 너는 늘 참고 남을 불쌍히 여기고 보살펴주는 착한 마음이 깊었다. 그런 반면 나는 내 몸이 아프다는 이유로 너에게 짜증을 부리기도 하고 때론 네 마음을 아프게 하는 말로 상처를 주기도 했다. 아니 너에게 너무나 많은 짐을 지워주고 힘들다고만 했다. 내가 힘든 말들을 시시콜콜 할 때도 너는 마음 아파하며 들어주고 안타까워했다. 그래서 나는 더욱 너에게 힘든 말들을 쏟아내고 내 마음이 가벼워지기를 원했다.

문민정부 끝 IMF 금융위기 바람이 휘몰아칠 때 네 남편이 다니던 회사가 부도로 무너졌다. 네 남편 또한 퇴직금은 물론 반 년 치가 넘는 월급마저 한 푼도 받지 못하고 쫓겨 나왔을 때도 나는 그 사실을 전혀 알지 못하고 있었다. 네가 얼마나 힘들어하는지를 반 년도 더 되는 긴 시간이 흐른 후에야 알게 되었다. 너는 몸이 아픈 나에게 마음 쓰이게 하지 않으려고 숨겼다는 사실을 나중에야 알게 되었다. 뒤늦게야 너에게 무슨 말을 해야 할지 미안하기만 했다. 아픈 몸으로 살고 있는 나에게 걱정이 될까 봐 너 혼자 그 무거운 짐을 지고 마음을 앓았다는 것을 나는 해가 바뀌고 몇 달이 지난 후에야 알게 된 것이 부끄럽기만 했다.

"꼭 목숨 줄이 끊어진 것 같아. 큰애랑 둘째 대학 등록금 생각하면 머리가 터질 것 같당께."

네가 두 아들 대학 등록금에 생활비를 벌기 위해 쇼핑센터에 주부 사원으로 취직하여 식품부에서 일을 한다고 했다.

"어떤 여자 손님들은 콩나물을 담으면 꼭 천 원으로 딱 잘라서 담아달라고 까탈을 부려. 두부도 귀퉁이 조금 떨어진 건 부서진 거라고 화를 내고, 종일 서 있다 보면 그때 총알이 박혔던 다리가 터질 것처럼 아파서 엉엉 울고 싶어."

너는 처음으로 정말 처음으로 네가 얼마나 힘든지를 내게 말했다. 네 말을 듣는 순간 나는 그동안 너에게 무심했다는 자책감이 밀려왔다. 아니 네 다리가 그토록 아프다는 사실을 미처 생각하지 못했던 내 이기심에 치가 떨리도록 부끄러웠다.

사방에서는 진한 아카시아 꽃향기가 진동하고 꽃잎이 휘날리던 광주의 오월, 너는 그날도 여전히 나를 마중 나오던 길이었고, 어디선가 날아온 총알이 네 다리에 박히고 말았다. 신군부가 정권에 대한 탐욕을 채우기 위해 광주를 볼모로 제물을 삼았던 때, 광주를 피로 물들이던 그때, 하필이면 나는 너에게로 갔을까. 그때도 너는 나를 마중 나오던 길이었지. 봄꽃처럼 떨어진 광주 사람들의 피가 거리거리를 붉게 물들이던 때 네 몸에서 흘러내린 피도 함께 섞여 있었다.

너는 평소에도 아프다는 말을 하지 않았다. 그래서 나는 언제나 너는 어떠냐고 묻지도 않고 내가 아프다는 말 힘들다는 말만 했다. 그때까지 너는 네가 얼마나 아픈지를, 얼마나 어려운지를 내게 말하지 않고 참기만 했던 것이다. 나는 늘 내 어려움만을 말했고 너는 늘 가슴 아파하며 들어주었다. 그렇게 나는 내가 지고 있는 짐을 너에게 짊어지게만 했다. 나는 너의 어려움을 너무 늦게 알게 된 것이 죄를 지은 듯 미안했다. 아니 너에게 아무런 도움이 되어주지 못하는 내가 무능하고 답답했다. 내가 오래도록 아픈 몸으로 살고 있는 것을 너는 몹시도 마음 아파했다.

"나는 괜찮은디 아픈 몸으로 혼자 힘들게 사는 언니가 걱정이여. 나는 괜찮은디. 혼자 살고 있는 언니가 안 잊히고 걱정이여. 결혼이라도 했으면 보호해줄 사람이라도 있어 안심이 될 텐디……."

너는 늘 통화를 하다가도 나를 안타까워하며 네가 마치 언니 같은 말투로 걱정을 했다. 아니 너는 늘 마치 임종을 앞둔 부모가 결혼도 않고 아픈 몸으로 홀로 살고 있는 딸자식을 염려하며 유언이라도 하듯 말했다. 나는 그런 네 마음의 짐이 되는 것이 한없이 미안하면서도 언제나 내 짐을 너에게 부리고 투정을 부렸다. 너의 어려움을 늦게야 알게 된 것이 미안해서 연말에 격려의 글 몇 줄 써서 카드를 보냈다.

네게 보낸 연하카드가 부재중이라는 내용으로 돌아온 날 나는 머리를 둔기로 얻어맞은 것 같았다. 어째서 너에게 보낸 카드가 되돌아왔을까. 어쩐지 불길한 기분이 엄습함을 느꼈다. 부재중이라니. 분명히 너는 하루라도 집을 비운 적이 없는 충실한 주부로서 엄마로서 며느리로서 살고 있는데 어째서 너에게 보낸 새해 카드가 되돌아왔을까. 기분 나쁜 어두운 그림자가 느껴졌다. 생각할수록 이상하기 그지없었다. 무슨 일일까? 정말 불길한 기분을 떨쳐버릴 수가 없었다. 전에 느껴보지 못했던 야릇한 기분에 휩싸여 며칠을 보냈다. 어쩌면 나도 모르게 뭔가 예감을 했던 것일까.

나중에 알고 보니 네가 살고 있는 집 주소를 내가 잘못 쓴 것이었다. 너희 집 주소를 훤히 외우고 있는 내가 어째서 틀리게 썼는지 나 자신도 이해할 수가 없었다.

카드가 되돌아오고 그 묘한 기분이 채 가시기도 진 며칠 안 있어 너는 정말 이 세상 사람으로 사는 길을 버리고 말았다. 나는 네가 떠날 것을 예감이라도 했던 것일까. 아니면…… 경제적인 어려움과 네 다리의 아픔과 두 아들 등록금을 해결할 일들이 무거운 삶의 무게여서 너는 도저히 일어설 수 없었던 것이다. 그 짓눌려 있는 무거운 짐을 벗고 싶었던 것이다. 이제는 새롭게 살고 싶어, 하던 네 말대로 너는 정말 하늘로 훨훨 가버렸다. 네가 그토록 아끼고 사랑하는 잘 생긴 두 아들을 두고 착한 네 남편도 뒤로한 채 너는 그토록 홀가분하게 가버릴 수 있었다니. 나는 아직도 이해할 수가 없다. 아니 너를 데려가버린 신의 뜻을 이해할 수가 없다. 아직도 나는 신이 실수를 했다는 생각만 드는 것이다.

다시 한번만 너를 되돌려달라고 울부짖었다. 너를 살려달라고 제발 너를 다시 돌려보내달라고 신을 향해 절규를 했다. 홀가분하게 떠나가는 너를 붙잡지 못하고 허공을 떠도는 내 절규는 산산이 부서져 공기와 함께 흩어지고 말았다. 정말 그렇게 떠날 수밖에 없었단 말이냐.

"언니! 인순이 언니가 뇌졸중으로 쓰러졌대."

넷째 동생의 전화를 받는 순간 나는 온몸이 후들거리고 떨려서 무슨 말을 해야 할지 알 수가 없었다. 갑자기 머리를 둔기로 얻어맞은 듯 정신을 차리지 못하는 상태가 되었다. 나는 수화기를 든 채 미친 사람처럼 발을 동동동 구르고 팔짝팔짝 뛰며 소리쳤다.

"어째야 쓰끄나! 어째야 쓰끄나!"

다급한 상황이 되니 가장 원초적인 말 한마디만 반복해서 튀어나왔다. 내가 어머니 배 속에 있을 때부터 들었던 양수와 같은 내 고향 사투리였다. 어째야 쓰끄나. 그 한마디밖에는 더 이상 어떤 말도 생각나는 게 없었다. 온몸이 사시나무 떨듯 덜덜 떨려 내 몸이 다른 물체처럼 여겨졌다. 갑자기 내 몸 안에 뭔가 이상한 괴물이 들어와 마구 흔들어대고 있는 것만 같았다. 격렬한 떨림으로 진정을 할 수 없었다.

"언니 진정해, 진정해, 진정하고……."

전화를 걸어온 넷째 동생은 오히려 나를 걱정했다. 그 충격으로 나는 미쳐버린 것만 같았다. 나는 세상의 모든 언어를 잊어버린 것만 같아 다른 어떤 말도 할 수가 없었다. 수화기를 든 손이고 몸이고 부들부들 떨려 도저히 진정이 되지 않았다. 너에게 닥친 그 큰 일로 충격을 받은 나는 모든 언어를 잊어버린 멍청한 상태가 되어 있었다.

"언니, 지금 와부러. 지금 와."

너는 쓰러지기 이틀 전 나와 통화를 하며 나를 불렀다. 나를 보고 싶어 하던 너의 간절한 부름에 응하지 못한 나 자신을 죽이고 싶었다. 네가 부르던 그날에만 광주로 내려갔어도 너를 죽게 하지 않았을 거라는 죄책감이 나를 짓눌렀다.

너를 만나러 간다. 이번에는 꼭 너를 만나 그동안 하지 못한 말을 할 것이다. 말바우시장에 가면 너는 어느 노점 앞에서 흥정을 하다가 불쑥 나타나 소리 없이 싱긋 웃으며 나를 반길 것이다. 내 동생 인순아, 너를 만나러 간다.

광주터미널에서 밖으로 나오니 광주 전체가 활짝 웃는 네 모습으로 다가온다. 아아, 광주야! 인순아! 광주 어디에도 있는 너. 그러나 어디에도 없는 너. 말바우시장 가는 버스를 탔다. 이제 곧 너를 만날 생각을 하니 마음이 설레어 차분하게 앉아 있을 수가 없었다. 얼마쯤 갔을까. 나는 너를 만날 조바심에 운전기사에게 몇 번씩 물어보았다. 방송이 나올 테니 걱정 말라고 하는 기사의 말에 나는 주춤하고 엉덩이를 의자에 살짝 걸치고 앉아 조바심을 냈다.

"마침 오늘이 장날이구먼이라우."

운전기사가 한마디 해준다. 저만치 말바우시장이 보인다. 길거리까지 좌판을 벌인 할머니들. 네 말처럼 할머니들이 도로 가에까지 줄지어 앉아 장사를 하고 있다. 무심코 버스를 타고 가다가도 그곳이 시장이라는 걸 알아볼 수가 있는 풍경이다. 나는 너를 향해 바삐 걸음을 옮겨 딛는다.

"여그로 가도 되고 쩌그로 가도 되라우. 말바우시장으로 들어가는 길이 열세 군데나 있어라우."

시장으로 들어가는 길을 묻는 나에게 헌옷가게 아주머니가 친절하게 밖으로 나와서까지 알려주었다.

"꼭꼬댁 꼭꼭꼭."

골목으로 들어서 걸어가는데 갑자기 닭 울음소리가 났다. 돌아보니 살아 있는 닭과 오리를 파는 가게 앞에 네가 씩 웃으며 서 있다. 나는 활짝 웃으며 너에게로 다가간다. 닭똥 냄새가 풍긴다. 어릴 때 너와 장난을 치던 일이 떠오른다. 너와 나는 손등을 오래 비벼 서로 코에 대주며 닭똥 냄새가 난다고 웃었지. 너는 늘 크게 웃는 것보다 피식 소리가 나도록 조용히 웃었다. 그럴 때마다 너를 말방구라고 놀려대곤 했다. 닭 가게에서 조금 떨어진 곳에 팥죽이라 쓰인 간판이 보인다. 시간을 보니 점심때가 지났다.

"팥죽 두 그릇 주세요. 우리는 새알 좋아하니까 새알 많이 넣어주세요."

"뭣이라고라우? 새알 들어간 것은 동지죽이고 팥죽은 칼국수 넣은 것인디라우."

죽집 주인 남자가 가족들과 둘러앉아 늦은 점심을 먹다가 눈을 크게 뜨고 나를 바라본다.

"그래요?"

나는 몰랐던 사실을 듣고 이상하다는 듯 물었다.

"여그 사람 아닌갑소이. 그것을 모르는 것 봉께."

주인 남자가 멀리서 온 손님이냐는 투로 묻는다.

"그럼 동지죽으로 주세요."

"야, 그런디 큰 것으로 두 그릇이라우? 혼자 다 잡술라먼 양이 많을 것인디."

"……."

남자는 솥이 있는 데로 걸어가더니 새알심을 넣고 젓기 시작한다.

"그나저나 손님은 팥죽을 여간 좋아허는갑소이."

"네."

"그래도 양이 많해서 두 그릇은 혼자 다 못 먹을 것인디요."

"누가 또 오시요?"

"네."

나는 네 존재를 주인 남자에게 알리고 싶었다.

"아무튼 두 그릇 듬뿍 주세요."

"야. 알았소."

죽집 주인 남자는 이상하다는 듯 나를 바라보며 팥죽을 젓는다. 주인 남자는 큰 주걱으로 죽 솥에 끓고 있는 팥죽 물을 휘휘 저으며 힐끔힐끔 나를 쳐다본다. 다시 죽을 젓다가 나를 보고 또 이상하다는 듯 고개를 갸웃거린다.

점심때가 지나서인지 식당 안에는 손님이 별로 없다. 듬성듬성 팥죽을 먹고 있는 사람들이 서너 명 외에는 식당 가족이 전부였다. 팥죽을 젓던 남자가 무슨 말인가를 하고 싶어 하는 눈치로 내 쪽을 힐끔 쳐다본다.

"그런디 손님은 여그 말바우시장이 팥죽 유명헌 것은 어떻고 알으셨소?"

주인 남자는 주걱을 쥔 손으로 죽을 휘휘 저으며 나를 향해 묻는다.

"제 동생이 알려줬어요."

"야, 그러시요. 이따 여그로 올 동생인갑소이."

"네."

"그럼 말바우시장이 어떻코 유래헌 것인지도 알고 계시것구먼이라우."

남자가 또 묻는다.

"유래요? 아저씨가 좀 설명해주시겠어요?"

"그래라우, 말바우시장이라고 허면 김덕령 장군을 빼놓을 수 없제라우. 김덕령 부모가 치마바우에서 백일치성을 드린 후 무등산의 정기를 받아 출생허신 분이지라우."

"네."

"그 양반헌티 말이 한 필 있었는디 그 말이 아조 날아댕기는 용마였다요. 김덕령 장군이 말을 훈련시킴시러 무등산에서 활을 쏘았는 디요. 말한테 화살허고 경주를 해보거라 하고 힘껏 채찍으로 말을 내리쳤대요. 그렇게 말이 어찌나 비호처럼 달렸던지 화살보다 먼저 여그로 도착했다 안 허요. 말바우시장 부근에 말처럼 생긴 큰 바위가 있었는디라우. 그래서 말바우라고 불렀다고 허대요. 거 머시냐. 쩌짝에 있는 약국 근처일 것이요. 그때 말이 어찌나 쎄게 발굽을 내디뎠던지 바위가 말발굽 모양으로 움푹 패여부렀다 안 허요. 그 바위를 말바위라고 불렀는디, 그 주변으로 시장이 생김시러 자연스럽게 말바우시장이라고 불렀다고 헙디다."

"……."

남자는 마치 말바우시장을 자랑하는 데 정신이 팔린 것처럼 열심히 설명한다. 나는 묵묵히 고개를 끄덕이며 듣다가 한마디 물었다.

"팥죽은 아직 멀었나요?"

"다 돼가네요. 쪼금만 있으면 되겠소."

두 개가 나란히 놓인 팥죽 솥에서는 보글보글 끓는 소리가 난다. 하나는 밀가루로 밀어서 만든 손칼국수를 넣은 팥죽이고 하나는 새알심을 넣어 끓이는 동지팥죽 솥이다.

"그런디 김덕령 장군 허면 누나 이야기를 빼놓을 수 없는디라우."

남자는 아직도 할 말이 많은 듯 말을 이어갔다.

"김덕령 장군한테는 아주 힘이 쎈 누나가 있었답디다. 어느 날 누나허고 내기를 했다 안 허요. 동생 김덕령은 무등산에서 돌을 져다가 환벽당 밑에다가 성을 쌓고라우. 누님은 생모시를 쪄다가 도포를 만들었다 허요."

"네."

"김 장군은 병풍만이로 성을 쌓고 누님은 생모시를 쪄다가 도포 한 벌을 만들었는디, 동생이 아직 성 쌓기를 덜 끝난께 누님이 역불로 도포 고름 하나를 안 달고 지달리고 있었다고 하대요. 일부러 동생 기를 살려줄라고 옷고름 하나를 안 달았대요. 참말로 그 남매는 의가 좋기도 허제라우."

남자는 누나 이야기를 하며 얼굴에 감동의 빛이 역력하다. 너와 나는 남자의 말을 열심히 듣느라 팥죽을 기다리고 있다는 생각마저 잊은 듯 앉아 있었다. 너는 남자의 말을 들으며 입가에 싱긋 웃음을 띠고 여느 때처럼 나를 바라보았다.

"아따, 팥죽은 안 갖다 드리고 뭔 연설을 그리 한도 끝도 없이 해쌌소? 에지간히 잠 허고 싸게싸게 갖다 드리쇼이. 저 냥반은 김덕령 장군 얘기라면 환장을 허는가 몰것어."

점심을 먹고 있던 주인 여자가 남편을 나무라듯 한마디 툭 던졌다.

"아이고 냅두쇼이. 그 재미로 사는 양반인디."

점심을 먹고 있던 다른 여자들이 까르르 웃으며 참견했다.

"아이코, 인자 팥죽이 다 되았고만이라우."

남자가 그릇에 팥죽을 퍼 담으며 말했다.

"김덕령 장군 누나허고 또 내기를 했다요. 이번에는 동생 김덕령은 무등산을 한 바쿠 돌아오고 즈그 누나는 칡넝쿨을 떠다가 도포를 한 벌 지어오기로 말이요. 누나는 칡넝쿨을 떠다가 도포를 다 해놔도 동생이 안 와요. 그렇께 또 누나는 내가 이겨놓으면 틀림없이 동생이 죽겄다. 그러고는 옷고름 하나를 안 달고 지달리고 있었다고 허대요."

남자는 손으로는 죽을 퍼 담으면서도 입으로는 이야기를 하고 싶어 했다. 남자는 팥죽 두 그릇을 들고 와 둘 다 내 앞으로 놓았다. 나는 한 그릇은 맞은편 네 앞에 놓으라고 말했다.

"아참, 누가 오신다고 했제라우. 그런디 어째서 안즉도 안 오신다우?"

남자가 이상하다는 듯 나에게 묻는다.

"……."

"한 가지만 더 얘기해드릴라우."

"아따, 참말로 차라리 김덕령이 누나허고 가서 살아부쇼이."

주인 여자가 남편을 나무랐으나 남자는 말을 이어갔다.

"김덕령 장군 누나가 씨름판을 나갔는디라우. 즈그 동생을 본께 눈에서 불이 빤닥빤닥허드랍디다. 저것이 틀림없이 사람 하나를 쳐서 죽이겄다. 걱정이 되어갖고 누나가 남장을 차려입고 씨름판을 나갔다요. 그러고는 동생을 딱 때려눕혀부렀다등만요. 그렇께로 동생이 졌다고 약이 올라 갖고 난리를 함시러, 누가 나를 때려눕힐 놈이 없는디. 자꼬 그랬싼께 내가 가서 눕혔다, 누나가 대답했다요. 그러믄 그렇제 누가 감이. 그랬다고 헙디다."

"……."

"그런디 김덕령 장군 그 냥반이 서른도 되기 전 꽃다운 젊은 나이에 억울허게 죽임을 당했단 말이요. 참말로 안타까운 일이제라우. 김덕령 장군이 임진왜란 때 활약헌 의병장이자, 성리학자까장 되시는디 말이요. 그 냥반이 날개도 다 못 펴보고 역모에 휘말려 억울헌 누명을 쓰고 청춘에 죽임을 당했단 말이요. 김덕령 장군은 혼백이라도 억울허고 그 누나는 또 얼마나 가슴이 찢어질 것이요."

남자는 계속해서 말을 이었다.

"그 아까운 장군이 시대를 잘못 타고난 것이 죄제 딴 것이 있간이라우. 위정자들 음모에 죽임을 당했으니 임금 잘못 만나 억울허게 제물이 된 것이랑께라우. 여그 광주가 신군부 탐욕 채우는 데 희생 제물 노릇헌 것이나 다를 것이 없제라우."

"네……."

너는 남자의 설명을 다 알고 있다는 듯 고개를 끄덕이며 조용히 나를 바라본다.

"그렇께 여그 시장이 역사적으로도 보통 장소가 아니제라우. 여그 말바우시장은 사방에서들 와라우. 담양서 오제, 곡성에서들 오제, 장성 화순 순창서까장 시골에서 농민들이 직접 경작한 농산물을 갖고 온단 말이요. 말허자면 요새 말허는 직거래 시장이제라우. 팥죽 잡숫고 구경허시고 많이 사가시쇼이."

남자가 진지한 표정으로 말을 이어갔다.

"아따 저 냥반이 얼릉 와서 잡숫던 밥이나 자셔게라우. 덕령이 누나 자랑은 자그마치 허고라우."

주인 여자가 또 한마디 던지자 남자는 돌아서서 대꾸한다.

"자네는 잠 가만 있어봐. 타지에서 오신 손님께 더 알려야 할 것 아닌가?"

"그런디 어째서 한 분은 안즉도 안 오신다요? 팥죽 다 식어불겠소."

"여기 와 있어요."

"어디라우?"

"내 앞에요."

"아따, 요상허요이, 내 눈에는 암것도 안 보이는디."

"그렇게 말씀하시면 내 동생이 서운해허지요."

"그래게라우, 그럼 맛있게 잡수시쇼이."

남자가 돌아서서 고개를 갸웃거리며 걸어간다. 너는 사람들 눈에 보이지 않는 투명 인간이다. 아니 예전에 너 혼자나 큰언니와 함께 이 말바우시장에 왔을 때는 나와 똑같은 육신을 가진 사람이었다. 허나 지금 내 앞에 앉은 너는 육신을 벗은 몸이다. 그래서 저 아저씨가 그러는 걸 너는 이해를 해라.

"저 아저씨도 네 눈에 익은 사람이지?"

너는 빙그레 웃으며 고개를 끄덕인다.

"많이 먹어라."

내가 수저를 들어 네 손에 쥐여준다. 수저를 받아든 네가 먹지는 않고 싱긋 웃는다. 늘 그랬던 것처럼 너는 소리 없이 싱긋 웃는 것이 네 마음의 진심을 표시하는 것이다. 나는 너를 보며 참 오랜만에 이곳 광주에 왔다고 말한다. 내 말을 듣던 너는 갑자기 눈물을 흘린다.

팥죽은 먹지 않고 어째서 우느냐고 묻지만 너는 소리 없이 눈물만 흘린다. 내가 하는 양을 보던 죽집 남자가 아무래도 이상하다는 듯 힐끔거리며 고개를 갸웃거린다. 그러나 나는 너에게 또 말을 한다.

"어릴 때 우리 집에서 팥죽을 끓이면 나는 죽 그릇을 가져다 줄을 세워놓고 네가 손을 대지 못하게 한 적이 있었지? 너는 죽을 먹고 싶어 했으나 나는 욕심을 부리고 너를 골려주었던 일 미안하다. 그 일이 꼭 어제 일 같게만 여겨진다."

내가 미안하다고 해도 너는 팥죽은 먹지 않고 눈물만 흘리고 있다. 어서 먹으라고 하는 내 재촉에도 너는 소리 없이 울기만 한다. 네가 우니 나도 눈물이 나온다. 나는 한 숟갈 떠서 입에 넣었던 새알심을 눈물로 겨우 삼킨다. 어서 먹으라고 해도 너는 알았다고만 한다. 나도 죽이 목에 걸려 더 이상 먹을 수 없어 수저를 놓는다.

"또 뭣 먹고 싶은 것 있냐? 다 사줄게 말만 해라."

너는 눈물 그렁한 눈으로 또 빙그레 소리 없이 웃는다. 예전처럼 말 좀 해보라고 해도 너는 그저 소리 없는 웃음만 머금고 있다.

"다 잡쉈겠소?"

"네."

"아니 두 그릇 다 손도 안 대고 그대로 있구먼이라우. 맛이 없으셨소?"

"아뇨. 잘 먹었습니다."

팥죽가게 주인 아저씨와 예쁘장한 그의 아내는 이상하다는 듯 고개를 갸웃거린다. 나는 팥죽 두 그릇 값을 치르고 식당 문을 열고 밖으로 나온다.

"잘 가시쇼이, 또 오시쇼."

팥죽가게 문을 열고 나오는 내 등 뒤에다 주인 남자가 인사를 한다. 너는 소리 없이 내 옆을 따른다.

오리와 닭을 파는 곳을 지나자 닭똥 냄새가 고약하다. 너는 코를 한 손으로 막는다. 나도 코를 막는다. 오리 닭 가게 옆에는 말바우 신발가게다. 치마와 꽃무늬 원피스를 입은 여인 서넛이 신발을 고르고 있다. 한 여인이 빨간 구두를 들고 주인 남자에게 묻는다.

"너무 야허지 않헐께라우?"

"야! 겁나게 이뿌당께라우. 고놈 신으면 빨간 구두 아가씨맹키 멋지게 되야부러라우. 내가 여그서 신발 장사 하루 이틀 허요? 거짓말 허면 내가 신발 값 안 받어부러!"

신발을 고르던 여자들이 까르르 웃는다. 여인이 빨간 구두를 신어 보고 앞뒤로 살펴보며 좋아한다. 너는 신발가게 앞에서 잠시 멈춘다.

"네 눈에 드는 것이 무엇이냐. 말만 해라, 내 동생아."

나는 얼른 네가 바라보는 신발 하나를 고른다. 너는 너무 화려한 건 싫어하니 검정색 구두를 고른다. 네 발 240밀리를 골라 주인에게 내민다. 주인은 검정 봉지에 신발을 담아 내게 준다. 나는 얼른 그것을 받아 너에게 준다. 너는 또 싱긋 웃고 신발가게를 지나 걸어간다. 신발가게 옆으로 생선 좌판을 벌이고 있는 할머니가 뱅어 한 마리를 들었다 탁 소리가 나게 놓으며 불쑥 한마디 내뱉는다.

"아이고 안 잘어라우, 안 잘어. 살이 통통해 쪄갖고 있는디 뭣이 잘다고 그러시요?"

생선을 사려던 아저씨가 그래도 잘다고 궁시렁거리며 지나간다. 할머니가 그냥 가는 아저씨 궁둥이에 대고 또 한마디 쏘아붙인다.

"오동통허니 이쁘게 살만 쪘구먼 잘다고 트집을 잡고 기냥 가요?"

할머니는 반쯤 일어났던 몸을 다시 주저앉으며 지나가는 손님들 표정에 시선을 보낸다. 할머니 시선 속에는 어서 생선을 사가라는 간절한 바람이 배어 있다. 너도 언젠가 이곳에 와서 할머니와 흥정하고 생선을 샀겠구나. 네가 생선 좌판 앞에서 잠깐 고개를 숙여 할머니에게 인사를 한다. 할머니는 너를 알아보지 못한다. 너를 지나치는 사람들도 네가 지나가는 걸 알아보지 못한다.

생선 좌판을 지나고, 할머니들이 모여 앉아 채소를 팔고 있는 곳을 지나고, 무안 세발낙지 한 마리를 높이 쳐들고 사가라고 하는 아주머니 앞을 지난다. 낙지를 보고 너도 싱긋 웃는다. 너도 나처럼 우리 고향 무안 세발낙지를 좋아했었지. 내가 낙지 사줄까 하니 너는 피식 웃기만 한다. 옷가게를 지나니 사거리 유달슈퍼가 보인다. 너는 그때 유달슈퍼에서 무얼 샀느냐. 그때 너는 무엇을 고르다가 망설이기도 했느냐. 오늘은 내가 사주마. 너를 위해 말바우시장엘 왔으니 무엇이든 말만 하려무나.

나주축산이 나타난다. 너는 나주축산에서 소고기를 샀느냐 아니면 돼지고기 두어 근을 샀느냐. 그래 너는 돼지고기를 샀을 것이다. 언젠가 내가 광주에 왔을 때 비싼 소고기는 자주 못 먹어도 돼지고

기라도 사다 먹으라고 하며 말바우시장에서 사 왔다는 돼지고기로 내게 불고기를 해주었었지. 주머니가 넉넉지 않은 너는 소고기를 살 수 없었을 것이다. 고기집을 지나니 꽃수레 지갑 벨트가 나타난다. 꽃수레 지갑 벨트에서는 무엇을 샀느냐? 벨트를 파는 옆으로 갱엿을 망치로 두들겨 깨서 팔고 있는 노점이 보인다. 너는 그때 이곳에 와서 갱엿을 사 먹기는 했느냐. 오늘 내가 사줄게 제발 한마디만 하려무나. 너는 그래도 빙긋이 웃기만 한다. 망치로 엿을 깨던 아주머니가 나에게 갱엿 한 조각을 내밀며 웃는다.

"한 볼태기 맛 좀 보쇼."

나는 얼른 갱엿을 받아들고 너에게 내민다. 너는 웃기만 한다. 이제 담양떡집이 보인다. 너는 떡집에서 인절미를 샀느냐? 오늘은 내가 인절미를 사주마. 아니 너는 어느새 저만치 앞서 걸어간다. 완도 횟집이 나타난다. 너는 완도횟집을 지나며 무엇을 봤느냐? 횟감을 사지는 못하고 그냥 바라보기만 했을 너를 생각한다. 목포횟집이 나타난다. 너는 목포횟집 앞에서 잠깐 발을 멈추고 헤엄을 치고 있는 낙지를 바라보았을 것이다.

말바우패션 헌옷 가게가 보인다. 무등김치도 보이는구나. 너는 늘 김치를 손수 담가 동생들에게도 나에게도 주었지. 네 몸이 힘들어도 늘 베풀기를 좋아하던 너였으니까. 곡성그릇백화점이 나타난다. 너는 그릇가게에 들어가 보았느냐. 충정로오리건강원을 지나고 금남로축산할인마트를 지나고 삼학도수산을 지난다. 좌판에 굼뱅이, 지네, 진도 울금을 팔고 있는 노점 아저씨가 보인다. 그 옆에 호박, 오이, 버섯, 감자, 고추 등을 팔고 있는 남자가 저울 위에 감자를 올려놓고 흥정하고 있다.

"요것이 십일 키로 사백이네이. 많해. 많이 줬네이."

너도 저 아저씨에게 감자를 샀느냐. 너는 아저씨를 향해서도 목례를 한다. 몇 발짝 앞에 누나 신발가게가 나타난다. 신발을 사는 여자들이 모여 있다.

"땀 찰랑가 몰겄네이."

신발을 고르던 여자가 해바라기 꽃송이가 달린 여름 슬리퍼를 들고 묻는다.

"요것은 땀이 안 차. 아조 시원허당께라."

신발가게 남자의 말에 여자가 확인하듯 묻는다.

"진짜요?"

"아따 참말로 내가 여그 말바우시장에서 누나덜한테 꽃신 장사 하루 이틀 했간디 거짓뿌렁허겄소."

여자가 슬리퍼를 흔들며 하하하 웃는다.

"그럼 요놈으로 주쇼."

"알었소. 이놈으로 드릴께라우."

신발가게 남자가 하는 말에 꽃 슬리퍼를 든 채 여자가 깔깔대고 웃는다. 해바라기 꽃잎이 파들파들 떨린다. 남자는 여자가 내민 슬리퍼를 받아들고 검정 비닐봉지에 쑥 넣고는 여자에게 내민다. 나는 네가 떨어진 신발을 신고 다니던 일이 떠올라 가슴이 미어진다. 나도 너를 위해 또 신발 하나 더 사주고 싶어진다. 그러나 너는 앞서 걷는다. 맘에 드는 것 골라보라고 내가 불러도 너는 손사래를 친다. 너는 나와 똑같은 날 신발을 사도 나보다 몸무게가 조금 무거워서 그런지 신발이 먼저 떨어지고는 했다. 그러니 한 켤레 더 사준다고 해도 그냥 앞서 걷는다. 나는 분홍 진달래꽃이 만발한 꽃신을 집어 들고 주인 남자에게 값을 지불한다. 신발가게를 지나쳐 알록달록 꽃무늬 옷들이 걸린 옷가게 앞으로 걸어간다.

나는 또 속옷이랑 면 꽃무늬 원피스가 걸려 있는 무등옷가게 앞에서 발을 멈춘다. 내 눈에 띄는 것이 꼭 네 마음에 들 것 같다고 짐작이 되어서다. 내 양산에 걸린 옷자락이 나를 잡아당긴다. 네가 좋아하는 옷이라고 사달라는 것 같다.

"어! 이 옷이 나를 붙잡네."

내 말에 옷가게 아주머니가 웃으며 대꾸한다.

"사 갖고 가시라고 잡았것제."

네가 꼭 붙잡고 사달라고 조르는 것만 같아 발걸음이 떨어지질 않는다. 나는 또 연분홍 살구꽃무늬 면 원피스를 산다. 너는 그래도 앞서 걸어간다.

자매로 보이는 두 여인이 무거운 보따리를 양쪽에서 들고 내 앞을 스쳐 지나간다. 두 여인이 삼학도횟집 앞에서 발을 멈추더니 한 여인이 다른 여인에게 묻는다.

"언니, 뭣이 먹고 싶은가?"

"떡도 먹고 싶고 홍어회도 쪼깐 먹고 잡어야."

동생인 듯한 여인이 다른 여인에게 반갑다는 듯이 대답한다.

"아따. 그럼 홍어회 한 접시 먹고 가세."

"그러자. 먹고 죽은 귀신은 때깔도 좋다는디 우리가 언제 죽을지도 모르는디."

언니로 보이는 여인의 말에 동생인 듯한 여인이 불쑥 대꾸한다.

"죽는다는 소리 허덜 마랑께 그러네이."

나는 두 여인이 부러워 죽을 지경이다. 제발 너도 한마디 말 좀 해봐라. 뭐가 먹고 싶다거나 가지고 싶다거나 한마디라도 말을 좀 해보라고 소리 지르고 싶어진다. 조금 전에 팥죽가게 남자가 들려주던 김덕령 장군 이야기가 떠오른다.

그 똑똑한 남동생이 먼저 죽었을 때 그의 누나는 얼마나 슬펐을까. 그것도 억울하게 누명을 쓰고 죽임을 당하는 남동생을 바라보던 누나의 심정은 얼마나 갈가리 찢어지고 아팠을까. 누나는 늘 동생을 위해 자신이 희생하려고 했는데 나는 너를 위해 아무것도 해주지 못했다는 자책감이 밀려온다. 누나는 남동생을 그토록 사랑하고 아꼈는데 그 동생이 죽었을 때 얼마나 슬펐겠느냐. 나는 누나의 마음이 뼈저리게 다가온다. 네가 죽었을 때 내 가슴이 아팠던 기억이 또렷이 가슴 깊은 곳에서부터 되살아난다.

네가 쓰러졌다는 말을 듣고 울면서 광주로 달려갔을 때 너는 입에 호흡기를 꽂고 무너진 통나무처럼 누워 있었다. 내가 오는 것도 내가 우는 것도 모르고 그냥 누워서 네 스스로는 호흡할 기력이 없어 생명줄인 호흡기의 도움으로 체온을 유지하고 있었다. 의사는 내가 달려가자마자 다짜고짜 장례식은 어떻게 할 거냐고 물었다. 나는 그때 의사의 면상을 힘껏 갈겨주고 싶었다. 어떻게 그렇게 빨리 너를 땅에 묻으라고 하는지 자신의 가족이어도 그렇게 말할 수 있는지 화를 내며 큰소리로 항의했다. 그러나 너는 병원에 도착한 순간 이미 뇌사 상태였다고 했다. 이틀 전만 해도 웃으며 나와 통화를 하던 네가 어떻게 그렇게 갈 수 있는 것인지 나는 뭔가 크게 잘못되었다고 소리 질렀다.

푸우파! 푸우파! 가느다란 기계음만 밤새 뿜어대는 너를 지키며 나는 애가 녹는 듯 작은 소리로 속삭였다.

"나랑 같이 말바우시장 가게 어서 일어나라. 이제 나도 당장에 광주로 이사 올게, 어디든지 너랑 같이 다닐게 어서 일어나거라……."

너에게 호소하듯 애원하듯 말하는 내 앞에서 너는 주르륵 눈물 한 방울 볼을 타고 흘러내리는 것으로 안타까운 대답을 대신했다. 너는 그렇게 중환자실에 누운 지 일주일도 되기 전에 떠나갔다.

새해가 되고 첫 달이 다 끝나가는데 때늦은 눈발이 휘날리는 날이었다. 너는 기어코 흔들리는 수평선을 그으며 떠나갔다. 아직은 어스름한 새벽 네 호흡을 대신 해줬던 기계에서 삑! 소리를 지르며 수평선이 그어지자 간호사가 달려와 네 입에서 호흡기를 떼어내며 말했다. 6시 30분에 운명하셨습니다. 나는 간호사가 악마의 소리를 하고 있다고 생각했다. 아니 악몽을 꾸고 있다고 생각되었다. 어서 너를 따라잡아 절대로 놓지 말아야 한다고 네 몸을 어루만졌다. 나와 너를 구분 지어버리는 흔들리는 수평선을 끄집어내어 토막토막 잘라버려야 한다고 생각했다. 그리고 수평선 저쪽에서 너를 잡아내려

내 옆으로 오게 해야 한다고 가슴 깊이 절규했다.

어느새 남자가 바퀴 달린 침대를 밀고 중환자실로 들어오더니 네가 누워 있는 곳으로 걸어왔다. 남자는 묵묵히 너를 통나무 굴리듯 가져온 침대로 옮겨 너와 함께 꽁꽁 묶었다. 나는 지금 무슨 일이 벌어지는 것인가 이상한 연극을 보고 있다고 생각되었다. 너는 그러지 말라고 소리를 지르거나 움직이지도 않았다. 어째서 내 동생이 그럴 수 있느냐고 나는 멍하니 바라보며 분명 내가 아주 나쁜 악몽을 꾸고 있다고 생각되었다.

바퀴 달린 침대에 너를 태운 채 끌고 나가는 남자를 따라 밖으로 나왔다. 나는 내 동생을 훔쳐가는 그 남자를 쫓아가 너를 다시 찾아와야 한다고 생각하며 끌리듯이 쫓아 따라갔다. 중환자실 문을 나올 때 아직도 호흡기를 떼지 않고 누워 있는 다른 환자들을 뒤돌아보며 그들과 그들 가족이 부러워 견딜 수가 없었다. 너를 태운 침대를 다시 끌고 중환자실로라도 돌아가고 싶었다. 호흡기에 의지한 네 숨소리라도 더 듣고 싶었다. 그런 네 모습이라도 더 보고 싶었다.

너를 차에 실을 때 너는 통나무에 불과했다. 흙덩이에 불과했다. 죽음은 단호하고 냉정했다. 삶과 죽음이 얼마나 가까운 것일까. 너는 숨이 멎은 흙덩이고 나는 숨을 쉬는 흙덩이일 뿐이었다. 너는 누워 있는 흙덩이고 나는 서서 슬피 울며 움직이는 흙덩이였다. 나도 너처럼 똑같은 누워 있는 흙덩이로 변해버리고 싶었다. 내 옆에 있는 죽음과 손을 맞잡아버리고 싶었다. 장례식장으로 너를 옮겨갈 때 나는 네 심장에 손을 얹고 떼지 못했다. 네 심장은 뛰지는 않아도 아직은 따뜻한 온기를 내 손바닥에 전해주었다. 장례식장으로 가는 동안 네 몸은 서서히 식어가고 있음을 나는 손바닥에 확실하게 느꼈다. 네 몸속에 남아 있던 마지막 체온이 흔들리는 수평선 저쪽으로 사라지는 것을 나는 무능하게 바라보아야만 했다. 나는 제발 내 손에서 전해지는 체온으로라도 네 몸이 따뜻해지기를 바라며 네가 다시 살아나기를 바라며 네 심장에서 손을 떼지 않았다. 네가 살아날 수만 있다면 내 몸에 있는 모든 체온을 너에게 쏟아부어주고 싶었다. 죽음으로부터 너를 빼앗아 오고 싶었다.

네가 금방이라도 일어나 답답하다고 너를 묶고 있는 끈을 풀어달라고 소리 지를 거라고 믿었다. 아니 장례식장에 도착하여 네 몸을 그 차가운 냉동고에 집어넣을 때도 나는 너를 포기하지 못했다. 아니 냉동고에 들어간 인순이라는 네 이름 앞에 예 고(故) 자가 붙어버린 것을 절대로 용납할 수 없었다. 도대체 어떤 악마가 사랑하는 내 동생 이름 앞에 죽은 사람을 이를 때 쓰는 예 고(故) 자를 붙여놓았는지 알 수 없었다. 이 현실을 나는 절대로 용납할 수가 없었다.

"누가 내 동생 이름 앞에 고(故) 자를 붙여났어? 누구야, 누가 그랬어?"

나는 어느새 네 이름 앞에 붙여진 예 고(故) 자를 두 손으로 짓찢으며 울부짖었다. 네 이름 앞에 붙여진 고(故) 자를 뜯어버리면 네가 다시 살아날 거라 믿었다. 제발 너를 살려달라고. 제발 냉동고를 발로 쾅쾅 차면서 그 답답하고 차가운 곳에서 꺼내달라고 소리 질러주기를 냉동고 문짝을 어루만지며 기다렸다. 하루, 이틀, 사흘. 그러나 너는 영영 아무 소리도 하지 않았다. 나는 말을 잃었다.

저만치 네 모습이 보인다. 너는 나를 향해 빨리 오라고 손짓을 한다.

"언니 빨리 와. 우리 집에 가세."

너는 여느 때와 같이 싱긋 웃으며 말한다. 나는 날아갈 듯 기분이 좋다. 그동안 너희 집에 못 가본 지가 오래되었다. 너는 또 등을 보이며 앞서 걸어간다. 나도 부지런히 너를 따라간다. 평소에는 내가 걸음이 빨랐는데 오늘은 네가 걸음이 빠르구나. 너 떠난 후론 한 번도 가지 못했던 그리운 너희 집. 나는 늘 서울에서 광주로 왔다가 너희 집에서 하루나 이틀을 묵고 고향으로 가곤 했다. 고향에서 서울로 갈 때도 늘 너희 집을 거쳐 너를 보고 갔다. 너를 보고 서울로 가야만 마음이 든든하고 편했다. 너는 늘 서울로 떠나는 나를 보고 빨리 광주로 내려오라고만 했다. 어느새 너희 집이 보인다. 네가 너희 집 현관문 앞에서 문을 열고 들어선다. 뒤따라간 내가 들어가려고 하자 너는 문을 쾅! 닫아버린다. 나는 너무도 당황하고 슬퍼서 문을 열어달라고 엉엉 운다.

"인순아? 문 열어줘! 문 열어달라니까."

나는 너희 집 현관문을 부숴버릴 듯이 쾅쾅 두들기며 운다. 너는 들어오면 안 된다고 안에서만 말한다. 어디선지 오월 아카시아 진한 꽃향기가 콧속으로 스며든다. 나비 한 마리가 훨훨 내 앞으로 날아와 나풀나풀 춤을 춘다. 사방에서 아카시아꽃이 비처럼 우수수 떨어진다. 함박눈이 내리듯 하얗게 떨어진 아카시아꽃은 수많은 흰나비

떼가 되어 나를 둘러싼다. 눈이 부시다. 콧속으로 풀 냄새가 스며들고 살갗에 와닿는 바람의 결이 느껴진다. 새소리가 들린다.

어디선가 여인의 우는 소리가 들린다. 나는 문득 정신을 차리고 사방을 둘러본다. 나와 조금 떨어진 곳에서 하얀 소복을 한 여인이 울고 있다. 정신을 가다듬고 내 앞을 본다. 네가 묻혀 있는 묘지다. 내가 있는 주변으로 오월 영령들의 비석이 죽 줄지어 서 있는 묘지들이 눈에 들어온다. 저만치 떨어진 묘지에서도 검정 옷을 입은 누군가 비석을 어루만지며 울고 있다. 오늘이 바로 네 기일이었구나, 문득 머릿속에 생각이 떠오른다. 삶과 죽음은 얼마나 가까이 있는 것일까. 내 삶의 한복판에서 모든 것이 죽음을 중심으로 회전하고 있었다는 생각이 든다.

저만치 하늘 위로 흘러가는 흰 구름 속에 네가 둥둥 떠 있다. 분홍 꽃신을 신고 연분홍 살구꽃 원피스를 입은 네가 구름을 타고 날듯이 점점 높이 올라간다. 네가 가는 곳으로 나도 가고 싶은데 너는 자꾸 나와 멀리 떨어져 흔들리는 수평선 위로 올라가고 있다. 흔들리는 수평선 저쪽에 네가 서 있다. 네가 가는 곳은 어디인 것이냐. 정녕 너는 가는 것이냐. 인순아? 내 동생아. 네가 활짝 웃으며 나를 향해 손을 흔든다. 나는 흐느끼는 듯 흔들리는 수평선 이쪽에서 안타깝게 너를 바라본다. 너를 둘러싼 구름송이들이 너를 호위하며 둥둥 걸어간다. 모든 길이 죽음으로 가는 길이라면 멈출 수는 없을 거라는 생각을 하며 하염없이 너를 바라본다.

가라앉는 마을

가라앉는 마을

끊임없이 들려오는 그 소리는 온 마을을 훑고 다녔다.

마을 뒤로 둘러쳐진 야트막한 뒷산도 그 소리에 질려 우황 든 암소가 통증에 못 견뎌 엎드려 앓는 듯 떨었다. 상수리나무며 떡갈나무 오리나무 잎사귀들도 기계 소리에 놀라 진저리를 쳤다. 산까치 산비둘기들도 놀라서 떨어지는 잎사귀 사이를 헤매며 앉을 곳을 찾아 날아다녔다. 가시풀 산나리 술패랭이꽃 수박풀들도 두려워 온몸을 흔들었다.

마을회관 앞에는 황덕보 영감네 할멈인 월산댁의 상여가 놓여 있었다. 개창자처럼 꼬불거리던 한 많은 예순다섯 해, 이 땅의 삶을 마감한 월산댁을 싣고 갈 꽃가마였다. 상여 위로는 월산댁이 흘린 눈물 콧물이 묻어 얼룩진 치맛자락 같은 차일이 기계 소리에 놀라 더욱 펄럭거렸다. 알록달록한 꽃상여의 꽃잎들도 그 소리에 놀라 파르르르 떨어댔다. 모든 것이 월산댁의 죽음을 슬퍼하는 듯해 보였다. 월산댁이 제명에만 죽었어도 생수리 마을 주민들이 초여름 논의 개구리 울음으로 들고일어나지는 않았을 것이다. 하늘에는 검은 구름들이 비를 쏟아내릴 기세로 마을을 내리누르고 있었다.

"산 사람 옆에 두고는 그냥 못 먹어도 죽은 사람 옆에 두고는 먹는 기여. 한술 뜨고 힘내야 쌈박질을 하든 물 공장에 쳐들어가든 할 거 아녀!"

기영이 음식을 권해도 퉁퉁 부은 눈으로 멍하니 상여 앞에 앉아 있는 황 영감을 향해 김 노인이 소리쳤다. 아침식사를 하던 마을 사람들도 덩달아 황 영감을 걱정하며 한마디씩 거들었다. 기영은 사람들 틈에서 아내와 막내아들이 밥 먹는 모습을 발견했다. 막내아들 민호는 한손에 야생벌집을 들고 수저질을 하느라 밥알을 줄줄 흘리고 있었다. 아내가 민호의 손에서 야멸치게 벌집을 빼앗더니 한쪽으로 홱 내던져버렸다. 민호는 '싫어' 소리치고는 벌집을 향해 뛰어가 다시 주워 들었다. 민호는 벌집 구멍마다 꽂아놓았던 연필과 볼펜들이 빠져 흩어진 땅에서 주워 다시 꽂고 있었다. 기영이 주워다 준 야생벌집을 민호는 연필꽂이라며 갖고 놀기를 좋아했다. 기영을 비롯한 상두꾼들이 밥수저를 내려놓고 하나둘 월산댁 주변으로 모여들어 상여를 메기 시작했다.

"어허너─어 어허너─어, 못 가겠네─ 못 가겠네─ 원통해서 못 가겠네."

요령을 한바탕 흔들고 난 요령꾼은 서두르며 선소리를 하고는 상두꾼들을 둘러보았다. 월산댁의 자녀들이 우는 통곡 소리도 점점 커지며 기계 소리에 묻혀 들어갔다. 상두꾼들도 기계 소리에 질세라 목청을 돋우었다.

상여가 마을회관 앞을 떠나 한참이나 마을길을 내려가서야 물 공장 옆에 이르렀다. 요령꾼은 물 공장을 향해 고개를 돌리고는 요령을 힘껏 흔들며 선소리를 하였다.

"어허 이― 어허 노―오, 억지 죽음이 웬 말인가. 어허 이― 어허 노―오."

상두꾼들의 발걸음도 오뉴월 땡볕에 목마른 황소 쟁기질하듯 더디어지며 목이 터져라 뒷소리를 받았다. 물 공장 앞에는 일곱 대나 되는 트럭이 서 있고, 인부들은 물통을 싣느라 돌담 틈의 생쥐마냥 분주하게 공장을 드나들었다. 요령꾼과 상두꾼의 소리, 황 영감 자녀들의 통곡 소리가 점점 커지는 가운데 기영의 눈앞에서는 월산댁이 알씬거렸다. '이대로는 못 가겠네. 나의 억울함 좀 풀어주시게, 기영이……' 기영은 상여 멘 어깨를 달싹거리며 눈을 끔벅거려보았다. 월산댁은 여전히 자주색 치맛자락을 펄럭이며 상여 앞을 가로막고 서 있었다. 기영은 상두꾼들을 휘휘 둘러보았다. 순태 낙현 봉수 모두들 땀을 뻘뻘 흘리며 힘겹게 상엿소리만 낼뿐이었다. 마을에서 초상이 날 때마다 상여를 메어보았지만 지금처럼 무겁지는 않았었다. 기영은 흘러내리는 땀을 목에 걸친 수건으로 연신 닦아내며 월산댁과 마음속으로 다짐을 하였다.

상여가 물 공장 앞 생명천에 이르렀을 때 신작로에는 골프채를 실은 고급 승용차들이 쏟아지는 햇살 아래 번쩍거리며 줄지어 서 있었다. 마을에 전답을 사러 왔던 사람들이 타고 온 검정색 승용차들과 닮은 것이었다. 차에 탄 사람들은 상여가 더디어지자 짜증스런 시선을 바람 끝에 매달아 쏘아 보냈다. 생수리 마을 주민들은 상여가 생명천을 지나 산으로 접어들 때까지 젖 뗀 송아지 마냥 월산댁과의 작별을 슬퍼하며 눈물을 흘렸다. 동네 꼬마들은 꽃상여의 화려함에만 정신이 팔려 상여 주위를 맴돌며 따라왔다. 기영은 아이들 틈에 있는 막내아들 민호를 발견했다. 민호의 손에는 여전히 야생벌집이 들려 있었다. 민호는 벌집 구멍마다 꽂힌 연필과 볼펜들이 빠지지 않도록 한 손을 높이 쳐들고 놀고 있었다. 다른 아이가 다가와 아들의 손에서 벌집을 뺏으려고 하자 민호는 얼른 뿌리치고 도망을 갔다. 민호와 장난치던 아이 한 명이 쌓여 있던 흙더미를 헛딛고 생명천 속으로 미끄러져 들어갔다. 그 광경을 바라보던 기영은 마음이 조급해져 자기도 모르게 뛰어가 잡아주려고 했다. 그의 어깨 위에는 월산댁의 상여가 무겁게 얹혀 있어 마음만 안타까울 뿐이었다. 동네 아낙이 부리나케 뛰어와 아이를 잡아준 덕에 아이는 발목까지만 빠지고 무사했다. 그제야 기영은 휴우 안도의 숨을 쉬었다. 아이의 발에는 생명천에 흐르는 시커먼 오물이 묻어 검정 장화를 신은 것 같았다. 얼마 전 물 공장에서 잘라놓은 길은 한쪽으로 흙더미가 수북이 쌓여 있었다. 그곳을 지날 때 자칫 잘못하다가는 흙더미와 함께 오물 속으로 미끄러져 들어가는 일이 종종 일어났다.

기영은 논일을 마치고 밤늦게 귀가하던 길이었다. 조심해서 지난다고 했지만 흙더미에 발이 닿는 순간 자갈을 잘못 딛고 생명천으로 나뒹굴고 말았다. 목까지 차 오르는 오물 냄새로 숨을 쉴 수가 없었다. 허우적대며 풀 포기라도 잡으려고 했으나 생명천 둑으로 나 있는 풀들은 잡자마자 바스러졌다. 개천가 풀들도 오물을 먹고 병들어 있었다. 마치 불에 탄 듯 뻘겋게 말라 푸른빛이라고는 찾아볼 수가 없었다. 그는 점점 수렁 깊이 빠져들 뿐이었다. 자신도 모르게 사람 살리라는 소리를 쳤다. 마침 지나가던 황 영감이 밧줄을 던져준 덕에 겨우 빠져나올 수가 있었다. 기영은 안도의 숨을 쉴 겨를도 없이 온몸에서 코를 찌르는 썩은 오물 냄새로 숨이 컥컥 막혔다. 물 공장에서 흘러나오는 폐수와 양계장의 폐수, 목장의 축산 폐수, 뒷간에서 썩어 거름이 되어야 할 분뇨가 개량된 시골집들의 수세식 화장실에서 못 견디고 흘러나와 생활하수와 뒤범벅으로 흘러들어 거무죽죽하게 변한 것들이었다. 그가 어린 시절에 동네 아이들과 물장구치며 놀던 맑은 물이 아니었다.

초여름이던 그날도 마을 뒷산에서는 뻐꾸기 소리가 송홧가루와 함께 마을로 날아들고 있었다. 어린 기영은 생명천에 뛰어들어 아이들과 물장난을 했다. 봉수도 순태도 발가벗은 알몸으로 놀고 있는데 월산댁이 이불 빨래가 담긴 옹자배기를 머리에 이고 냇가로 내려왔다. 기영은 발가벗은 것이 부끄러워 두 손으로 고추를 가리고 물속으로 뛰어들었다. 헛발을 디뎌 그만 물이끼가 끼어 있는 돌에 미끄러져 넘어졌다. 기영의 키보다 두어 배는 깊은 곳이었다. 허우적거리며 깊숙이 빠져드는 걸 순태도 봉수도 잡아주지를 못하고 발만 동동거렸다. 새색시였던 월산댁이 빨래하던 손을 멈추고 황급히 달려왔다. 기영은 이미 물을 먹고 서너 번이나 물속으로 들어갔다 나오기를 반복하고 있었다. 기영을 건져주느라 월산댁의 꽃자주 옷고름과 치마가 물에 흠뻑 젖어버렸다. 월산댁의 품에 안겨 물 밖으로 나왔을 때 기영은 의식을 잃고 말았다. 기영이 서울 생활을 청산하고 고향으로 되돌아오던 날도 생명천은 지금처럼 오염되지는 않았다. 기영은 그의 밭을 둘러보러 가는 길에 생명천을 지나갔다. 맑은 물속에서는 많은 물고기 떼가 노닐고 있었다.

기영은 이삿짐을 다 풀기도 전에 밭에 나가 신발을 벗어 던지고 흙을 밟아보았다. 황 영감이 맡아서 농사짓고 관리해주던 기영네 밭이었다. 발바닥에 와닿는 흙의 감촉이 포근하여 반겨주는 어머니 같았다. 서울에서 아침저녁 출퇴근하며 밟던 시멘트 길은 항상 얼음판 위에서 재주 부리는 곡예사 같다는 느낌이었다. 기영은 흙을 한 움큼 집어 냄새를 맡아보았다. 흙냄새가 향긋하게 느껴졌다. 숨을 크게 들이마시자 폐부 깊숙이 흙의 숨결이 들리는 듯했다. 그는 두 다리를 뻗고 팔베개를 하여 누웠다. 흙의 향기와 숨결에 취한 듯 기영은 소르르 잠이 들었다.

"당신 뭐 하시는 거예요?"

기영이 눈을 떠보니 아내는 기가 찬 눈빛으로 내려다보고 서 있었다. 아내는 아직도 뾰로통한 인상을 펴지 않은 채 서울에서 입고 온 빨간색 미니스커트 차림 그대로였다.

"당신 정신 나갔어요? 어떻게 땅바닥에 그냥 누웠어요?"

아내는 기영에게 빨리 일어나라고 재촉을 했다. 기영이 일어나 앉자 아내는 짐을 풀기 전에 서울로 돌아가자고 투덜거렸다. 기영은 절대로 서울에는 가지 않겠다며 말도 안 되는 소리 말라고 잘라 말했다. 아내는 혼자서라도 서울로 돌아가겠다고 부득부득 우겼다. 기영은 아내의 말에는 대꾸도 않은 채 흙을 한 주먹 집어 아내의 손에 쥐여주었다. 냄새를 맡아보라고 하자 아내는 질겁하며 흙을 던져버렸다.

"흙에서는 향기도 나고 숨소리도 들려, 당신도 얼마 안 있으면 알게 될걸."

기영은 서울 생활 십여 년 동안에 집 한 칸 마련하지 못한 채 살았다. 중소기업 과장으로 승진한 지 얼마 안 되어 회사가 부도나더니 햇볕에 눈사람 주저앉듯 내려앉았다. 나이 들고 퇴직하면 고향 가서 살리라 버르던 그였다. 고향과 흙은 자신을 밀어내지 않으리라는 기대감으로 기영은 고향행을 결심하였다. 그는 입을 크게 벌려 심호흡을 하며 하늘을 바라보았다. 서쪽으로 기우는 해가 하늘과 마을 뒷산을 곱게 물들이고 있었다. 마을 뒤로 솟아 있는 산봉우리는 기영이 떠나 있는 동안 더욱 울창한 숲으로 변하여 더벅머리 총각들이 서 있는 것 같았다. 산골짜기를 타고 내려와 모인 생명천 물에는 석양빛을 받은 주황색 하늘이 그대로 비쳐들어 물결 따라 나부꼈다. 기영은 이 모든 것을 고향이 자신에게 내리는 축복이라고 여기며 행복감에 젖었다.

순태가 팔아버린 논 가까이에 상여가 이르렀을 때였다. 기계 소리는 성난 사자처럼 포효하고 있었다. 집채만 한 굴착기가 뾰족하고 날카로운 이빨로 탐욕스럽게 흙을 파먹어 들어가고 있었다. 논바닥은 취수공을 박아놓은 구멍이 늘어날 때마다 흙에서는 고막을 찢는 듯한 비명을 질러대고 있었다. 순태네 논만이 아닌 황 영감네나 근처의 모든 논밭들이 몸을 비틀며 진저리를 치고 있었다. 그 부드러운 흙의 살결에 육중한 쇳덩이 취수공이 박힐 때마다 굴착기가 뿜어내는 돌가루 물이 솟구쳐 나와 분수가 되고 또 다른 논으로도 흘러 들어 갔다. 생살이 찢겨지는 흙은 아픔을 견디지 못해 회색 피를 낭자하게 쏟아내고 있었다. 생살 밖으로 흘러나온 회색 액체는 벼 포기와 양파와 마늘 등 다른 농작물을 뒤덮고 아무 데나 찰싹찰싹 엉겨붙어 농작물의 일부분인 양 굳어갔다. 굴착기 입을 통해 토해진 액체는 시멘트 가루를 물에 타놓은 것 같았다. 양파와 마늘 벼 포기들은 그 액체를 뒤집어쓰고 숨을 쉬지 못해 헐떡거리는 회색 식물로 변모해갔다. 처음부터 그런 모양새로 돋아난 식물인 양.

기영은 앞에서 상여를 메고 가는 순태를 바라보았다. 오후에는 서울로 이사를 가야 하는 그였다. 마을에 상여 멜 사람이 부족하여 이삿짐을 싸놓은 채 월산댁의 장례에 참여한 것이었다. 순태는 오만상을 찌푸리고 얼굴에 핏대를 있는 대로 세워 소리를 지르고 있었다. 모든 화풀이를 상엿소리에다 하려는 듯이…….

생수리 마을이 물 좋기로 소문이 나던 오래전부터 외지 사람들이 마치 굶주린 호랑이 토끼 한 마리를 보고 두 눈에 불을 켜며 달려들 듯 몰려들었다. 그들은 황금 알을 낳는 거위를 찾아 나선 야바위꾼들이었다. 분명 물장사는 황금 알을 낳는 거위였다. 취수공 몇 개만 땅속에 박아놓고 취수정을 갖춰놓으면 맛있는 청정수가 콸콸 솟구 쳤고, 몇 가지의 공정만 거치고 나면 생수가 돈으로 둔갑했다. 마을 로 몰려든 기업들은 두 눈을 까뒤집고 와 부락 주민들의 등을 살살 긁어주었다. 땅을 팔라는 것이었다. 다른 데보다 돈을 더 얹어주겠 노라고 생색을 내며 이번에 팔지 않으면 후회할 거라고 은근히 겁까 지 주었다.

순태는 언제까지고 고향에서 살겠노라 했었다. 기영은 순태와 영 농후계자가 되던 날 배추김치에 소주잔을 기울이며 밤새껏 장래의 계획과 어떤 농작물을 재배할 것인가에 대해서도 얘기를 나누었다. 그 후 의논 끝에 양파를 심었다.

"배라먹을! 남 좋자고 내 집안 살림 망허는 중 몰러?"

순태는 수입 농산물의 물결에 휩쓸려 본전도 건지지 못하고 썩어 가는 양파 자루를 내동댕이치며 소리 질렀다. 기영 역시 자신의 양 파와 배추 더미를 보며 한숨만 쌓아올렸다. 이듬해 다시 고추와 마 늘을 심어보았다. 기대에 부푼 마음으로, 그러나 어찌된 영문일까. 시들어 죽어가는 것은.

"워치케 밭작물덜이 아편 먹은 지집년맨치로 시들새들 말라 비틀 어져가는 기여."

기영이 밭에 나가자 순태가 물 공장을 올려다보며 불쑥 내던지듯 말했다. 순태네 밭은 물 공장 바로 아래에 있었다. 물 공장이 들어오 기 전에는 아무리 가물어도 촉촉한 윤기가 흐르던 옥토였다. 거름을 최상급으로 주고 퇴비를 잘 줘봐도 기영네 밭 역시 물기가 빠지고 메말라갔다. 낙현이네 밭작물도 시들어 죽어가는 것은 마찬가지였다. 고추는 꽃을 피웠다가 열매가 열리기도 전에 떨어지고 열린 것마저도 수입 농산물에 묻어 온 벌레에게 먹혀 문둥병 환자마냥 시름시름 앓다가 잎마름병으로 죽어갔다. 마늘은 알이 잘아서 헐값에 팔려나가 인건비도 건지지를 못했다.

"기영아, 머리통만은 못해도 주먹만큼은 크구먼. 한 접 갖다 먹어라."

오래전 기영이 고향을 방문했던 때였다. 밭에서 마늘을 캐던 순태가 활짝 웃으며 주먹만 한 마늘을 들어 보이던 일이 떠올랐다. 기영은 아무래도 이상하다는 생각이 들었다. 물 공장 주위의 전답들은 모두 제구실을 못 하고 달라져갔다. 농협에서 빌린 빚으로 피땀 흘려 농사를 지어봐도 추수 때에는 갚지를 못하고 흉작만 거듭하니, 늘어가는 빚 때문에 마을 주민들은 가슴을 조이며 주름 골만 깊어갔다. 추곡 수매 가격은 삼 년째나 동결 상태였다. 국가에서는 농민단체와 야권에서 수매가를 올리자는 주장에 난색만 표할 뿐이다. 기영은 퇴직금 받아 온 것마저 곶감 빼먹듯 솔솔 써버리고 빚을 얻어야 할 지경이 되었다. 기영네나 순태네 논뿐만 아니라 마을의 전답들도 한결같이 흉작의 연속이었다. 논에 물이 마르기 때문에 벼 포기는 자라기도 전에 시들어 추수 때에는 알곡보다 쭉정이가 더 많았다.

"엠병헐! 나도 고향 지키며 살고 싶었구먼. 나랏님덜이 말리는디

낸들 어쩔 기여.”

순태는 고향을 떠나지 않겠다던 의지가 흔들리자 평화롭던 산속에 몰려온 몰이꾼에게 뒷다리를 잡힌 산토끼마냥 딴사람이 된 것 같았다. 1994년 생수 시판 허용이라는 대법원 판결이 나자마자 앞다투어 몰려든 업자들에게 땅을 팔아치운 날 자신의 전답을 둘러보며 눈물을 흘렸다. 그것을 보다 못해 기영이 붙잡고 달래며 집으로 가자고 이끌자 순태는 주머니의 땅 판 돈을 보이며 말했다.

“니미럴, 나도 이만 헌 돈을 손에 쥘 때가 다 있구먼. 농사지어선 평생 못 만져볼 돈이여.”

순태가 가진 돈은 오천만 원도 못 되었다. 농협 빚 갚고 나면 얼마나 남을 것인가. 그 돈으로 서울 가서 무얼 할 수 있을지. 집 한 칸도 마련 못 하고 서울이라는 화려한 거리의 뒷골목에서 헉헉거릴 순태가 보이는 것만 같아 기영은 땡감 먹고 체한 듯 가슴이 답답해왔다. 기영은 순태를 못 가도록 붙잡고 싶었다. 마을 앞 구멍가게로 앞서가는 순태의 양어깨가 족제비한테 물려 부러진 기영네 수탉 날개처럼 처져 있었다. 소주를 연거푸 마셔대는 순태의 눈가가 벌겋게 젖어드는 것을 보며 기영은 장차 자신의 모습일지도 모른다는 생각에 가슴이 저려왔다. 순태는 새벽까지 술을 퍼 마시며 흐르는 눈물을 손등으로 문질렀다.

“내 자식덜은 농사일 안 시킬 기여! 절대로 농삿꾼 안 만들 거구먼.”

순태는 혀끝이 말을 듣지 않는지 분명치 않은 발음으로 말을 이었다.

"이 애비가 당헌 설움으로 족허단 말이여! 어금니 앙당 물고 공부 시킬 기여."

기영은 위로할 말이 떠오르지 않아 그의 잔에 소주를 부어주는 걸로 대답을 대신했다.

"어허 너어 어허 노오, 돌아가세 돌아서 가, 아끼던 내 논을 마지막으로 보고 가세."

상여가 황 영감네 논에 도착하자 요령꾼은 논을 향해 요령을 흔들고는 선소리를 했다. 기영은 다른 상두꾼들과 보조를 맞추어 뒷소리를 받으며 조심스레 상여를 내려놓았다. 요령꾼은 황 영감네 논을 보며 '영감 혼자 남기고 가니 농사나 잘 되게 도와주시유. 논에 물 좀 안 빠지도록 막아주시유.' 하면서 요령을 흔들었다. 황 영감의 논에 있는 벼 포기들도 고스러진 채 물은 한 방울도 보이지가 않았다.

기영이 고향에 온 지 서너 해가 지난 봄이었다. 논바닥을 재어보던 황 영감이 기영을 보자 논이 가라앉았다고 큰 소리로 말했다. 기영은 황 영감 논으로 다가가보았다. 황 영삼의 큰 손으로 두 뼘을 재고도 남을 깊이였다. 어림짐작으로도 30센티는 족히 될 것 같았다. 황 영감은 평생을 농사짓고 살았어도 이런 일이 없었는데 어찌된 일인가 고개를 갸웃거리며 궁금해했다. 황 영감네 논은 울퉁불퉁하고 움푹움푹 들어가 매끄럽지가 않았다. 기영이네 논도 역시 비슷했다. 논바닥이 파도를 치는 것 같다. 화상 입어 찌그러진 얼굴 같았다. 황 영감은 아무래도 물 공장이 들어오면서 그렇다는 것이었다. 기영의 논도 흉한 몰골이긴 마찬가지였다.

"평생을 편편하던 논이 워째 꺼지고 지랄이란 말여."

황 영감은 높은 곳에서 흙을 퍼다 가라앉은 곳을 돋우어 보토를 하면서도 계속 구시렁거렸다. 기영은 농사일도 손에 익지 못한 데다 보토를 하는 일도 수월치가 않았다. 힘들여 돋우어놓아도 이듬해 농사를 지으려면 논바닥은 꺼지고 가라앉아 쭈그렁이가 되어 있었다. 기영네나 황 영감네뿐만 아니라 마을 주민들은 보토하느라 너나없이 시달렸다.

황 영감은 그해 봄에도 모내기를 하기 위해 손수 쟁기질을 했다. 골을 타서 두둑을 친 후 가래질을 하고 나서, 써렛발로 거친 흙을 고르며 써레질을 쳤다. 모 포기가 뿌리를 잘 내리도록 풀뿌리와 돌을 골라내고 흙을 다독거려 논바닥을 잘 다듬어놓았다. 그 당시도 기계로 하는 사람들이 늘고 있었으나 황 영감은 조상이 물려준 것이 제일이라고 고집하며 손수 쟁기로만 갈았다.

"명주 이불 펴놓은 것 같네요. 벼 포기가 좋아라고 잘 자라겠습니다."

자신의 논에서 일하던 기영은 허리를 펴고 황 영감에게 말을 건넸다. 기영의 논은 황 영감네 논 아래에 있어서 서로 뻔히 바라볼 수가 있었다. 황 영감은 흡족한 눈길로 자신의 논을 둘러보며 대꾸했다.

"이놈은 거짓말을 모르네. 땀을 흘린 만큼 대가를 주거든."

황 영감은 흐뭇한 미소를 지으며 두 손으로 논바닥을 어루만지며 잡초와 돌멩이를 골라냈다. 그의 걷어 올린 다리에서는 거머리가 피

를 빨고 있었다. 기영은 황 영감의 오금팽이에서 거머리를 떼어내주
었다. 피를 잔뜩 빨아먹은 거머리의 배는 볼록 튀어나와 있있다. 기
영은 손에 들고 있던 거머리를 논둑에 휙 던졌다. 젖은 풀섶 위에 떨
어져 부른 배를 굴리며 꼼지락거리는 것이 기영의 눈에 거슬렸다.
그는 다가가 발뒤꿈치로 거머리를 문질러 죽였다. 거머리의 터진 배
에서 흐른 피가 풀포기와 기영의 발뒤꿈치에도 묻어났다. 그는 풀섶
에 발을 쓱쓱 문지르며 황 영감을 바라보았다. 황 영감의 다리에서
도 검붉은 피가 주르르 흘러내리고 있었다. 황 영감은 논고랑 물을
손으로 떠서 피를 씻어냈다.

"에라 망할 것 겉으니. 며칠 먹은 영양분 다 뺏어갔네그려. 인간들
도 이런 종자들이 판을 치는 세상이잖여."

써레질 후 황 영감의 논에는 물이 그들먹하게 채워졌다. 퇴비와
비료를 뿌린 논에 채워진 물은 모 포기가 달게 먹을 수 있는 거름 물
이었다. 황 영감은 물꼬를 다시 둘러보고 삽으로 팡팡 다지며 행여
거름 물이 빠지지 않도록 보고 또 보고 했다. 옆에 섰던 기영이 한마
디 던졌다.

"고만 하셔도 되겠네요. 태풍이 불어와도 끄떡없겠구먼요."

황 영감이 대놓은 물은 바람이 스쳐갈 때마다 그림자가 드리워지
며 잔물결로 일렁였다. 모를 심기에 알맞게 해놓고 땅거미가 내려앉
는 논둑길을 더듬거리며 두 사람은 함께 집으로 향했다.

"자네는 언제 심을 참인가?"

황 영감이 묻는 말소리가 어둠에 덮인 들판에 퍼지며 개구리 울음

소리와 어우러지고 있었다.

"모를 아직 못 쪘구먼요. 내일은 아재네 해드리고 모레에나 해야 겠네요."

기영은 품앗이를 가기 위해 일찍이 잠자리에 들었다.

이튿날 새벽 기영은 사립문이 부서져라 차대는 소란에 놀라 일어 났다. 황 영감은 사립문이 열리기가 무섭게 씨근덕거리며 마당으로 들어섰다. 황 영감은 살의가 느껴질 만큼 벌게진 눈빛이었다.

"에라 이 날도적놈아!"

황 영감은 다짜고짜 기영의 멱살을 잡더니 내동댕이쳤다. 기영은 어찌된 영문인지도 모른 채 마당으로 나가떨어졌다. 그는 얼얼한 엉 덩이를 땅에 붙인 채 일어설 생각도 못 하고 아직도 잠이 덜 깬 눈으 로 황 영감을 올려다보며 말했다.

"어르신네, 워째 그러신데요? 영문을 몰르겠네요."

황 영감은 씩씩거리며 고래고래 소리를 질러댔다. 그 소리는 새벽 의 푸른 공기를 가르며 마을로 퍼져나갔다. 그 소란에 아직 잠자리 에 있던 아내가 겉옷을 걸치며 하품을 입에 물고 방문을 나오고 있 었다. 이어서 잠이 많은 기영의 두 아들까지도 겁먹은 표정으로 눈 을 비비며 걸어 나왔다.

"놈의 논에 피 같은 거름 물 빼갔시면 이실직고나 헐 것이지, 뭐! 영문을 몰러?"

황 영감이 들고 온 삽으로 기영을 찍어 죽이겠다고 길길이 뛰었 다. 아내는 어쩔 줄을 모르며 사람 죽이겠네, 하고 외쳐댔다. 막내 녀석 민호는 아빠를 부르며 울고 큰아들 놈은 뛰어와 황 영감을 말리며 악을 썼다. 새마을 지도자였던 낙현이가 헐레벌떡 뛰어와 두 사람을 뜯어말렸다. 뒤이어 마을 사람들이 몰려와 거들었다.

"월산아재 논에서 물을 빼 가다니요, 그게 무슨 말씀이시래유?"

정신을 차린 기영이 다그쳐 묻고 이내 말을 이었다.

"지가 물꼬를 손끝으로라도 딸싹했다면 지놈 벼락 맞어 죽을 거구먼유."

"그렇담 그놈의 거름 물을 하늘에서 데려간 기여, 땅에서 빨아 처먹은 기여?"

황 영감은 핏발선 눈을 끔벅이며 조금은 누그러진 소리로 말했다. 몰려든 동네 사람들도 논에 물을 대놓고 사나흘 후면 빠지더라고들 한마디씩 거들었다. 낙현이 기영에게 일단 논으로 가보자고 잡아끌었다.

"좋아, 가보자구. 거짓말인지 아닌지 보여줄 기여."

황 영감은 앞장서서 당당히 걸어갔다. 기영은 이른 새벽부터 귀싸대기를 얻어맞은 얼얼한 볼따구니를 만지며 황 영감을 뒤따라갔다.

"논바닥이 죄 밑천을 드러내고 자빠졌는기 그래 무신 조화여!"

황 영감은 논을 가리키며 말했다. 과연 황 영감 논에는 물이 없었다. 기영은 눈을 크게 뜨고 다시금 살펴보았다. 어제 분명히 논둑에 올라올 만큼 찰랑찰랑하게 물을 대놓은 것을 자신도 확인하지 않았던가. 헌데 어찌된 일인가? 논물은 바닥에 두어 바가지나 남아 논바닥에 달이 떨어져 있는 듯하고 너른 논바닥은 쪼옥 빠져 바닥이 드러나 있었다. 놀랍게도 물이 빠지기는 기영네 논도 마찬가지였다. 기영이네 논에도 물은 바닥에서 찰박거릴 뿐이었다. 낙현이도 고개를 갸웃거리며 이상히 여겼다. 기영은 말을 잃고 자신의 논과 황 영감네 논을 번갈아 바라만 보았다. 황 영감이 멋쩍은 듯 기영의 시선을 피하며 논으로 눈길을 돌렸다.

"배라먹을, 땅속에 물 빨아 처먹는 구신이 있는 기여 뭐여!"

황 영감은 자신이 했던 행동에 변명이라도 하듯이 논을 가리키며 말했다. 낙현이도 논에 물을 대놓고 이삼 일 후면 물이 줄어들더라고 말하며 아무래도 원인을 알아보자고 말했다.

기영은 황 영감과 힘을 합해 논에 물을 다시 댔다. 논에 가득 물을 댄 그날 밤 논가에서 밤을 새웠다. 두 사람은 초저녁부터 논둑에 쭈그리고 앉아 논바닥을 주시하고 살폈다. 밤이 깊어지면서 논에 가득 찼던 물이 보글보글 끓는 소리를 내며 서서히 줄어드는 것이었다. 기영은 얼른 일어나 논 가운데로 걸어 들어갔다. 물이 빠지는 것이 발바닥에서 느껴졌다. 황 영감도 논둑을 살피며 물이 빠지는 곳을 확인하고 있었다. 기영은 논둑 밑에 귀를 대고 물이 흐르는 소리를 들어보았다. 논둑 밑으로 가느다란 물소리가 들렸다. 두 사람은 물소리를 따라 걷기 시작했다. 물소리는 논 아래 근처에 얼마 전 새로 들어온 물 공장의 취수정이 있는 곳으로 흐르고 있음을 알 수 있었다. 황 영감은 손뼉을 치더니 물 공장을 향해 소리를 질렀다.

"배라먹을! 물 빨아 처먹는 구신이 저기 있었네 그리여!"

그날 아침에도 논에는 물이 빠져 짜놓은 걸레 같았다.

이런 상태가 계속되면서 벼 포기가 타들어갔다. 마을 주민들은 논 가에도 샘을 파서 모터를 달고 전기의 힘으로 농사를 지어야만 했 다. 점차적으로 물 공장이 많아지면서 논가에 파놓은 샘물마저도 말 라가는 샘이 늘어갔다.

요령 소리가 요란하게 울리더니 선소리꾼의 선창이 시작되었다. 상두꾼들이 상여를 다시 메는 중이었다. 순태도 일어서고 있었다. 기영은 순태를 향해 면사무소에 냈던 진정서가 효력을 내기만 했어 도 월산댁은 죽지 않았을 거라고 말했다. 기영의 바로 앞에 서서 뒷 소리를 하던 순태는 고개를 끄덕거렸다. 요령꾼이 황 영감네 논을 서서히 돌며 발걸음을 옮기더니 구슬프게 선소리를 했다.

"어허 너어 어허 노오, 가네가네 두고 가네, 영감도 땅도 두고 가 네.

"어허 이 어허 노오, 영감영감 우리 영감 슬퍼 말고 잘 계시유."

"어허 너어 어허 노오, 동네 모든 어르신들 몸 건강히 잘 계시유. 육십여 평생 끝이 나고 길이 달라 나는 사오."

황 영감네 논은 쩍쩍 갈라져 땅속까지 드러내고 있고 벼 포기는 고스러져 허연 잎사귀만 바스락거렸다. 기영은 목청껏 뒷소리를 하 며 황 영감네 집터로 눈길을 주었다. 월산댁을 삼켰던 집터가 눈에 들어왔다. 석 달 전 기영이 가봤을 때도 멀쩡하게 서 있던 황 영감네 집은 흔적도 없었다.

기영이 논에서 돌아오던 길이었다. 황 영감도 양파밭에 비료를 뿌리고 오는 길이었다. 황 영감은 기영을 보자 근심스런 얼굴로 말했다. 얼마 전부터 집이 삐걱거려서 바람 때문인가 했는데 요즈음엔 바람이 없는 날도 뚝뚝거리는 소리로 천장과 벽이 불안하다는 것이었다. 기영은 황 영감을 따라가보았다. 근방에서 가장 최근에 지었으니 낡아서 그럴 리는 없다며 황 영감은 이상하다고 고개를 갸웃거렸다. 기영의 눈에도 지붕이 한쪽으로 기울어져 보였다. 황 영감네 집은 마을과는 조금 떨어진 들 가운데에 있었다. 자로 재어보지 않아도 확실히 이상했다.

황 영감은 젊었을 적엔 남의 도짓논을 벌어먹으며 마련한 집이었다. 뚝심 좋은 황 영감의 근실성이 곳곳에 배어 있는 튼튼한 집이었다. 자식들이 객지에 나가 공장과 택시기사로 일하며 벌어온 돈으로 자신이 마련한 논가에 집을 지었다. 그는 젊은 시절 머슴살이로 남의 집 문간방에 쥐 죽은 듯 살았던 서러움을 생각하며 정성을 다해 지었다. 열심히 일한 덕에 지금의 논 닷 마지기를 사 들인 후 너무 좋아서 밤새 논가를 빙빙 돌기까지 했다. 황 영감이 사 들인 논은 비가 와야만 농사지을 수 있는 천둥지기 천수답이었다. 황 영감은 생전 처음으로 땅문서를 손에 쥐고 천하를 얻은 듯이 기뻤다고 했다. 새집으로 들어가던 첫날밤 황 영감은 월산댁의 거칠어진 손을 잡아주며 나랏님이 부럽지가 않았다고 말했다. 밤새 영감과 할멈이 지난 얘기를 하며 울다가 웃다가 밤을 새웠다며 감격스러워했다. 황 영감네 집은 마루와 토방 아래로 두 개의 계단이 있었다. 헌데 그중 한 개가 가라앉아 보이지를 않았다. 기영이 보기에도 남은 한 개마저

가라앉고 있었다. 월산댁도 거들며 말했다.

"정지 문짝이 닫히딜 않어유, 요즘 들어 부쩍 더 그려유."

기영이 황 영감 집을 다녀오고 며칠이 지나서 동민회의가 열렸다. 그때도 회의 내용은 새로 파는 물 공장에 대해서였다. 동민들은 전에 없이 전답들에나 마을에 이변이 일어나는 것은 아무래도 물 공장 때문이라며 가만있어서는 안 된다고들 입을 모았다. 면사무소에 냈던 진정서는 아직도 연락이 없었다. 동민들은 물 공장에 쳐들어가자는 편과 그래봤자 별수 없다는 사람들로 옥신각신이었다.

사흘 전에도 기영은 동민들과 물 공장으로 몰려갔다. 마을에 우물이란 우물은 죄다 말라버린 거며 논밭들이 말라가는 것을 따져가며 항의했다. 공장 측에서는 확실한 증거자료도 없이 어디 와서 행패냐고 오히려 큰소리였다. 기영은 지하수환경학회에서 가져온 자료와 마을의 우물들이 차례로 말라가는 것을 찍어놓은 사진자료를 내밀었다. 자료를 보던 공장장의 안면 근육이 미세하게 실룩거리는 것을 기영은 놓치지 않았다. 기영은 환경학회에서 가져온 자료를 손가락으로 가리켰다. 땅속에서 너무 과다히 물을 뽑아 올리다 보면 자원이 고갈되고 지반 침하 현상이 일어난다는 내용이었다. 기영은 조사자료를 읽고 있는 공장장 옆에서 그도 눈으로 훑으며 공장장의 얼굴 표정을 살폈다.

공장장은 환경학회의 조사 내용을 읽어 내려가다가 속눈썹을 몇 번 파르르 떨었다. 김 과장도 옆에서 보고 있다가 기영을 은근히 한쪽으로 불렀다. 그는 물 공장에 빈자리가 났으니 함께 일해볼 생각이 없느냐고 물어왔다. 그때 마침 물 공장 사무실에서 나오던 이장이 기영을 보고 당황해하는 빛이 역력했다. 이장에게서는 전에 느껴지지 않았던 냉랭함과 불안함이 범벅이 되어 그의 몸을 휘감고 있었다. 이장에게서 쏟아져 나오는 차가운 빛으로 인해 기영은 아는 체하기도 가까이 다가갈 마음조차도 들지가 않았다. 기영은 공장으로 서울로 해결의 실마리를 찾아 뛰어다녔다. 환경학회에서 조사해온 자료를 군청과 면사무소, 물 공장에 제출해도 감감소식. 절벽에 대고 소리치는 격이었다.

지쳐 있는 그를 다그치며 아내가 화를 냈다. 세월 붙들어둔 것도 아니고 내년이면 큰애도 고등학교에 가야 하는데, 여망 없는 촌에서 승산도 나지 않는 싸움이나 하며 시간을 낭비할 거냐고 속을 끓여댔다. 그 바람에 밤늦도록 다투었다.

"어허 너–어 어허 너–어 어야리 넘–자 어허 너–어. 내 집 문전 드나들며 천년만년 살렸더니, 절통하게 깔려 죽어 황천 문이 웬 말이요. 어허 너–어 어허 너–어 어야리 넘–자 어허 너–어. 북망산천 멀다더니 물 공장 밑이 북망일세, 잘 계시유 동네 어르신들 길이 달라 나는 가오, 잘 있거라 내 자식들아. 어허 이 어허 노."

요령꾼은 상여 앞쪽을 월산댁이 살았던 집터로 향하게 하고는 요령을 세차게 흔들며 선창을 했고, 상두꾼들도 목이 터져라 뒷소리를 하며 눈물을 흘렸다.

기영은 피곤한 몸으로 잠들어 있었다. 방문을 흔들어대는 듯한 소리에 눈을 떴다. 기영은 누운 채 귀를 기울여보았다. 소리의 주인공은 이장이었다.

"도—도—동민 여러분 크—큰일 났습니다. 월산아재 집이 무너졌습니다유."

기영은 잠자리에서 튀어나가듯 일어났다. 팔을 휘저어 스위치를 찾았다. 오래도록 손에 익었건만 허둥대다 아내의 팔을 밟았다. 아내는 잠결에 비명을 질렀다. 스위치를 켜자 아내는 돌아누우며 이불을 머리까지 뒤집어썼다. 기영은 방을 나와 마을회관으로 달리며 그의 가슴이 심히 뛰는 걸 느꼈다. 좋지 않은 예감이 그의 머릿속에서 소용돌이를 쳤다. 이장의 당황하고 놀란 듯한 방송은 계속되고 있었다. 기영은 큰일 났구나 하는 생각이 들었다.

"동민 여러분께서는 이 방송 듣는 즉시 월산아재네 집으로 가주시기 바랍니다."

스피커 소리가 온 동네를 훑고 다녔다. 땅벌집을 쑤셔놓은 것 같았다. 개 짖는 소리, 대문 여닫는 소리, 발자국 소리, 수런거리는 소리로 들끓었다.

"뭔 일이래야! 뭔 일 난 기여?"

동민들은 졸린 눈을 잔뜩 찌푸리고 하품을 하며 모여들었다. 이장은 안절부절못하고 회관 앞에 서 있다가 사람들이 나오자 황 영감네 집으로 가자고 소리쳤다. 기영은 순태와 앞서서 부리나케 뛰어갔다. 마을 사람들은 뛰느라 숨차 하면서도 어찌된 일인가 한마디씩 주고받았다. 논둑길로 접어들자 낙현이 미끄러져 논고랑에 빠져 넘어졌다. 뒤이어 동네 아낙이 겹쳐 넘어지고는 비명을 질러댔다. 동네 사람이 얼른 일어나라고 재촉하는 소리가 앞서서 뛰고 있는 기영의 귀에까지 들려왔다. 황 영감네 집은 다른 날보다 멀게만 느껴졌다.

한참을 뛰어 가까이 가자 어슴푸레 드러나는 황 영감네 집은 날가리가 무너진 듯 엉클어져 있었다. 마치 수수깡으로 만든 집을 어린아이가 손바닥으로 눌러버린 모양이었다. 마을 아낙들은 발을 동동 구르며 '워떡헌대유. 워떡헌대유!'만을 거듭했다. 기영은 안방 쪽으로 부리나케 뛰어갔다. 순태 낙현 봉수도 뒤따라 뛰어왔다. 월산댁 위에는 대들보가 내려앉아 있었다. 흙과 돌과 서까래까지 덮여 한층 더 무거웠다. 기영 일행은 낑낑대며 들어낸 대들보를 마당으로 내던졌다. 대들보가 떨어져 내리는 소리가 새벽 공기를 찢었다. 기영은 얼른 월산댁을 바라보았다. 검붉은 피로 엉키어 있는 월산댁의 머리에서는 아직도 피가 흘러내렸다. 황 영감은 월산댁을 끌어안고 미친 듯이 불러댔다.

"할머엄! 할멈, 정신 좀 채려보라니께."

황 영감의 안타까운 외침에도 월산댁은 대답이 없었다. 기영은 재빠르게 월산댁의 호흡 소리에 귀를 기울여보았다. 월산댁의 숨소리는 들리지가 않았다. 기영은 등을 내밀며 큰 소리로 말했다.

"업혀! 업혀봐."

순태와 낙현이 손 빠르게 월산댁을 들어 기영의 등에 업혔다. 월산댁의 축 늘어진 몸이 천근처럼 무거웠다. 기영이 일어나려다 휘청하고 넘어지려는 걸 순태와 낙현이 얼른 붙잡아주었다. 어느새 봉수가 경운기를 끌고 다가왔다. 월산댁을 경운기에 실었다. 기영은 월산댁 옆에 앉아 눈꺼풀도 뒤집어 보고 맥도 짚어보았다. 기영은 운전하는 낙현에게 읍내 병원으로 가는 길을 서두르라고 재촉했다.

"월산아짐은 괜찮으실 거구먼요."

기영은 황 영감을 안심시키고 사건의 자초지종을 물어보았다.

황 영감이 밤중쯤 뒷간에서 볼일 보고 나오는데 갑자기 와지끈하는 소리가 났다는 것이다. 어둠 속에서 본즉 위채가 술 취한 주정뱅이 쓰러지듯 했다는 것이다. 순식간에 일어난 일이라서 넋 나간 듯 보다가 황급히 이장 집으로 뛰었다고 하며 아직도 놀란 가슴이 진정되지 않는 듯 숨 가쁘게 말했다.

월산댁 상여가 황 영감네 논을 벗어나고 생명천이 산골짝과 이어지는 통나무다리에 이르렀다. 요령꾼은 다리 앞에 멈춰 서서 조심스레 선창을 시작했다.

"어허 너어 어허 노오 어야리 넘자 어허너어, 다리가 있네 다리가 있어, 조심조심 건너가세, 어허 너어 어허 노오 어야리 넘자 어야리 넘자, 다시는 못 건널 다리일세 조심 조심 건너보세."

선소리꾼의 소리와 상두꾼들의 소리는 더욱 구슬프고 발설음은 더디어지며 조심스레 다리를 건너가느라 진땀을 흘리고 있었다. 그 다리는 월산댁이 생전에 깨밭의 김을 매느라 닳도록 다니던 곳이었다. 다리는 낡고 군데군데 흙이 부스러져 있었다. 땅을 사러 온 차들이 다니는 통에 통나무 한 개는 부서져 다리 아래로 비스듬히 떨어져 있었다. 상여가 다리를 건너고 월산댁의 깨밭에 당도했다. 깨밭 옆으로 지나가는 상두꾼들은 두 발로 풀을 툭툭 차며 걸음을 옮

겄다. 무릎까지 올라오는 무성한 풀에 걸려 넘어질 것 같았다. 깨밭
도 거북이 등처럼 갈라져서 잡초만 무성했다. 월산댁네 깨밭 위로는
낙현이가 물 공장에 팔아넘긴 산이 보였다. 상여가 낙현의 산을 지
나 황 영감네 산에 도착했을 때였다. 동네 몇 사람은 월산댁이 묻힐
자리를 파고 있는 중이었다. 노랗게 물든 나뭇잎들이 흔들거리며 그
위로 떨어져 내렸다.

　노란 낙엽이 떨어져 내린 자리에 하관을 하고 나서 명정을 덮었
다. 황 영감이 먼저 삽으로 흙을 퍼서 관을 향해 휙 던졌다. 흙 한 삽
은 이 세상에 남은 자가 떠나는 자에게 주는 마지막 선물 같았다. 순
태와 다른 상두꾼들도 차례로 흙을 떠서 월산댁의 관 위에 뿌렸다.
기영이도 삽으로 흙을 떠서 월산댁 관 위에 천천히 뿌려 덮으며 눈
물을 떨어뜨렸다. 관은 순식간에 덮이고 봉분이 지어졌다. 월산댁을
묻고 기영은 황 영감을 부축하며 산을 내려왔다. 황 영감은 자꾸만
월산댁의 묏자리 쪽으로 시선을 보내며 한숨을 쉬었다. 두 노인네가
빈 둥지 지키는 어미 새 아비 새마냥 의지하고 살다가 월산댁과 둥
지마저 잃은 것은 황 영감의 일생이 무너져 내린 아픔이리라 여겨졌
다.

　낙현이가 팔아버린 산으로 접어들어 몇 발짝을 옮겼을 때였다. 전
에는 땅까지도 보이던 오솔길이 잡초가 무성하여 산인지 길인지를
분간할 수가 없었다. 마을을 떠나는 사람들이 늘어나자 발길도 끊어
진 때문이었다. 낙현의 산은 군데군데가 파헤쳐져 상처투성이 환자
로 보였다. 순태가 이사 준비를 위해 서두르며 낙현의 산을 가로질

러 내려갔다. 다른 상두꾼들도 뒤따랐다. 기영은 황 영감을 부축하며 천천히 걸었다. 느린 발걸음을 몇 발짝 옮겼을 때였다. 기영의 발이 갑자기 수렁 속으로 빠져들었다. 그 바람에 황 영감도 덩달아서 나뒹굴어 넘어졌다. 황 영감은 며칠씩 식음을 전폐한 몸이었다. 기영은 황 영감을 부축하려 얼른 일어났다. 그의 발이 어딘가에 걸려 움직이질 않았다. 발만이 아닌 몸까지도 빨려 들어갈 것 같았다. 밟히는 데가 없고 끝없는 벼랑 같았다. 기영이 발밑을 보니 생수 공장에서 파놓은 폐공 속에 발이 빠져 있었다. 폐공은 풀숲에 가려져 있는 데다 그 위에 비닐종이를 살짝 덮어 숨겨놓은 상태였다. 폐공 속에는 갖가지 쓰레기와 기름덩이 생활하수가 빗물에 씻겨 들어가 지하 100미터가 넘는다는 폐공을 가득 채우고 있었다. 기영이 주위를 둘러보니 물 공장에서 파놓은 폐공들이 폐공 마감 처리도 안 된 채 아무렇게나 버려져 있는 것이 눈에 들어왔다. 마치 땅속에다 수십 개의 굴뚝을 꽂아놓은 것 같았다. 주변으로는 또 다른 폐공들이 무질서하게 널려 있는 것이 눈에 들어왔다. 그것들은 마치 넓은 야생 벌집을 펼쳐놓은 것 같다는 생각이 들었다. 그는 황 영감을 돌아보며 얼른 한쪽 발을 폐공에서 빼냈다. 다리에 찼던 삼베 행전이 온통 시커먼 기름때와 오물로 더럽혀져 젖어 있었다. 뒤따르던 사람들이 폐공을 보며 물 공장 측을 향해 한마디씩 욕을 해댔다. 앞서가던 순태와 다른 상두꾼들도 뒤돌아보며 무슨 일이냐고 다가왔다. 기영은 절뚝거리며 황 영감에게로 가까이 다가갔다. 황 영감은 일어나려다 말고 얼굴을 찌푸리며 주저앉았다. 발목을 삐었는지 두 손으로 한쪽

발을 붙잡고 고통스러운 표정을 지었다. 황 영감도 폐공들을 보며 악에 바친 듯 뚝배기 깨지는 소리로 욕을 해댔다.

"물 공장 저 새끼덜 종자에 쓰려고 해도 양심을 찾기가 힘들단 말여, 죄 파헤치고 메꿔놓지도 않으면 그래 워쩌란 말이여! 애라도 빠졌으면 워쩔 뻔한 기여."

황 영감의 말에 뒤따르던 상두꾼들도 맞장구를 쳤다. 기영이 보기에도 어떤 폐공은 두세 살배기 어린애가 빠지고도 남을 만큼 양동이 크기 정도나 되는 넓은 것도 있고, 굴뚝만큼의 작은 것, 지름이 20센티 정도의 하수구 같은 것 등 크기조차도 달랐다. 어떤 것은 헌 비닐로 아무렇게나 덮여 있고, 굴착 작업 당시 사용했던 기름통이 녹슬고 찌그러진 채 덮여 있기도 했다. 봉수가 '배라먹을 개 새끼덜!' 하며 깡통을 발길로 뻥 차버렸다. 깡통은 털털거리고 날아가다 풀숲으로 떨어졌다. 깡통이 떨어진 자리에 있던 풀들이 진저리를 치며 몸을 떨었다. 옆에 섰던 봉수가 폐공을 들여다보며 말했다.

"이건 깊게도 파헤쳤구먼 물이 안 나온 기여? 수맥 조사 허는 놈들은 눈감고 일하는 기여! 죄 없는 땅만 생채기 내는구먼?"

업자들은 지하 100미터 200미터까지 취수공을 박았어도 물량이 적거나 물맛이 좋지 않으면 그대로 방치해두고 다른 곳을 뚫어댔다. 혹은 뚫다가 바위를 만나거나 물이 전혀 나오지 않는 경우도 있었다. 수맥 찾기에만 혈안인 업자들 덕에 폐공만 늘어갔다. 낙현이네 산은 얕아서 물이 잘 나올 줄 알고 샀다가 취수정 하나도 못 만들고 겨우 취수공 두어 개 건진 후 방치해놓은 상태였다.

"지난번 기영이가 환경학회에서 가져온 조사 자료 봤잖여, 백 미터 메꾸는 데만도 드는 비용이 오백만 원이나 든다는구면, 그러니 워떤 시러베아들 놈이 밑지는 장사를 허겄시유. 취수정 하나도 못 건진 상황에서."

봉수가 폐공을 발길로 툭툭 차며 황 영감을 향해 말했다.

"전국에 있는 폐공을 찾아 메운다고 폐공 처리 캠페인이 벌어지고는 있는 모양이지만 폐공은 이렇게 방치된 것들이 여전하니 과연 잘될지 의문이긴 의문이여."

기영은 환경학회에서 가져온 조사 자료를 떠올리며 봉수의 말에 맞장구쳤다. 낙현의 산 아래로는 물 공장의 커다란 물탱크인 취수정이 자리하고 있었다.

"물도 혈이 있는 기여, 사람맨치……. 아무 데나 뚫는다고 다 물이 나오는 기 아닌 기여."

황 영감도 폐공들을 보며 말했다. 기영은 봉수와 함께 황 영감을 부축하고 폐공 속에 빠지지 않도록 조심해서 산을 내려왔다.

황 영감이 면사무소에 냈던 진정서는 어찌 되었느냐고 기영에게 물었다. 기영은 동민들과 면사무소에 몰려갔던 일을 떠올리며 오늘 저녁 동민회의를 다시 열어야겠다고 대답했다.

면장은 있으면서도 기영을 비롯한 동민들을 만나주지 않았다. 산업계장을 만났으나 자신들은 법관이 아니니 모르겠다는 말만 반복했다. 부면장의 대답도 관계기관이 허가해준 생수 시판 허용을 자신들로서도 어쩌겠냐는 것이었다. 이장도 그때는 열심히 뛰어다니며 동네일을 해결해보려고 애를 썼다. 그러는 동안에도 물 공장 신축공사는 척척 잘도 진행되어갔다.

마을로 돌아온 기영은 황 영감과 함께 순태네 집에 가보았다. 앞서 온 순태는 이삿짐을 트럭에 싣고 줄로 조이는 중이었다. 동네 사람들은 트럭 주위에서 쓸쓸한 표정으로 지켜보며 서 있었다. 순태가 마을 사람들에게 작별인사를 하자 가는 도중에 어두워질 테니 내일 가라고들 붙들었다.

"니미럴, 이 동네 더 있다가 목말라 죽는 것은 고사하고 하룻밤 새라도 집 무너져 월산아짐 짝 날지 누가 알어유? 쥐덫에 치여 죽는 생쥐 꼴 나기 전에 가겠시유."

순태는 부득부득 우기며 떠나갔다. 막내 녀석 민호는 순태네 이삿짐 트럭이 안 보일 때까지 한 발 한 발 따라가며 손을 흔들었다. 마을에서 한 명뿐인 친구이자 같은 반이던 순태의 딸이 운전대 옆에 앉아서 손을 흔들고 있었다. 이삿짐 트럭이 멀어지고 트럭 꽁무니가 안 보여도 민호는 멍하니 서서 그대로 있었다. 기영이 조용히 민호의 손을 잡자 아들의 눈에서 또르르 굴러 내린 눈물이 야생벌집 구멍 속으로 떨어졌다. 기영은 말없이 벌집이 들려 있지 않은 민호의 한쪽 손을 잡아끌며 집으로 향했다.

"내 친구 다 없어졌잖아─ 앙─ 나도 서울 갈 거야!"

민호는 집에 와서도 좋아하던 벌집을 마루에 팽개치고는 칭얼대며 울었다. 벌집에 꽂혀졌던 볼펜들이 마루로 쏟아져 뒹굴었다. 벌집은 해바라기 씨가 다 빠져버린 꽃받침의 모양 그대로였다. 벌 한 마리 들어 있지 않은 빈 구멍에 바람소리로만 채워진 벌집 속을 보며 기영은 순태네 집을 떠올렸다. 기영의 마음은 디욱 심란해졌다.

"서울 가면 누가 거저 밥 먹여주는 기여? 좁아터진 서울바닥에 대가리 디밀고 배비작대봤자 숨통만 터지지. 친구 없으면 염소허고 토끼랑 친구 허면 되잖여!"

기영은 마을 사람들이 떠날 때마다 허전함과 화나는 마음을 달랠수가 없었다. 공연스레 아이에게 화낸다고 미안하면서도 아들놈이아닌 누군가에게 화내고 있다는 생각이 들었다. 아내는 왜 아이에게화를 내느냐고 쌍심지를 켜고 나섰다. 그것은 곧 아내 자신의 의사를 대변하는 일이기도 했다. 목욕은 고사하고 먹을 물도 없는 촌구석에서 뭐 나올 게 있다고 말뚝 박아 살겠다고 하느냐면서 줄줄 쏟아냈다.

"빨래를 제대로 할 수가 있어요? 밥을 제대로 할 수가 있어요? 좋은 물은 전부 서울로 가져가버리고 촌사람들은 도랑물이나 먹는 신세니 우리가 짐승이지 사람이에요?"

아내는 이때다 싶게 기영을 붙잡고 늘이겼다. 순태네가 떠나는 것을 보고 아내는 더욱 서울로 돌아가자고 징징댔다. 순태가 전답을팔던 날도 아내는 양파가 심어진 논밭을 내놓고 업자들과 흥정을 하는 중이었다. 기영이 농협에서 빚을 얻어 오다가 그것을 목격했다. 그는 아내와 업자들 앞에서 절대로 땅을 팔지 않을 것이라고 못을박았다. 그 후로도 아내는 이번 기회에 처분하자느니 기회를 놓치면영영 못 팔고 물도 못 쓰는 촌구석에 갇히고 만다느니 하면서 기영의 속을 폭폭 끓여댔다.

저녁에 있을 동민회의 시간은 아직 일렀으나 회관 쪽으로 가보았다. 기영은 순태네 집 앞을 지나다가 안을 들여다보았다. 다른 때 같으면 불이 환하게 켜 있을 방문은 창호지가 찢겨진 채 바람이 스치자 파르르 떨고 있었다. 마당과 마루에는 헌 옷가지들과 깨어진 그릇들이 추수 끝난 들녘에 떨어져 있는 이삭들마냥 흩어져 뒹굴었다. 기영은 그것을 보며 어쩌면 장차 폐허가 될 이 마을의 모습일지도 모르겠다는 생각이 들었다. 섬뜩한 무섬증이 기영의 목덜미를 낚아채는 듯해 그는 부리나케 사립을 나섰다. 바람이 불어와 기영의 몸 속으로 파고들었다. 순태와 월산댁이 떠나버린 마을은 더욱 썰렁하고 허전했다. 그는 찬바람 부는 벌판에 홀로 서 있는 수숫대 같다는 생각이 들었다. 기영은 썰렁한 마음을 털어내듯 마을회관을 향해 발길을 돌렸다.

마을회관에 도착한 기영은 전등불을 켰다. 회관 벽이 눈앞으로 다가왔다. 얼마 전부터 반쯤 금이 가 있는 회관 벽은 마을 사람들의 마음을 불안하게 했다. 동민들이 하나둘 모여들고 이어서 동민회의가 시작되었다. 토론 내용은 물 공장에서 새로 파놓은 취수정과 월산댁의 죽음에 대해서였다.

"면에서 그러는디 물 공장 신축공사를 포기할 수 없다고 그 짝에선 그렇게 나온대여."

이장의 말이 끝나기도 전에 황 영감이 핏대를 올리며 소리쳤다.

"그래서 워쩌란 말이여, 가만 보고 구경만 하란 말여 뭐여 지금!"

공장이 또 들어섰다가는 이 마을 사람덜 죄 죽는 기여. 김 노인도 한마디 거들었다. 맞어유 맞어유. 한사람 살리고 여러 사람 죽이는 기여. 고개를 끄덕이며 동네 아낙이 말했다. 무슨 일이 있어두 끝까장 반대를 해야지유. 이장은 힘주어 말했으나 그의 목소리는 예전 같지가 않고 허공을 돌다가 힘없이 굴러떨어졌다. 김 과장이 오늘 찾아와서 새암을 파주겠대여. 마을에랑 논에두……

이장의 말을 낙현이 받았다. 그렇게까장 해주는 것두 고마운 일이 지유.

"배라먹을 고맙긴 뭣이 고마운 기여! 다 즈그덜이 꿍꿍이속이 있어서 그럴 기여."

황 영감이 낙현에게 따지듯이 소리쳤다.

"새암 파주고 물 공장 세워 물 죄다 끌어가면 그때 가선 죽도 밥도 안 되는 기여."

새암 파준대도 그리 되면 오줌줄기맨치도 못 나올 거구먼. 무조건 반대해야 혀. 김 노인이 말하자 낙현이가 반박하고 나섰다. 논밭 죄 다 팔아 빈털터린데 그러다 물 공장마저 망허면 밥줄 끊기게유? 낙현이네 마누라 등 동네 몇 사람들이 생수 공장에 일당 받고 일 나가더니 몇 달 전에는 공장 측에서 그들을 정식으로 채용해주었다. 얼마 안 있다가 낙현이도 논밭을 팔더니 생수 공장에 취직이 되었다.

"니미럴, 피땀 흘려 농사지어봤댔자 농협 빚 갚고 비료값에 인건비 제하고 나면 남는 기 있어야 농사럴 짓지유. 우장을 입고 제사를 지내도 제 정성이라고, 땅값만 비싸게 쳐준대면 지는 팔아버려야겠시유. 차라리 물 공장에 취직허는 것이 목구멍 풀칠허는 디 뱃속은 편컸시유."

담배만 뻐끔거리고 앉았던 봉수가 연기를 훅 내뿜더니 불쑥 던진 말이었다. 그 말에 동민들 몇 사람도 덩달아서 팔겠다고 나섰다. 모여 있는 동민들의 얼굴 표정은 가지각색이었다. 조상 대대로 물려오던 터전을 뺏기느냐 지키느냐의 기로에서 불안한 얼굴로 힘 빠진 고개를 방바닥에 처박고 있는 것이 마치 병든 병아리새끼들 죽을 날만 기다리는 것 같았다.

"배라먹을, 조상 선영까장 팔아먹을 놈덜이세그려!"

황 영감이 봉수를 향해 삿대질을 하며 소리치자 봉수도 맞서고 나섰다.

"니미럴, 그럼 이 마당에 뾰족헌 수가 있기나 해유?"

"벽에 금 간 것이 안 보이세요? 취직해서 이 마을에 산다고 해도 월산아짐 같은 불행 안 당헌다고 누가 보장허겠어요. 끝까지 싸워보기라도 해야지요. 저는 새로 세우는 물 공장을 절대 반대합니다."

기영이 강하게 말하면서 회관 벽을 가리키자 여기저기서 덩달아 나도 반대여 지도 반대여유 소리가 터져 나왔다.

"끝까장 싸워야 혀! 반대 허다 안 되면 신작로에 죄다 드러눠서 죽어! 죽자구!"

황 영감의 얼굴이 벌게지며 소리치자 한편에서는 고개를 끄덕이며 동조의 뜻을 보이는 이, 무표정하게 쳐다보는 이, 여러 표정들이 엇갈렸다. 공장 나가는 측에서도 서로 눈치를 보더니 나도 반대여,

나도 반대구먼, 하며 거들었지만, 그들의 말소리는 물 위에 떨어진 몇 방울의 기름처럼 겉돌다가 사라졌다. 김 과장이라는 사람은 기영에게도 채용해주겠다고 제의해 왔다. 기영도 농사일은 손해만 나니 마음의 동요를 느끼기도 했다. 특별히 관리직을 주겠다는 제의였다. 동민들은 진정서를 돌려가며 반대한다는 도장을 찍었다. 공장 나가는 측에서는 쭈뼛거렸고 서로의 눈치를 보았다. 진정서는 70%만 반대였다. 동민회의는 내일 다 같이 군청으로 가기로 하고 끝이 났다.

기영은 황 영감과 동민회관을 나와 집으로 향했다. 황 영감네 집이 다시 세워질 때까지 그의 집에서 거처하기로 방을 내주었다. 순태가 팔아버린 논에서는 기계 소리가 계속해서 들려오고 있었다.

"저놈덜 물 공장이고 지랄이고 세우기만 해봐, 갈아먹을 기여!"

황 영감은 기계 소리를 향해 소리치며 내일은 군청에 가서 담판을 내자고 말했다.

"남의 전답 똥구녕에다 기계 갖다 처박고 피 같은 거름 물 다 빼가면 그래 농사꾼덜은 워치게 살란 말여!"

황 영감의 목소리는 물 공장 굴착기의 포효 소리에 묻혀 들어가 흔적을 감추었다.

"당장 저놈의 새암을 처막든지 무신 조치를 해얄 기여."

황 영감이 비척거리며 논으로 가려는 걸 날이 밝거든 가자고 말렸다.

봉창으로 다가오는 희미함이 방 안까지 스며드는 이른 새벽이었다. 기계 소리는 밤새도록 마을을 흔들며 계속되었다. 그 소리에 괴로워하느라 기영은 잠을 설쳤다. 새벽녘에야 깜빡 잠이 든 모양이었다. 그는 벌떡 일어나 마루로 나갔다. 미친 듯이 신발을 꿰어 신고 마당으로 내려섰다. 샘가에 앉아 쌀을 씻던 아내가 얼굴을 잔뜩 찌푸리고 말했다.

"물이 나와야 살죠. 밤새도록 받은 물이 요것 조금 고인 것 좀 보세요."

자가 수도꼭지에서는 푸우푸우 바람 빠지는 소리만 나며 모터 돌아가는 소리가 요란했다. 기영이 다섯 번째나 팠던 우물이었다. 이번에는 물이 잘 나오겠지 하며 수도 시설을 하고 모터를 달았다. 그러나 샘은 또 바닥을 드러내고 말았다. 아내가 가리킨 커다란 물통에는 한 바가지도 안 되는 물이 고여 있었다. 기영의 네 식구와 황영감 몫의 식사 준비도 할 수 없는 양이었다.

물 공장이 마을에 들어오기 전에는 어린아이 키의 서너 배 정도만 삽으로 파도 물은 콸콸 솟구쳤다. 생수 시판이 허용되니 안 되니 할 때에도 마을에서는 무허가 생수 공장들이 들어와 활개를 쳤다. 그 때문에 마을의 샘물 줄기가 약해졌다. 마을 주민들은 경운기까지 동원하여 샘을 파야만 했다. 30~40미터씩 깊이 파고 애쓰는 동민들의 노력에도 불구하고 마을 곳곳에서는 100미터 150미터가 넘게 굴착기로 뚫어대는 통에 깊이로도 당해낼 재간이 없었다. 그러다가 생수 시판이 허용되기가 무섭게 마을로 몰려든 생수 공장 업자들은 수십 마리의 두더지 떼였다.

"공동묘지 같은 논엔 가서 뭘 해요!"

사립문을 나서는 기영의 등 뒤에다 아내가 콕 쏘아붙였다. 기영은 등줄기에 꽂히는 아내의 말을 귓가로 흘리고 나선 것이 미안했지만, 지금 당장 새로운 샘을 파줄 수도 없으니 못 들은 척한 것이 잘했다는 생각이 들었다. 아내는 물조차도 제대로 쓸 수 없게 되자 서울로 돌아가자고 조르다가 투정을 부리다가를 거듭했다. 기영은 마을을 벗어나 산자락을 넘으며 순태가 개간해 만든 양파밭을 보았다. 러닝셔츠가 땀으로 흠뻑 젖도록 야산을 파헤치던 순태는 천년만년 고향에서 살 것처럼 억척스레 일하더니, 하룻밤도 더 있기 싫어 매정하게 떠나가던 어제 일을 생각하며 기영은 가슴이 아려왔다. 양파밭 옆에는 순태가 개간하다 중단한 채 버려둔 산자락에도 폐공들로 구멍이 숭숭 뚫려 있었다. 기영이 눈을 들어 산 아래쪽 들녘을 보니 뿌옇게 안개 무리를 이루며 날아오는 것이 눈에 들어왔다. 마을에서 조금 떨어진 골프장에서 대량으로 농약을 뿌리는 중이었다. 아침공기는 농약으로 버무려져 기영의 코에 와 끈적거렸다. 그가 산자락 중간쯤 왔을 때였다. 발목을 거머잡는 것이 느껴졌다. 발밑을 보니 거미줄이었다. 발목에는 거미줄이 끊긴 채 묻어 있었다. 기영은 얼마 전 야생벌집을 주웠던 근처임을 떠올렸다. 거미줄은 여전히 또쳐 있었다. 며칠 전 야생벌집 한 개가 거미줄에 걸려 대롱거리다 기영의 발에 부딪쳤었다. 기영은 아들에게 주기 위해 거미줄에서 벌집을 뜯어냈다. 거미줄에는 이슬이 송송 맺혀 있어 수정 목걸이를 연상시켰다. 거미줄은 찌지직 소리를 내며 끊어졌고 벌집에 따라붙기도 했다. 기영은 풀잎을 따서 벌집에 묻어 있는 거미줄을 뜯어내고 속을 들여다보았다. 벌은 한 마리도 없고 바람소리만 채워진 빈 구멍뿐이었다.

기영이 논에 당도하자 황 영감은 벌써 나와 고스러진 벼 포기를 만지며 한숨을 쉬고 있었다. 공사장으로 시선을 보내니 밤늦도록 공사하던 굴착기는 그대로 둔 채 인부들은 보이지 않았다. 그때 마악 마을길을 잘라놓은 생명천 쪽에서 한 떼의 무리가 몰려오는 중이었다. 포크레인과 인부들이었다.

"저놈의 떨거지털은 다 뭣이여! 사람 댕기는 길을 잘라놓더니 지 세상 만난 줄 아는 기여?"

황 영감이 소리치며 기영을 바라보았다. 포클레인과 인부들은 동 강내놓은 길로 거침없이 돌진해왔다. 황 영감은 비척대면서도 빠르 게 무리를 향해 걸어갔다. 기영은 얼른 황 영감을 부축하며 따라갔 다. 포클레인이 가까워지고 있었다. 황 영감은 기영의 손을 뿌리치 더니 두 팔을 벌려 포클레인을 막으며 소리쳤다.

"이놈덜아 물 공장을 세우려거든 나를 죽이고 해봐라!"

포클레인 기사는 약간 비켜서 계속 돌진해 왔다.

"내 눈에 흙덩구를 집어넣든지 나를 죽여 없애기 전에는 결단코 물 공장은 못 세운다. 이 배라먹을 놈덜아!"

포클레인과 황 영감의 거리가 점점 가까워졌다. 기영은 황 영감이 위험하다는 생각이 들었다. 그는 얼른 뛰어가 황 영감의 팔을 잡아 끌었다. 황 영감은 기영의 손을 뿌리치더니 허리를 굽혀 흙을 한 주먹 집어 입으로 가져갔다. 황 영감은 입속에 넣은 흙을 우적우적 씹기 시작했다. 입안에 들어가지 못하고 그의 턱으로 흘러내리던 흙부스러기는 황 영감의 우물거리는 입놀림에 따라 공사장 흙더미 위에 떨어져 내렸다.

"땅을 갈아엎기 전에 나를 먼저 갈아엎어봐라. 내가 흙이고 흙이 내 몸이다. 이놈덜 어서 내 몸을 먼저 파헤쳐보라구."

황 영감은 턱 아래 묻어 있는 흙을 닦을 생각도 않은 채 포클레인 앞에 큰 대자로 벌렁 누워버렸다. 포클레인이 황 영감을 피해 급정거를 하느라 기우뚱거렸다.

"궁둥이 못이 백히도록 산전떼기 일궈 선영 산소 지키며 살려는데 네놈덜이 우릴 죽이려 들어? 그래 겨우 이걸 위해 칠십 평생을 싸워왔단 말이여? 논바닥에 새암 파서 비료 물 똥물까장 짜들어가는데 그게 워디가 생수여! 물을 돈 주고 사먹는 것이 말이나 돼?"

물 공장의 김 과장이 기영에게 다가와 알은 체를 했다. 그는 기영에게 은근한 소리로 생각해봤느냐고 물었다. 물 공장에서 채용해주겠던 말이었다. 기영은 강하게 고개를 저었다. 김 과장은 실망한 낯빛으로 황 영감 옆으로 걸어갔다. 그는 비굴한 음성으로 '황 선생님 일어나셔서 대화로 하시지요.' 하며 황 영감의 손을 잡아 일으키려 했다. 황 영감은 손을 내저으며 '선생은 무슨 놈의 선생' 하고 버럭 소리를 질렀다. 김 과장은 마을과 논가에도 우물을 파주겠다며 황 영감을 달래는 것이었다. 그것을 보고 기영이 그냥 돌아가라고 말했다.

"평생을 흙허고만 살어 온 무지랭이 늙은이 놀리지 말고 돌아가시유."

황 영감도 덧붙였다.

"헛수고 말고 돌아가십시오. 공사 진행은 절대 안 됩니다. 우리도 살아야 할 거 아닙니까?"

기영이 재차 말하며 인부들 쪽을 보니 이장이 그 속에 끼여 있었다. 그는 물 공장의 대리와 고개를 끄덕이며 소곤거리더니 오던 길로 되돌아갔다. 김 과장은 황 영감 옆에 서서 자신도 회사에서 시키니 처자식이 목매 달린 밥줄 끊기지 않으려면 이달 말까지 공사를 끝내야 한다고 사정했다. 김 과장은 선 자리에서 어쩔 줄을 모르고 서성이더니 '제발 절 좀 살려주십시오' 하고 두 손을 싹싹 비볐다. 황 영감은 꿈쩍도 않고 누워 있었다. 이때 장대하게 생긴 인부가 황 영감 옆으로 오더니 우악스레 팔을 잡아 질질 끌어냈다. 황 영감은 인부의 손을 뿌리치려고 발버둥을 쳤다. 기영이 얼른 인부 쪽으로 가서 부모 같은 노인에게 무슨 짓이냐고 대들며 인부의 손을 뜯어말렸다. 인부는 남은 한 손으로 기영을 홱 밀쳐버렸다. 기영은 공사 중이던 흙더미 속으로 나동그라졌다. 기영도 황 영감도 흙투성이가 되어버렸다. 다른 인부들도 기영 쪽으로 몰려오고 두 사람을 질질 끌어냈다. 이때 마을 쪽에서 주민들이 삽과 괭이를 들고 몰려오는 것이 보였다. 낙현 봉수 같은 젊은 사람들은 빠져 있고 나이 많은 노인들뿐이었다. 주민들이 오는 곳으로 인부들이 막아섰다. 인부들이 몸으로 밀치자 주민들도 이에 맞서며 한바탕 아수라장이 되었다. 그

틈에 황 영감이 다른 사람의 곡괭이를 집어 취수정을 찍었다. 그러
자 인부 하나가 달려와 황 영감을 떠밀었다. 황 영감이 흙 속에 파묻
히며 나동그라졌다. 이때 생명천 쪽에서 이장과 지서주임이 달려오
며 호루라기를 불어댔다. 이장은 돌아와서도 어물쩍거리고만 서 있
었다. 싸움은 중단되었으나 모두들 식식거리며 숨을 몰아쉬고 서서
으드등거리며 마주보았다. 기영은 얼른 가서 황 영감을 일으켜 세웠
다. 지서주임은 김 과장 말을 듣고는 고개를 끄덕이며 호루라기를
한바탕 불더니 공사를 중지시키고 인부들과 함께 돌아갔다.

　기영은 황 영감과 함께 집에 들어섰다. 막내 녀석 민호는 헛간 옆
에서 토끼 입에 풀을 넣어주고 벌집으로 토끼 입을 툭툭 치며 까르
르 웃고 있었다. 벌집은 가장자리가 찌그러져 있었다. 기영은 벌집
으로 곤충채집 안 할 거냐고 민호에게 물었다.

　"아빠, 이젠 곤충 채집 하지 말랬어요, 자연보호 한다고 곤충 잡지
말래요."

　황 영감은 그 말을 듣자 쓴웃음을 지으며 말했다.

　"자연보호가 뭔지도 모르는 것덜이, 안 잡는다고 보호가 되는 기
여? 환경이 좋으면 자연적으로 번성허게 되는 거지."

　기영이 집 안을 둘러보니 왠지 썰렁하게 느껴졌다. 기영은 눈 끝
으로 아내의 행방을 찾다가 샘가에 가서 머물렀다. 기영이 아침에
집을 나설 때 아내가 씻던 쌀이 퉁퉁 불은 채 그대로 있었다. 기영은
아내의 행방이 궁금해졌다. 부엌으로 들어가 보았다. 부엌에는 엊
저녁에 식사했던 빈 그릇들이 음식 찌꺼기가 부스럼 딱지마냥 말라

붙은 채 뒹굴었다. 그는 방문을 열어보았다. 방 안에도 아내는 없었다. 기영은 샘 가로 가서 물통을 들고 집을 나섰다. 동네에서 비상수단으로 사용하는 물탱크 쪽으로 갔다. 비가 내릴 때 산골짝에서 흐르는 도랑물과 빗물을 받아서 가라앉힌 후 식수로 쓰는 우물이었다. 집마다 우물이 말랐으니 도리가 없었다. 그것마저도 하루 한 번만 문을 열었다. 기영이 눈을 들어보니 아낙들과 노인들이 물통을 이고 들고 오는 중이었다. 그곳에도 아내는 없었다. 기영은 물을 길어다 놓고 동민들과 군청으로 몰려갔다.

"물 공장과 타협적으로 하시지요."

군수는 볼록 튀어나온 배에 힘을 주며 말했다. 군수의 입에서 말이 튀어나올 때마다 그의 배는 더욱 탱탱해졌다.

"우리가 법관이 아니니 어쩌겠습니까? 상부에서 하는 일이니만큼……."

군수는 양복의 먼지를 털어내듯 기영 일행에게서 일어서며 바쁜 일이 있어서 가봐야겠다고 걸어 나갔다. 기영은 큰 소리로 군수의 뒷덜미를 붙들었다.

"사람이 죽었습니다. 멀쩡하던 집이 내려앉고 사람이 죽었다구요."

군수는 주춤하고 멈춰 섰으나 다시 발길을 빠르게 걸어 나갔다. 기영은 군수의 뒤를 따라 잡듯 쫓아가며 큰 소리로 말했다.

"이 상태가 계속된다면 땅이란 땅은 전부 가라앉아 땅 위에는 아무것도 안 남게 될지 누가 압니까?"

황 영감도 따라오며 군수를 향해 소리쳤다.

"대통령 되고 장관 된 기 지덜이 하늘에 올라가 시험 쳐서 합격헌 기여! 워째서 날이 갈수록 농민덜은 살기가 더 힘들어지는 기여!"

군청 직원들이 조용히 하라고 제지시켰다. 군수는 비대한 몸집을 뒤뚱거리며 바쁜 걸음으로 나가버렸다.

"그래 다덜 모른다고 꽁무니만 빼면 우린 워치게 살란 말이여, 전답은 죄 절단 내고 농민덜을 농촌에서 쫓아낼 심사가 아니고 뭐냔 말여!"

황 영감이 큰소리로 말하자 군 직원은 황 영감을 향해 시끄럽게 굴지 말고 나가라고 밀쳐냈다. 그러자 동민들도 한마디씩 하며 군 직원에게 대들었다.

"국민덜 덕택으로다가 감투를 쓰고 그랬으니께 부탁을 들어줘야 할 거 아녀!"

군 직원들의 제지시키는 소리와 황 영감의 소리가 뒤섞이며 소란이 벌어졌다. 이때 군청 계장이 기영에게 오더니 조용히 할 얘기가 있다며 사무실로 불렀다. 군청에서도 애쓰고 있고, 상부에 올린 공문에 답이 오기를 기다리고 있으니 조금만 기다려 달라는 것이었다. 연락이 오는 대로 알려줄 테니 집에 가서 며칠만 기다려 달라고 점잖게 말했다.

기영은 답답한 마음으로 동민들과 함께 마을로 향해 걸었다. 마을 가까이 이르렀을 때 물 공장 신축공사는 기계 소리를 요란하게 내지르며 계속되고 있었다. 기영이 신작로를 건너려는데 생수 통을 가득 실은 일곱 대의 트럭이 쌩쌩 달려 나갔다. 트럭은 먼지를 한 무더기씩 기영과 동민들에게 끼얹으며 지나쳐갔다. 기영은 트럭이 지나가기를 기다려 신작로를 건넜다. 기영은 마을을 향해 발걸음을 옮겨 딛기 시작했다.

그때였다. 버스 정류장 쪽으로 뛰어가며 우는 아이가 눈에 들어왔다. 정류장에는 버스 한 대가 멈춰있고 커다란 가방을 들고 차에 오르는 여자가 눈에 익었다. 우는 아이는 찻길을 가로질러 뛰어갔다. 빨간색 투피스 자락이 버스 안으로 사라지고 차 문이 닫혔다. 버스 바퀴가 몇 번 구른 후에야 아이가 뛰어왔다. 아이는 저만치 가고 있는 버스 꽁무니를 보며 엄마! 를 연달아 부르고 울었다. 기영은 버스를 향해 멈춰서라고 손을 흔들며 뛰어갔다. 버스는 멈출 기미도 보이지 않고 달려가 버렸다. 뒤꽁무니에 시커먼 매연을 풍겨대며 멀어져갔다. 버스가 산등성이를 휘돌아 꽁무니가 감춰지고 보이지 않았다. 기영은 하늘 높이 흩어져 가는 매연가스만 허탈하게 바라보고 서 있었다. 그때 민호의 울음소리가 공사장의 기계 소리와 범벅이 되어 들려왔다. 그는 번쩍 정신이 들어 돌아섰다. 민호를 향해 걸어갔다. 아들은 다리를 뻗고 서럽게 울어댔다. 그는 민호를 안아 올리다가 아이가 갖고 놀던 벌집이 신작로에 떨어져 있는 것을 발견했다. 버스가 지나갈 때 바퀴 밑에 깔려 납작해져 형태를 알아볼 수가 없었다. 민호는 그의 품에서도 계속해서 울었다. 그는 아들의 등을 다독거리며 달랬다.

기영이 집에 들어서니 집 안 가득 돌고 있던 찬바람이 쌩하니 얼굴에 와 부딪쳤다. 방문은 반쯤 열려진 채였다. 방 안으로 들어서자 장롱이며 서랍장이 열린 채 아무렇게나 흐트러져 있었다. 땅문서가 담겼던 봉투가 찢겨진 채 방바닥에 뒹굴었다. 그는 민호를 마루에 내려놓았다. 찢겨진 봉투를 들고 방 안을 서성거렸다. 마루에서는 민호가 엄마를 찾으며 울음을 그치지 않았다. 그는 손에 들고 있던 봉투를 구겨 벽을 향해 힘껏 던졌다. 구겨진 봉투는 벽에서 굴러떨어져 그의 발밑에 와서 멈췄다. 그는 발가락에 힘을 주어 그것을 짓누른 후 힘 있게 차버렸다. 그는 신발을 신고 사립문 쪽으로 걸어갔다. 마당에 선 채 안절부절못하고 서성거렸다. 그는 마루로 다가가 주먹을 불끈 쥐고 기둥을 몇 번 쳐보았다. 시원치가 않았다. 마루청을 몇 번 더 내려쳤다. 민호가 겁먹은 듯 더 크게 울었다. 민호의 울음소리는 물 공장 신축 공사장에서 들려오는 기계 소리에 감기듯 묻혀 들어갔다. 기영은 자신의 머리카락을 양손으로 한 주먹 움켜잡고 쥐어뜯었다.

기계 소리는 마을을 후벼 파듯 여전히 계속되었다.

계단 위에 있는 집

계단 위에 있는 집

방구석이 또 서늘해진다. 이상한 기운이 스멀스멀 다가오는 것이 느껴진다. 그녀는 방 안을 둘러본다. 방구석 쪽에서 가느다랗고 기다란 물체가 느리게 움직이고 있다. 놈이 또 틈새를 비집고 나타났다. 놈은 밤마다 갈라진 틈새로 기어 나와 그녀의 귓전에 대고 큰소리로 말한다.

"너는 지렁이냐?"

"아니, 사람."

"그럼 왜 우리 지렁이들 사는 나라로 온 거냐. 이건 주거 침입죄야. 여긴 내 영토라는 걸 알고 있을 텐데."

"알아. 하지만 이곳으로 올 수밖에 없었어. 그것도 나와 같은 인간들이 만든 제도 때문이었지."

"그게 뭔데."

"오래전부터 시작된 뉴타운재개발 바람."

"땅 위엔 그런 바람도 있는 거냐?"

"그럼. 땅 위에는 주로 힘 있는 인간들이 일으키는 별별 바람이 많지. 그 바람에 휩쓸리는 자들은 언제나 힘없고 가난하고 병든 사람들이야."

"넌 어느 쪽인데."

"병들고 가난하고 힘도 없어. 그래서 땅속으로 너희들 나라로 올 수밖에 없었어."

그녀가 처음 지하 방으로 이사 오던 날 밤부터 놈은 밤마다 나타나 그녀에게 묻고 또 묻는다. 그녀는 놈의 물음에 또박또박 대답할 수밖에 없다. 오늘도 대답을 하고 나니 벌써 밤이 깊다. 놈은 오늘밤도 한바탕 질문을 하고는 쉬어야겠다고 기다랗고 미끈거리는 몸을 스르르 미끄러지듯 돌아간다.

"바스락! 바스락!"

기다렸다는 듯 창 밖에서 발자국 소리가 들린다. 어김없이 또 창문 앞으로 나타나는 그림자. 놈은 언제나 이 시간이면 그녀의 지하 방 창문 앞으로 걸어온다.

"이야아웅애! 이야아웅애!"

또 시작이다. 놈의 음색은 밤공기를 찢을 듯이 날카롭다. 그녀의 창문이 와장창 깨질 것만 같은 날 선 소리다. 놈은 그녀의 창문 앞을 조금 지난 곳에 둥지를 틀어놓았다. 놈은 날마다 구석진 쪽으로 나 있는 그녀의 창문에 그림자를 만들며 지나간다. 그녀가 이곳 지하 방으로 이사 온 후 줄곧 밤마다 그녀의 창문 앞으로 찾아왔다. 아니 그녀가 오기 전부터 먼저 둥지를 틀었다는 말이 더 정확하다.

새벽에 먹이를 찾아 나섰던 놈은 또 그녀의 창문 앞으로 다가오며 신호를 한다.

"이야아옹애!"

놈은 살금살금 걸어오다가도 꼭 창문 앞에만 오면 그녀에게 보고를 하듯 소리를 지른다. 날카로운 이빨을 드러내고 밤공기를 입안 가득 들이마시는 놈의 소름끼치는 울음소리가 이어진다. 지하 방 창문 앞에 와서 울어대는 놈의 울음소리로 인해 그녀는 밤마다 몸서리가 쳐진다. 그 울음소리는 아기 귀신 같다. 초저녁 밤부터 시작되는 소리는 새벽이 되도록 골목을 찢어댄다. 놈은 또 발정기가 된 모양이다. 창문 앞으로 오자 또다시 큰 소리로 울어대는 놈의 울음소리를 기다렸다는 듯 또 다른 놈이 찾아온다. 두 놈의 그림자가 창문에 비치자마자 또 다른 한 놈이 급하게 달려온다.

"이야아아옹! 크르르릉! 캬아그르릉!"

세 놈이 엉클어져 한바탕 격렬한 싸움이 벌어진다. 창문이 덜덜 흔들리는 것 같다. 셋이라는 숫자는 늘 갈등을 수반한다. 세 놈의 싸움이 한바탕 끝나자 한 놈은 꼬리를 내려뜨린 힘없는 패잔병이 되어 길 쪽으로 걸어간다. 고개를 푹 숙이고 두 놈이 남아 있는 구석자리를 뒤로한 채 슬픈 뒷모습을 보인다. 놈의 꼬리는 울고 있는 것 같다. 길 쪽으로 사라져가는 놈의 꼬리 끝 부분에 남은 두 놈은 기다렸다는 듯 엉클어져 교미를 한다. 두 놈의 교미 장면이 창문 뒤에서 물결치듯 심하게 요동을 한다. 창문도 덜덜거린다. 번식률이 높아 이곳 다세대 주택 밤 골목은 늘 도둑고양이들이 활개 치는 세상이다. 노처녀 방 앞에서 저런 무례한 놈들이 다 있나 싶도록 천둥을 지듯 한바탕 밤공기를 짓찢는 광경을 벌인다. 잠시 후 두 놈은 아무 일도 없었다는 듯 먹이를 찾아 어슬렁어슬렁 잠시 동안 창문에 그림자를 만들며 패잔병이 가던 길 쪽으로 사라진다.

한바탕 에너지를 쏟았으니 이제 또 골목에 버려져 있는 음식물 쓰레기 봉지를 그 날카로운 이빨로 찢을 것이다. 놈들은 기대에 부풀어 먹이를 찾아 배를 채울 것이다. 놈들에게 발톱과 이빨이 있다는 것은 먹이를 구하는 데 얼마나 다행한 무기인가. 놈들은 한때 집안에서 애완동물로 사랑을 받은 적이 있었다. 이제는 변심한 주인의 집 밖으로 쫓겨난 도둑고양이라는 이름으로 살아가고 있다.

그녀가 이 지하 방을 얻기 위해 부동산마다 헤매고 다니던 일이 엊그제 같다. 헌데 언제쯤 저 도둑고양이들이 걸어 다니는 길 높이 만큼에라도 방 한 칸을 얻을 수 있을지. 계단을 걸어 올라갈 날이 오기나 할지. 그녀는 아무래도 지상에 있는 방 한 칸이 아닌 이 지하 방으로 내려오는 계단을 다시는 걸어 올라갈 일이 까마득한 꿈만 같게 여겨진다. 아니 그녀는 이제까지 전세방을 구하기 위해 도둑고양이들이 음식물 쓰레기 봉지를 갈가리 찢어 헤집어놓은 악취 나는 골목을 헤매고 다니던 일이 불과 엊그제 일이다. 헌데 어쩐지 남의 일처럼 까마득하게 여겨진다. 그녀가 부동산중개업자와 주고받던 말이 까마득한 옛날인 듯 그녀의 머리 위로 둥둥 떠오른다.

"계단 하나에 오백만 원씩 올라가는 거군요."

그녀는 책상에 시선을 메다꽂고 무언가를 쓰고 있는 신세기부동산 남자를 향해 동의를 구하듯 물었다.

"그런 셈이죠."

남자는 책상에 던졌던 시선을 잠시 그녀에게로 향하며 무심히 대답했다.

"오백만 원뿐인가요? 계단 하나 올라가고 내려가는 데 천만 원 몇천만 원 몇억 원이 되는 것도 있지요?"

남자는 그녀가 하는 말이 새롭다는 듯 잠시 고개를 들어 그녀에게 시선을 보내며 대답했다. 부동산 이름을 장차 뉴타운 시대가 펼쳐진다는 뜻으로 신세기로 지었다는 말이 남자의 얼굴에서 어른거렸다.

"어디냐에 따라서는 그렇죠."

남자가 다시 말을 이었다. 그녀는 남자에게 보냈던 시선에서 스르르 힘이 빠져나가는 것을 느끼며 멍한 표정으로 변해갔다. 시선에서만이 아니라 온몸에서 쏴아 힘 빠지는 소리가 들렸다. 그녀의 힘 빠진 표정과는 달리 머릿속으로는 갖가지 계단들이 떠올랐다. 그녀가 전셋집을 보러 다니며 밟아보았던 수많은 계단들이 머릿속에서 뒤엉켜 물결무늬를 이루더니 파도를 치기 시작했다. 오백만 원. 천만 원. 억 원. 계단 하나하나마다 숫자를 달고 철썩철썩 파도를 치고 있었다. 그 파도에 휩쓸리는 수많은 개미 떼가 몸부림을 치고 있었다.

"아까 그 집 정도면 괜찮은 거예요. 지하라고 해도 계단이 그리 많이 내려가는 것은 아니잖아요."

남자는 어떻게든 그녀가 마음을 굳히고 결심하여 전세계약서를 쓰도록 하려고 다시금 한마디를 툭 던졌다. 남자가 한 말이 그녀의 머릿속에서 뒤엉켜 파도치던 계단들을 툭 툭 건드렸다. 뒤엉킨 계단들이 다시 물결무늬로 변했다. 그녀는 지상으로 올라와 있는 방을 얻기 위해 숱하게도 골목골목을 헤매고 다녀보았다. 최소한의 싼 방을 찾아도 지상의 방 한 칸을 얻기 위해서는 돈이 턱없이 부족했다. 숫자가 적힌 종잇장 그 돈 몇 장이 없어 지상이 아닌 지하로 들어갈 수밖에 없는 상황이었다. 아무리 발이 부르트도록 걸어 다녀보아도 그녀가 원하는 지상에 있는 계단 위의 방은 찾을 수 없었다. '

'땅!'이라는 커다란 글씨를 써 붙인 부동산중개소 문을 닳도록 들락거려도 그녀가 원하는 햇볕 잘 드는 창문을 가진 지상의 방 한 칸을 구할 수가 없음을 실감했다. 뉴타운 재개발. 땅! 땅! 땅! 그녀가 사는 동네 길에 나서면 부동산 간판들이 다른 상호보다 더 많아 보였다. 한 집 건너 부동산마다 '땅!'이라는 글씨를 창문 가득 차지하도록 크게 써 붙이고 손님을 부르고 있었다. MB의 뉴타운 바람이 불면서 다른 업종을 하던 가게들도 자고 나면 부동산 간판으로 변해 있었다. 상가마다 하루가 다르게 새 업종의 간판으로 바뀌는 경제 불황 속에서 장사가 안 되니 차라리 자본 들지 않는 부동산 사무실이나 차려 중개수수료나 따먹는 게 낫다고 여기는 것 같았다. 뉴타운 재개발 바람이 불면서부터 동네 길목마다 생긴 부동산중개소는 황금 열매가 주렁주렁 열리는 황금 나무를 심어놓은 것 같았다. 아니 경제를 살리겠다던 건설회사 출신 대통령이 일으킨 뉴타운 재개발 바람이 휘몰아치기 전에는 그저 나이 많은 할아버지가 지키던 부동산 사무실까지도 젊은 여자들이 꿰차고 앉아 있었다. 그녀들은 인터넷을 통해 서로 부동산끼리 어떤 물건이 있는지 주고받는 뻐꾸기를 이곳저곳 부동산중개소에 날려 보냈다. 그녀가 부동산중개소에 들렀을 때마다 쉬지 않고 뻐꾹뻐꾹 하는 소리가 날아왔다.

"저게 무슨 소린가요."

그녀는 그 소리가 궁금해 부동산중개업자에게 물어보았다. 그는 서로 어떤 물건이 있는지를 알려주고 물어보는 소리라고 했다. 그들에게 집이나 집을 구하려는 사람조차도 물건에 불과했다. 그들은 인터넷을 통해 서로 어떤 물건이 있는지 뻐꾸기를 날려 황금 열매인 수수료 나눠 먹기를 하고 있었다.

탑부동산, 삼성부동산, 드림부동산, 행복부동산, 대성부동산, 우리부동산, 뉴타운부동산, 신세기부동산…… 부동산이라는 글씨는 온통 이 골목 저 골목을 채우고 있었다. 수십 년을 이 동네에서 토박이처럼 부동산을 하던 나이 많은 박씨 할아버지는 인터넷을 할 줄 모르니 자연적으로 젊은 여자들에게 밀려났다. 남의 철물점 한쪽에 겨우 전화기 한 대만 놓고 소일하는 죽산부동산 할아버지 어깨는 꼬리를 내려뜨린 패잔병 고양이처럼 기운 없이 축 처져 있었다. 뉴타운 개발 바람은 집안에 있던 주부들을 밖으로 끌어내 부동산을 부풀리고 돈 없는 세입자들을 쫓아내고 괴롭혀 수수료를 뜯어먹는 날카로운 이빨을 가진 들고양이들로 만들어놓았다.

부동산 사무실은 하나같이 출구에는 문을 두 개씩 달아놓았다. 길을 향해 고정시켜 열어놓은 문과 여닫이로 사용하는 닫힌 문이었다.

길에까지 삐어져 나오게 한 열어놓은 문짝은 땅을 뚫고 쇠말뚝을 박아놓아 길을 지나는 사람들이 비켜가야만 했다. 그 문짝은 행인들 옷자락을 잡아끌며 이 나라에서는 부동산만이 재산을 부풀릴 수 있는 유일한 방법이라고 손짓하고 있었다. 뉴타운 개발 바람이 발표된 지도 상당한 세월이 흐른 지금까지도 투자만 하면 부자가 될 거라고 사람들을 유혹하고 있었다.

뉴타운 개발 바람으로 인해 온 동네는 '땅!'을 써 붙인 부동산 글씨로 도배되어갔다. 골목마다 자고 나면 부동산 간판이 늘어나 '땅!'이라는 글씨는 주머니가 얇은 사람들을 향해 가차 없이 발사되는 총이었다. '땅!'에 얻어맞고 쓰러져 죽는 사람들은 뉴타운 재개발 지역에서 버티지 못하고 도시에서 점점 떨어진 외곽진 곳으로 쫓겨 가야만 하는 가난한 사람들과 세입자들이었다.

몇 년 전 건설회사 출신 정치꾼인 서울시장이 내뱉은 공약으로 인해 뉴타운 재개발 바람은 온 나라를 휩쓸어 흔들었다. 회오리치는 뉴타운 바람과 함께 부동산업자들과 집주인들은 어깨동무를 하고 웃는 동안 가난한 세입자들은 천둥에 개 쫓기듯 이리저리 쫓겨 나녔다. 비를 피할 곳 머리를 눕혀 잠들 지상의 방 한 칸을 찾아 헤매고 있었다. 어느 곳에서도 그녀에게만은 손톱만 한 공간으로도 들어오라는 손짓이 없었다. 그녀는 이 회색의 허름한 도시에서 낡은 책상과 책장과 책이 전부인 이삿짐 보따리를 끌고 이 골목 저 골목으로 쫓기고 또 쫓기는 생활의 연속이었다. 셋방살이에 지쳐 깊은 절망감을 느끼고 산 지 몇십 년 세월이었다.

아픈 몸으로 세상을 살아간다는 것은 무기도 갑옷도 없는 맨 몸으로 전쟁터에 서 있는 거나 다름없었다. 아니 최전방에 서서 날아오는 온갖 화살들을 맨 몸으로 받아내며 피투성이가 되어가는 삶이었다. 이런 전쟁터에서 그녀는 점점 더 아프고 점점 더 시들어갔다.

집을 구해야 하는 그녀의 조급한 마음과는 달리 며칠째 비가 내리고 있었다. 궂은날 집을 보러 다닌다는 것이 얼마나 처량하고 서글픈 일인지를 그녀는 뼈가 저려왔다. 장마철로 접어든 여름 날씨는 그녀의 쫓기는 마음에는 관심조차 없다는 듯 계속해서 억센 빗줄기만 쏟아 내렸다. 그녀는 또 우산을 쓰고 집을 나섰다. 쏟아지는 빗줄기를 뚫고 부동산중개소를 향해 걸어갔다.

"비 오는데 방 보러 다니세요?"

신세기부동산 문을 열고 들어서자 주인 남자가 힐끔 문 쪽으로 시선을 보내고는 안됐다는 듯 한마디 툭 던졌다. 남자는 주머니가 얇은 그녀를 알아보고 별 볼일 없다는 듯 다시 고개를 책상에 처박고 뭔가를 쓰기 시작했다. 그녀는 목례로 인사를 하고는 무거운 발걸음을 옮겨 낡은 소파로 가 앉았다.

"방 좀 나온 거 있나요?"

"글쎄요. 손님이 찾는 싼 방은 나오질 않네요."

남자는 책상에서 시선을 떼지도 않은 채 입으로만 대답했다. 적은 액수의 돈으로 부동산 사무실에 몇 번이나 방문한 그녀를 그리 달가운 손님으로 여기지 않는 시들한 태도였다.

오늘도 그녀는 몇 군데나 되는 부동산중개소를 헤매고 다녀보았다. 그녀가 문을 열고 들어서기 바쁘게 업자들은 두 마디 말을 꼭 물어보았다.

"얼마짜리 보세요?"

"몇 식구세요?"

그들은 마치 호구조사를 하는 동사무소 직원 같았다. 늘 두 가지 질문으로 그녀에게 다가섰다가 그녀가 형편없는 작은 금액의 전세금으로 집을 구해야 한다는 걸 알고 나서는 노골적으로 무시하는 태도를 보이며 몇 발짝 물러서고는 했다. 그녀는 두 가지 질문 중 어느것 하나도 자신 있게 대답할 수 없었다. 전세금은 언제나 늘 그녀가 따라잡을 수 없는 꼭대기로 뛰어올라 까마득 높은 곳에서 그녀를 향해 절망감과 좌절감을 쏟아부으며 춤을 추고 있었다. 그녀가 발뒤꿈치를 잔뜩 쳐들어 까치발을 딛고 서보아도 뛰어오른 전세금액은 따라잡을 수 없었다. 그녀가 있는 위치를 중심으로 위와 아래, 좌와 우, 어느 지역과 방향에 따라 돈의 부피를 좌우했다. 어쩌면 당연한 세상 이치인지도 모른다는 생각이 들면서도 그 세상을 향해 야속한 마음이 드는 것을 숨길 수가 없었다. 그녀는 가시고 있는 진세금을 세고 또 세고 돈 귀퉁이가 나달나달 닳도록 몇 번이나 헤아려보아도 미친 듯이 뛰어오르고 있는 전세 값 귀때기는커녕 발뒤꿈치라도 따라잡을 수가 없었다. 그녀는 다시 방문한 또 다른 부동산중개소에서 그들이 뭐라고 말해도 주머니 속을 헤아려 대답할 수밖에 없었다.

"얼마짜리 찾으세요?"

그녀는 부동산중개업자들이 묻는 말에 선뜻 대답할 수가 없었다.

얼마짜리냐에 따라 태도가 달라지는 그들 앞에서 그녀는 죄 없는 죄인이었다. 주머니에 담고 있는 돈의 액수를 아무리 수십 번 헤아려보아도 불어나지 않고 절망감만 밀려왔다.

"얼마짜리가 가장 낮은 금액인가요?"

그녀는 차라리 자신이 먼저 가장 작은 전세금 액수를 묻는 게 편했다. 그들은 그녀가 가진 돈보다는 훨씬 많은 금액을 말하며 가장 싼 방이 그렇다고 대답했다. 그녀는 그 말을 듣고는 절망감에 더 이상 무슨 말을 할 용기를 잃을 수밖에 없었다.

"그렇게 작은 돈으로는 나오는 방이 없어요."

부동산중개업자들이 나가라고 하지 않아도 그녀는 스스로 일어서서 사무실을 나와야만 했다. 그녀는 마치 죄인처럼 부동산중개업자들이 하는 말을 늘 침묵으로 들을 수밖에 없었다.

순진히 뉴타운 개발 바람 때문이었다. 그녀는 늘 자신이 원하는 이사가 아니라 집주인인 타의에 의해 이사 문제가 결정되고는 했다. MB가 일으킨 뉴타운 개발 바람만 아니었어도 그렇게까지 뛰어오른 집 값 전세 값만 아니었어도 이런 상황은 오지 않았을 것이다. 집주인을 꼬드기는 부동산업자들 또한 뉴타운 개발 바람이 부는 이때를 놓치지 않고 한몫 잡아보자고 집주인을 살살 구슬리며 벌떼처럼 윙윙거리고 날뛰었다. 업자들은 집주인 앞에서는 세상에서 가장 친절하고 착한 척 살살거렸으나 가난한 세입자에게는 날카로운 이빨로 먹이를 가로채는 악질적인 강탈자였다. 그녀는 세입자 생활을 하는 동안 늘 자신의 의지로 이사를 하기보다는 집주인 사정에 따라 옮겨 다녀야만 하는 것이 억울했다. 집을 옮기는 것이 아니라 늘 쫓겨 다닌다는 말이 더 정확했다.

"14일까지 집을 비워주세요."

집주인은 당당하고 매몰찼다.

"요새 나오는 전세가 없어서 날짜를 좀 뒤로 미뤄주시면 안 될까요."

"비우세요! 비우세요! 그날 이사 못 나갈 거면 날짜로 쳐서 일수로 내세요."

집주인 장봉자 씨의 말은 날카로운 비수였다. 이 집에서는 오래 살았고 집주인과 인간적인 정을 주고받는 사이라고 생각했다. 그녀의 생각과는 달리 집주인은 단칼에 그녀의 마음을 싹둑 베어버렸다. 계산 앞에서는 그동안 집주인과 인정 있게 주고받은 말이나 어떤 친절한 행동들도 아무런 소용이 없는 허망한 것이었다. 상처를 받은 그녀의 마음은 찢어지듯 쓰리고 아렸다.

이번이 몇 번째인가. 부동산중개업자가 바람을 넣을 때마다 집주인은 그녀에게 이사 나가라는 말을 아무런 주저도 기책도 없이 뱉어냈다. 지방도시에 살고 있는 집주인이 그녀에게 이사 가라는 말을 하도록 바람을 넣는 자는 부자부동산 조기태란 자였다. 전세금을 올려 받게 해주겠다는 그자의 말에 따라 널뛰듯이 집주인은 심심하면 즉흥 행동을 했다. 마음이 안정될 만하면 또다시 이사 가라는 말을 하여 그녀를 뒤흔들어놓았다. 그럴 때마다 그녀는 자신의 발이 공중에 거꾸로 붕 떠 있어 뿌리까지 흔들리는 불안감에 시달렸다. 아니

뿌리를 하늘로 쳐들고 거꾸로 서 있는 나무처럼 삶의 뿌리가 말라가고 있다고 느껴졌다.

"집을 보러 갈 건데요."

부자부동산 조기태란 자는 처음 딱 한 번은 미리 전화를 하고 와서 그녀가 살고 있는 집을 보고 갔다. 그 집에 이사를 하고 석 달쯤 되어서부터 집주인을 뒤흔들어 불안감을 일으킨 자였다. 이사를 들어온 지 석 달밖에 안 된 그녀는 집주인이 나가라는 말에 도대체 무슨 일인가 싶어 불안해졌다. 그녀는 늘 집주인 사정에 의해 이 골목 저 골목으로 쫓겨 다니는 철새보다 못한 셋방살이에 지쳐 있었다. 조기태란 자는 끈질기고 교활했다. 그 후 시도 때도 없이 갑자기 사람을 데리고 찾아와 집을 보러 왔다고 어지럽히고 갔다. 그녀의 집만이 아니라 놈이 왔다 가면 그녀의 마음은 온통 불안감으로 어수선해지고 헝클어져버렸다. 놈은 늦은 밤이거나 낮이거나 가리지를 않았다. 놈은 먹잇감을 보고 절대로 물러서지 않는 하이에나였다. 날카로운 이빨로 그녀의 생활을 찢어놓고 마음을 찢어놓고 머릿속을 찢어 뒤흔들었다. 그녀의 삶에서 뿌리를 뒤흔들어 뽑아내려고 갖은 방법을 다 동원해 압박했다. 추운 겨울에도 갑자기 찾아와 현관문은 물론 집 안의 문이란 문은 다 열어놓고 미안하다는 말 한마디 없이 당당하게 집을 보고 돌아갔다. 놈은 마치 기어코 그녀를 살고 있는 집에서 쫓아낼 사명이라도 있는 놈처럼 행동했다. 그녀는 부당함을 당할 수밖에 없는 빚진 죄인 같은 심정이었다. 아니 빚진 죄인 취급을 하는 놈의 행동에 분노가 치밀어도 자신에게는 어떤 힘도 없다는 현실 앞에 한숨이 절로 나왔다.

"누구세요?"

늦은 밤 갑자기 들리는 현관벨 소리에 그녀는 종종 소스라치게 놀라 물었다. 그녀는 그 늦은 시간에 찾아온 사람이 집을 보러 왔다는 것을 확인하고 현관문을 열어주는 일이 엄청난 스트레스였다. 조기태란 놈은 그 집을 빼앗아 더 많은 전세금을 낼 수 있는 사람에게 주기 위해 시시각각 그녀의 목을 조여왔다. 혼자 사는 그녀에게 늦은 밤 누군가 낯선 자가 찾아온다는 것은 두려움과 공포 그 자체였다. 조기태란 자는 그녀에게 미안해하거나 실례가 된다는 사실조차 모르는 무지막지하고 교활한 인물이었다. 아니 그녀가 혼자 살고 있다는 이유로 예의 따위는 지키지 않아도 되는 걸로 아는 비열한 놈이었다. 작은 전세금액으로 살고 있는 그녀에게는 아무렇게나 해도 되는 것처럼 온갖 교활한 방법으로 집을 보고 갔다. 아니 집을 보고 가서도 거의 매일같이 전화를 걸어 그녀를 압박했다. 이제 전화벨 소리만 들려도 그녀는 깜짝깜짝 놀라고 가슴이 두근거리는 강박증에 시달렸다.

"이 집에서 몇 년 살았어요? 전세금은 얼마예요?"

부자부동산에서 왔다는 조기태란 자는 처음 집을 보러 와서는 그녀에게 딱 한 번 물어본 적이 있었다. 그녀는 무심코 작은 전세금액과 5년째 살고 있다는 말을 솔직하게 했다. 나중에 알고 보니 그녀를 꽁꽁 옭아매 몰아내기 위해 놈이 던지는 사슬이었다.

"전세금이 그것밖에 안 돼요? 너무 적네요. 이 집에서 오 년이나 살았어요? 그렇게 오래 살았어요? 너무 오래 살았네요."

놈은 마치 그녀가 작은 전세금으로는 더 이상 이 집에 살면 안 될 것처럼 죄인 취급을 했다. 아니 그녀가 오래 산 것이 마치 큰 죄라도 지은 듯이 몰아붙였다. 놈은 뭔가 단서를 잡았다는 표정을 짓더니 의기양양하게 돌아갔다. 그 뒤로도 놈은 밤 열한 시가 다 된 늦은 시간에도 사람을 데리고 와 집을 보고 뻔뻔하게도 실례했다는 말 한마디 하지 않고 찬바람을 일으키며 가버렸다. 밤늦게 찾아와 미안하다는 말은커녕 오래 살고 있는 그녀에게는 그렇게 하는 것이 당연한 것처럼 행동했다. 놈은 한 집에서 오래도록 살고 있는 그녀를 마치 치워 없애야 할 쓰레기 취급을 했다. 그녀에게 우주인 집 전체를 놈은 찾아올 때마다 불안감과 찬바람으로 채워놓고 쌩하니 사라졌다. 그녀는 분노가 치미는 것을 참아내야만 했다. 태양연립에 이사를 하고 나서 석 달쯤 지났을 때부터 그녀는 주인에게 이사 가라는 말을 듣기 시작했다. 그것이 곧 부자부동산 조기태란 놈이 뒤에서 조종하고 있었음을 그녀는 나중에야 알게 되었다.

"재개발할 때까지 오래오래 사세요."

집주인은 그녀가 이사를 하기 전 전세계약서를 쓸 때 그렇게 말했다. 집주인은 지방 소도시에 살고 있었고 투자 목적을 위해 사놓은 집이었다. 세입자가 자주 이사를 간다고 하면 지방에서 서울로 올라오는 것이 귀찮은 일일 뿐만 아니라 부동산 수수료를 허비하는 일이라고 오래 살라는 말을 거듭 강조했다. 그녀는 오랜만에 정말 오랜만에 오래 살 수 있는 집을 얻은 것이 기뻤다. 겨우 석 달 아니면 육

개월이나 2년을 살고 집주인 사정에 따라 이사를 해야만 했던 지난 날에 비해 얼마나 좋은 조건인지 마음으로 기뻐했다. 그녀가 좋아하는 마음이 채 식기도 전에 집주인은 이사한 지 석 달쯤부터 그녀에게 이사 나가라는 말을 반복했다. 오래 살라고 했던 말은 언제였냐는 투였다. 집주인들은 계약서는 물론 말로 하는 약속 따위는 지키지 않아도 되는 신용 없는 횡포를 일삼는 무법자들이었다. 그녀는 재개발할 때까지 살라고 하더니 어떻게 그럴 수 있느냐고 항의해보았다. 집주인은 친척이 이사를 와야 한다느니 하며 얼버무렸다.

"그럼 제가 이사 오기 전에 그럴 것이지 이사를 해놓고 겨우 석 달도 되기 전에 그런 말을 하는 게 어디 있어요?"

그녀도 지지 않고 주인에게 따지듯 말해보았다. 그러면서도 그녀는 또 부드럽게 사정을 해야만 했다. 아니 이사 비용을 내놓고 손해배상을 물어야 한다고 당당하게 말도 못 하고 전전긍긍하며 사정을 했다. 아픈 몸으로 이사를 한다는 것은 그녀에게는 죽는 것보다 더 힘이 들었다. 그녀는 늘 온몸을 찢을 듯한 지독한 통증에 시달렸다. 오래전 교통사고를 당한 후 그녀는 사고 후유증인 통증으로 고통스러운 나날을 보내고 있었다. 며칠을 집주인과 실랑이를 하던 끝에 다행히 주인도 포기를 했고 그대로 눌러살게 되었다. 집주인의 그런 행동은 잊을 만하면 또다시 그녀를 뒤흔들었다. 집주인은 심심하면 일 년이나 반 년 만에 이사를 가라는 말을 했고 그녀는 뿌리가 흔들리는 나무처럼 공포에 떨었다. 집주인 뒤에는 날카로운 이빨을 가진 조기태란 자가 조종하고 있었던 것이다. 그 후 집주인이 전세금을 올려달라고 전화를 걸어왔을 때도 그녀는 비굴하리만큼 사정하며 자신의 어려운 형편을 설명해야만 했다.

집주인들은 늘 자신이 가지고 있는 집을 마치 세입자의 운명도 맘대로 흔들 수 있는 권력으로 사용했다. 아니 세입자를 곧 집주인의 종이나 하인처럼 여기는 것 같았다. 세입자의 생명은 집주인 손에 달려 있는 듯 맘대로 해도 되는 것처럼 여기는 것 같았다. 세입자로서는 아무리 깊이 뿌리를 내리고 싶어도 그녀의 삶은 늘 불안한 가운데 이삿짐 보따리를 싸고 풀어야 하는 옮겨 심어지는 삶의 반복이었다. 선거철만 되면 정치꾼들 입에서 나오는 무책임한 몇 마디 말로 전세금은 날개를 달고 미친 듯이 그녀의 삶을 흔들어대는 악마였다. 이사를 하는 횟수가 늘어갈수록 그녀는 점점 더 시들시들 지쳐갔다.

십 년의 세월 동안 마음을 나누고 오랜 시간 통화를 하며 대화를 나누었으나 집주인과 세입자는 계약 관계일 뿐이었다. 결국 집주인과 세입자는 계약서 한 장으로 시작되고 계약서 한 장으로 끝나는 계약서 한 장으로 맺어진 계약관계에 불과하다는 사실이 그녀는 서글펐다. 집주인과 세입자는 더 이상의 인간적인 부분은 필요치 않았다.

그녀는 태양연립에 이사를 한 후 오래 살아도 된다는 주인의 말을 생각하며 기쁜 마음으로 옥상에 화단을 만들었다. 스티로폼 상자에 비닐을 깔고 몇 달 동안 야산과 공원에서 흙을 조금씩 퍼다 날랐다. 통증으로 터질 것 같은 다리를 절뚝거리며 옥상에 화단을 만들었다.

그녀가 힘들게 만든 화단에서는 여러 가지 채소와 꽃들이 방싯방싯 피어나고 자라났다. 그녀가 사랑으로 키우는 식물들이다. 그녀는 달밤이면 옥상에 올라가 달빛에 빛나는 채소와 꽃을 바라보며 자신의 건강도 그 식물들처럼 소생하기를, 건강해지기를 마음으로 빌어보았다. 그녀가 만든 옥상 화단에서는 밤이면 풀벌레 소리가 합창을 하여 귀를 즐겁게 해주었다. 낮이면 벌과 나비가 날아왔다. 이 삭막한 시멘트로 뒤덮인 회색도시의 한 귀퉁이 연립주택 옥상에 그녀가 심어놓은 꽃과 채소가 있는 줄을 벌과 나비는 어떻게 알고 찾아오는지 신기하기만 했다. 그녀는 옥상 화단을 통해 그나마 마음의 위안을 삼았다.

"이사 가기 전에 옥상에 흙 다 치워요."

집주인의 그 한마디는 법과 같았다. 집주인이 화단을 치우라고 한 말은 어길 수 없었다. 그녀는 그 법을 지키기 위해 밤새 이삿날 새벽까지 3층을 오르내리며 계단에 눈물을 뿌렸다. 그녀는 이사 준비로 아무리 힘이 들어도 옥상 화단을 치우지 않고는 그 집에서 이삿짐을 옮기면 안 되는 범법자가 되어 있었다. 그녀는 면죄를 받기 위해 그토록 아끼고 사랑으로 가꾸던 옥상 위의 화단을 새벽녘까지 치우며 흘러내리는 눈물을 주체할 수 없었다. 그녀가 흘리는 눈물은 옥상 위 화단에 심어진 식물들을 위한 소리 없는 장송곡이었다. 마지막으로 뽑히는 식물들에게 미안하여 그녀가 뿌려주는 이별 눈물이었다. 그녀는 이사하기 전날 시멘트 위에 심어진 여러 가지 꽃과 제비콩과 강낭콩 넝쿨과 쑥갓 상추 등 식물들을 하나하나 뽑아내며 자신이 뽑히고 있다는 아픔을 느꼈다.

그녀는 그 화려했던 옥상 화단을 치우는 동안 뿌리가 뽑히는 식물들을 보며 가슴이 쓰리고 아팠다. 그녀는 마지막 남은 흙덩이를 치우고 난 후 처음과 똑같아진 너무도 멀쩡하고 싸늘한 회색 시멘트 바닥으로 변해버린 옥상을 바라보았다. 그녀가 이 연립주택에 이사하고 처음으로 올라왔을 때 보았던 그 싸늘한 시멘트 그대로였다. 그토록 여러 가지 생명들로 아름다움을 뽐내던 화려한 옥상 위의 화단이 언제였냐는 듯 아무 일도 없었다는 듯 차가운 시멘트만 남아 있는 것이 진저리가 쳐졌다. 그녀는 자신의 눈을 의심할 만큼 이 현실이 믿어지지가 않았다. 그토록 화사하게 방싯거리던 꽃들도 진동하던 꽃향기도 벌과 나비도 더 이상은 보이지 않았다. 그녀는 한갓 꿈을 꾼 듯 허망함이 밀려왔다. 이제는 벌도 나비도 살아 있는 생명은 다시는 찾아올 수 없는 차가운 회색 시멘트만 멀쩡하게 남아버렸다. 그녀는 화단이 사라진 시멘트 옥상을 뒤돌아보며 그 차가움과 그 싸늘함으로 몸과 마음에 심한 한기가 느껴졌다.

그녀는 이제 또 다른 차가운 시멘트 위에 자신을 심기 위해 낡은 보따리를 싸들고 곧 재개발이 이뤄질 허름한 골목을 따라가야 한다는 사실이, 또다시 그 허망한 시멘트 바닥에 펼쳐 심어야 하는 자신의 삶이 소름 끼치게 싫었다.

남의 집 지붕 위에 만든 화단이므로. 남의 머리 위에 심은 식물들이므로. 그녀는 태양연립에 사는 동안 자신의 우주는 주인의 법을 어긴 범법자였던 셈이므로. 그녀는 자신의 죄를 면죄 받는 것뿐이라고 혼잣말로 중얼거리며 스스로를 위로해보았다. 그녀는 옥상 계단을 내려오며 남의 지붕에 심은 식물은 뽑아낼 수밖에 없나는 사실이 허망하여 통곡하고 싶어졌다. 화단 장례식. 그녀는 이사 전날 밤새 그렇게 옥상 위의 화단 장례식을 치르느라 가슴을 앓았다. 그녀는 계단 한 칸 한 칸을 내려 딛으며 시멘트 위에 씨앗을 심는다는 것은 얼마나 허망한 일인지 뼈가 저려왔다. 차라리 호미로 그녀의 뼈를 찍어 구멍을 내고 식물을 심었어도 이토록 아프지는 않았을 거라는 생각이 들었다.

그녀는 자신이 어차피 또 뽑혀야 할 또 다른 시멘트 위에 심어질 식물이라는 사실이 견딜 수 없도록 서글펐다. 자신은 또다시 이 초라한 도시 한 귀퉁이 지하 방을 찾아 떠나야 하는 존재에 불과하다는 것이 절망스러웠다. 그녀는 시멘트 위에 심어진다는 것이 얼마나 부질없고 허망한 일인지를 뼈 속 깊이 새기며 옥상 계단을 한 발 또 한 발 걸어 내려왔다. 그녀는 이제 또 올 필요가 없을, 완전히 떠나가야 하는 옥상 계단을 하나하나 내려오며 다시는 남의 옥상이나 시멘트 위에 화단 같은 건 절대로 만들지 않겠나고 이를 깨물며 결심했다.

또다시 방구석이 서늘하고 이상한 느낌이 든다. 그녀는 방 안을 둘러본다. 방구석에 기다란 그놈이 느리게 움직이는 것이 또 시선에 잡힌다. 오늘은 늘 나오던 그놈만이 아니라 한 놈이 더 있다. 그녀는 얼른 일어나 놈에게 반갑다는 인사라도 하려는 것처럼 그쪽으로 걸어가 본다. 갈라진 시멘트 틈새로 나타난 놈은 여느 때 나오던 바로 그 지렁이다. 헌데 오늘은 또 다른 놈과 두 놈이 함께 나온다.

"넌 지렁이냐?"

언제나 그녀의 방으로 나오던 놈이 여느 때처럼 그녀에게 또 묻는다.

"지렁이가 아니라고 몇 번을 말해야 되겠니? 나는 지렁이가 아니라 사람이라고, 사람!"

그녀는 짜증스럽게 대답한다. 그 대답을 한 횟수는 셀 수도 없다. 놈은 기억력이 없는 것일까? 늘 똑같은 말로 물어와 그녀를 다그친다.

"한데 왜 여기 와 있는 거냐고!"

놈이 또다시 그녀를 다그쳐 묻는다.

"그럴 수밖에 없었다니까!"

그녀는 또다시 놈에게 똑같은 대답을 한다. 녹음테이프처럼 반복해서 대답하는 자신이 한심하게 여겨진다. 날마다 나타나는 지렁이에게 자신은 지렁이가 아니라 사람이라고 밝혀야만 한다는 사실이 어이가 없다. 그녀는 자신이 지렁이에게까지 사람이 아닌 지렁이로 보인다는 사실이 기가 막히다. 아니 어쩌면 지렁이가 자신을 지렁이로 보는 것이 당연한 것인지도 모른다고 생각해본다. 이 자본주의 사회에서 몸 하나 편히 쉴 공간을 갖지 못한 자신이 지렁이보다 못하다는 생각이 드는 것이다. 놈은 이제 시도 때도 없이 그녀의 지하방 한쪽 구석 균열이 간 곳으로 기어 나와 질문을 해댄다. 그녀는 놈이 처음 어떻게 그곳으로 들어왔는지는 알 수 없다. 하지만 곰곰이

생각해보면 땅속은 원래 지렁이들의 나라라는 걸 깨닫는다. 그녀가
오히려 지렁이들의 세계에 침범한 침입자라는 사실에 미안한 마음
마저 들었다.

"헌데 넌 어떻게 내 방으로 들어온 거지?

오늘은 그녀가 놈에게 반문해본다.

"네 방이라고? 천만에. 땅속은 우리들의 영토인 지렁이들 나라인
데 사람인 네가 침범해 들어온 거잖아. 그래서 난 너처럼 생긴 큰 지
렁이도 있는가 생각했지."

지렁이가 당당하게 말한다. 그녀는 지렁이의 말이 틀리지 않다는
생각이 들어 곧 풀이 죽어 고개를 끄덕인다. 놈은 그 뒤로도 날마다
그녀가 있는 곳으로 기어 나와 말을 시키곤 했다.

"넌 지렁이냐? 뭐 하고 있는 거냐?"

지렁이가 그녀의 귀에 대고 또 큰 소리로 말한다.

"난 아파서 누워 있어."

"어떻게 아프게 되었지?"

"뺑소니차에 치여서 다쳤어."

"넌 계속 누워만 있는 거냐? 그럼 밥은 누가 주지?"

"……."

"아파도 뭔가 노동을 해야 하지 않겠냐?"

"맞아, 그래야 하는데 통증이 심해서."

"세상에 생명이 있는 모든 것들은 다 움직이고 있잖아. 인간들은
땅속이 아닌 지상에서 사는 거잖아. 헌데 인간들은 왜 우리 지렁이

들이 살고 있는 우리들의 영토를 침범해서까지 살려고 아우성이냐
말이야."

지렁이는 계속해서 그녀의 귓가에 대고 따지듯이 말한다.

"나도 알아."

"넌 도대체 인간이 되어가지고 왜 하필 우리 지렁이들이 사는 땅
속에서 사는 거냐고."

"나도 그러고 싶어 그러는 게 아니라고 했잖아."

"그럼 뭐야? 우리 지렁이들은 우리들만의 영토인 땅속에서 조용
히 살고 싶다고."

"미안해, 하지만 인간들이 집을 지을 때 건물 지하는 창고나 주차
장으로 사용해야 하는 건데 사람이 사는 방을 만들어놓은 게 문제
야. 계단 하나 올라가려면 돈이 얼마나 더 올라가는지 지렁이 너는
알기나 하겠니? 넌 땅속에서만 살고 있으니까 계단 같은 건 필요 없
지? 헌데 인간들은 계단이 많을수록 방 값 집 값이 비싸진단다. 그
것도 계단 하나 올라갈수록 몇백 몇천만 원 몇억씩 올라간단 말이
야. 물론 때로는 계단이 높다고 돈이 다 올라가는 것만은 아닐 때도
있지. 일테면 맨 꼭대기 층이나 흙에 가까운 맨 아래층일 경우는."

놈은 착한 동생처럼 그녀의 말을 가만히 듣고 있다. 마치 이해하
고 있다는 태도다.

"나도 그 사실을 미처 몰랐었어. 아니 알고 있기는 했지만 이토록
뼈저리게 알게 된 것은 이 도시에 뉴타운 개발 바람이 불면서부터
더욱 심해졌어."

"너희 인간들은 도대체 왜 그렇게 계단을 좋아하는 건데? 그냥 땅 위에 계단 없이 거 뭐라나 맞아, 단독주택이란 걸 짓고 살면 안 되는 거냐?"

"그러게. 내 생각도 그러기를 바라는데 지렁이 너처럼 인간들 두뇌는 똑같지 않단다. 너 같은 지렁이들은 그저 흙만 있으면 그 속에서 먹을 것도 배설하는 것도 모두 해결을 하고 거기에다 흙이 더 좋아지게 하는 착한 일까지 하지만 인간들 몸속엔 욕망이라는 괴물이 있단다. 그 욕망이라는 괴물은 늘 배고파하고 뭐든지 양에 차 하질 않는 거야. 욕망을 만족시켜주기 위해서는 우주를 찢고 파헤쳐서라도 채우려 하면서 한도 끝도 없단다. 욕망을 해소하기 위해 늘 뭔가를 개발하고 싸우고 경쟁을 하지."

"그럼 넌 언제까지 우리 지렁이들 세계에서 살 건데?"

"나도 모르겠어. 난 몸이 아파서 돈을 많이 벌 수가 없으니까 늘 가난할 수밖에 없어. 의자에 가만히 앉아서 글을 쓰는 일도 통증이 방해를 하니 힘들어서 제대로 못 하고 있어."

지렁이 놈은 그 기다란 머리를 쳐들고 그녀의 말을 듣더니 이해할 수 없다는 듯 고개를 갸웃거린다.

"태양연립 집주인을 꼬드겨 전세금을 올려 받도록 해주겠다고 하고 내가 사는 집에 수없이 찾아온 건 부자부동산의 조기태라는 놈이었지. 놈은 고무줄보다도 빨래줄보다도 전깃줄보다도 더 끈질기게 태양연립 주인을 꼬드기고 설득했어. 진드기처럼 찰싹 달라붙어 집주인 마음을 빨아먹으며 흔들었지. 그뿐이 아니야. 내 삶을 온통 뿌리내리지 못하도록 흔들고 뽑아낸 놈이야. 내 우주는 늘 타인에 의해 망가지고 깨지고 뽑히는 연속이야.”

그녀는 지렁이를 향해 그녀가 겪었던 억울한 일을 털어놓는다. 그녀의 말을 듣고 있던 지렁이는 온몸을 흔들더니 인간들의 잔인성에 몸서리친다.

“인간들은 정말 잔인하다. 오늘 나랑 같이 온 내 친구를 봐. 어디에서 온 줄 알겠어?”

“어디에서 온 건데.”

지렁이가 다시 말을 잇는다.

“강에서 도망쳐 왔어. 내 친구가 가족들과 잠을 자려고 하는데 어느 날 갑자기 강바닥이 파헤쳐지더라는 거야. 마치 강바닥이 뒤집어져 하늘로 솟구치는 줄 알았대. 가족들은 모두 죽고 내 친구만 겨우 살아왔어.”

그녀가 놈에게 대답한다.

“그건 4대강 공사 현장이었군. 강바닥을 뒤집는 포클레인 때문이었던 거야.”

그녀가 말해준다.

“그게 뭔데?”

“4대강 공사라고 뉴타운 개발 바람을 일으켰던 어느 정치꾼이 작은 생명들을 무지막지하게도 완전히 몰살시켜버리는 강바람 사업이라는 게 있었어. 그뿐인 줄 알아? 바다에 돋아난 너럭바위도 깨 부숴버리는 능력 바람도 있지.”

지렁이는 또 이해가 안 간다는 듯 고개를 갸웃거린다.

"도대체 왜 그런 바람을 일으켜 우리들을 괴롭히는 거지?"

"내가 말했잖아, 인간들 속에는 욕망이라는 괴물이 들어 있어서 그렇다고. 헌데 더 심한 인간들이 있지. 그게 한 나라의 지도자가 그런 사람일수록 그 나라에 있는 작은 생명들이나 국민들은 더 고생을 하게 되지."

그녀의 말을 듣던 지렁이는 친구 지렁이와 고개를 끄덕이며 무슨 말인가를 주고 받는다.

"무슨 말을 했니?"

"우리는 4대강 공사니 뉴타운 개발이니 바다 구렁비 바위를 깨부수고 생명을 죽이는 짓 따위는 하지 않는다고 했어."

"그래 차라리 나도 지렁이 너희들처럼 땅속에서 살 수 있었으면 좋겠어."

"지금도 땅속에 살고 있잖아."

지렁이가 불쑥 대답한다.

"그렇지만 지금 난 살고 싶어 사는 게 아니니까. 내 선상 상태로는 습한 이 지하 땅속 생활이 얼마나 건강을 악화시키는지 알기나 하니? 몸속의 통증에 기름을 붓고 끓이는 것처럼 고통스러워."

그녀가 열심히 설명을 하자 지렁이는 온몸을 진저리치고 고개를 이리저리 흔들거린다.

"아, 피곤하다. 너희 인간들이 하는 짓을 듣고 말하다 보면 정말 피곤해져."

오늘은 지렁이가 많이 피곤하다고 그만 쉬어야겠다고 친구 지렁이와 스르르 균열이 간 시멘트 틈새 속으로 스며 들어간다. 놈이 돌아가자마자 기다렸다는 듯이 창밖에서는 또 놈의 소리가 그녀의 지하 우주를 찢을 듯이 뚫고 들려온다.

"응아아아앵. 응아아아앵."

그녀가 태양연립으로 처음 이사 오던 날 밤부터 계속해서 들리던 소리였다. 서민들이 다닥다닥 붙어 사는 연립주택과 다세대 주택 골목에는 버림받은 동물들도 은신처를 만들 수 있는 구석진 틈새가 많았다. 어느 구석에선지 영락없는 아이 울음소리를 닮은 도둑고양이가 밤새 울었다. 이사 비용을 아끼기 위해 포장이사를 하지 못한 그녀는 이삿짐센터 직원이 아무렇게나 부려놓고 간 이삿짐을 정리하며 아기 울음소리를 닮은 소름끼치는 도둑고양이 소리를 밤새 들었다. 골목마다 버려진 음식물 쓰레기 봉지를 뜯어 발기며 울어대는 고양이는 그 어둔 밤만이 그들의 자유로운 세상이란 듯이 극성스럽게 울어댔다. 놈이 아무리 울어대도 어느 집에서도 쫓아 나와 시끄럽다고 조용히 하라고 야단치는 사람이 없었다. 놈들은 허름한 재개발지역 어두운 골목에서 전세금을 내지 않고도 당당히 한자리를 차지하고 살아가는 뒷골목 주인들이었다.

그녀는 남은 음식물을 스티로폼 그릇에 담아 뒷골목 주인 놈들에게 먹이를 갖다 대접해주기도 했다. 저들도 이 초라한 변두리 땅에서 몸을 은신하며 살아가는 생명이 아니던가. 그들은 이제 이 지역이 재개발되고 나면 숨어들 은신처가 없어지는 게 아니겠나 싶었다.

그녀는 어쩐지 놈들이 가엾다는 생각이 들었다.

"툭! 차르르."

위층 남자가 즐겨 읽는 J신문이 먼지 쌓인 콘크리트 계단으로 떨어져 내리는 소리가 들린다. 남자는 그녀가 이곳에 이사 온 후 줄곧 똑같은 신문만 구독하고 있다. 그녀는 병원에 다녀오던 길에 위층 남자가 옆집 남자와 담배 연기를 피워대며 신문 중에는 J신문이 최고지, 입에 거품을 물고 말하는 소리를 들은 적이 있다.

"쿵쿵쿵쿵."

바삐 계단을 뛰어내리는 신문 배달 청년의 발자국 소리가 이어진다. 그녀가 누워 있는 방바닥이 진동으로 쿵쿵 울린다. 그 소리는 그녀의 몸속으로 스며든다. 땅속에 들어 있는 그녀의 방바닥은 온갖 소리들 진동으로 울림이 계속된다. 그 소리들은 그녀의 우주인 몸속에 전달되어 그대로 스며든다. 그녀는 자기 몸이 바닥을 울리는 온갖 소리를 빨아들이는 진공청소기나 녹음기 같다고 여겨진다. 계단을 급히 뛰어내리는 청년의 발자국 소리가 여운을 남기고 멀어진다. 그녀의 몸속에 스며든 청년의 발자국 소리도 몸 전체로 전전 퍼져 흩어지고 엷어진다.

"클클클클클."

바퀴소리가 진동을 일으키며 점점 가까워진다.

"덜커덩 덜덜덜덜 덜커덩."

새벽 리어카가 지나간다. 앞집 청소원이 쓰레기를 실은 리어카를 끌고 좁은 골목을 빠져나가는 소리다. 그는 중풍으로 누운 아버지와

네 식구를 어깨에 짊어진 50대 후반의 가장이다. 청소 리어카 소리
는 더 큰 진동으로 그녀의 몸에 스며든다. 시큼하고 퀴퀴하고 썩은
쓰레기 냄새가 창틈으로 스며들어 방 안을 휘돈다. 냄새와 소리가
한꺼번에 그녀의 몸속에 스며드는 게 느껴진다. 발도 날개도 보이지
않는 냄새는 이 세상 그 무엇보다도 가장 빠르고 가장 집요하고 가
장 무례하게 그녀의 지하 방으로 침범해 들어온다. 어느새 지하 방
안은 잠깐 동안 리어카 바퀴 소리와 시큼한 쓰레기 냄새로 채워진
다. 리어카 소리가 멀어지고 사뿐사뿐 계단을 오르는 발자국 소리가
이어진다. 우유 배달 청년이다. 언젠가 그녀에게도 우유를 먹으라고
권하며 청년은 수줍게 웃은 적이 있었다. 청년은 대학 등록금을 벌
기 위해 그 일을 한다고도 덧붙였다.

"미안해요."

그녀는 한마디로 주머니 사정을 대신했다. 3층에 사는 여자는 꼭
우유를 배달시켜서만 먹는다. 그녀는 옷도 유명 메이커 아니면 입지
않는다고 토실토실한 궁둥이를 살랑살랑 흔들어대며 자랑하듯 말하
곤 했다. 3층에서 내려오는 청년의 발자국 소리가 급하다. 두 개씩
건너뛰어 내리는 소리가 역력하다. 그녀가 누워 있는 지하 방바닥에
둥둥둥 큰 진동으로 울림이 온다.

"드르륵 척, 드르륵 척."

땅이 울린다. 이 세상의 바닥 소리, 쓰레기차 지나가는 소리다. 아
까 지나간 리어카 소리보다 진동이 크다. 툭! 쓰레기를 갖다 던지는
소리가 들린다. 그녀의 지하 방 안으로 달려드는 음식물 쓰레기 냄

새가 방 안을 채운다. 호흡을 하기가 곤란하다. 그녀는 손으로 코를 막아본다.

"부릉부릉부릉."

J신문만 구독하는 위층 남자는 오늘도 여전히 출근할 준비로 승용차 시동을 걸고 있다. 남자의 차바퀴는 그녀의 방 천장과 같은 높이에서 놀이기구인 양 빙빙 잘도 돌아간다. 천장 옆에서 차바퀴가 일으키는 먼지가 그녀의 방 창문으로 자동차 매연가스와 버무려져 솔솔 스며든다. 냄새는 어느새 그녀의 코를 통해 기관지로 스며든다. 콜록콜록콜록……. 그녀는 냄새가 견딜 수 없어 기침이 터져 나온다. 아침마다 남자가 차 시동을 걸고 뿜어내는 매연가스는 그녀가 창문을 열어놓아 환기를 시켜보아도 몇 시간씩이나 지하 방에서 나가질 않고 고여 있다. 그녀는 늘 남자의 차에 시동을 걸 때 뿜어지는 매연과 먼지를 흡입하며 지하 방에서만 누릴 수 있는 이 기이한 혜택 아닌 혜택을 누린다. 그녀의 폐는 점점 먼지와 매연으로 채워지고 습한 지하 방으로 이사 온 후부터 기침이 더 자주 나온다.

"부릉부릉부릉."

시커먼 연기가 닫힌 창틈으로 점점 더 세게 밀려들어온다.

"콜록콜록콜록……."

그녀의 기침 소리도 계속된다. 그녀는 얼굴이 벌겋게 되도록 기침을 멈추지 못한다.

"탁탁탁탁……."

위층 여자가 창문을 열어놓고 이불 먼지를 털어 내린다.

"쿵쿵쿵쿵."

옆집 아이가 학교에 가느라 계단을 뛰어가는 소리가 들린다. 작은 발이 천장 높이의 길바닥에 나 있는 창문에서 그녀의 시야로 잠시 들어왔다 사라진다.

"자박자박자박."

이번에는 좀 더 묵직한 발자국 소리다. 아주머니 한 분이 낮은 단화를 신고 걸어간다. 검정 바짓단 아래로 드러난 발목이 굵다.

"터벅터벅터벅……."

좀 더 크고 무거운 발자국 소리가 들린다. 빠르게 걷는 발자국 진동으로 그녀의 방바닥이 둥둥둥 울린다. 그 진동이 그녀의 등을 두드리는 것 같다. 커다란 남자 구두가 지나간다. 구두는 낡았으나 반짝반짝 윤이 난다. 아까 달려가던 꼬마네 아빠인 모양이다. 커다란 구두가 움직일 때마다 길바닥에 누워 있던 먼지가 일어나 그녀의 지하 방으로 날아든다. 먼지는 허락도 받지 않고 그녀의 방으로 가차 없이 침범해 들어온다.

"드르륵 드르륵."

손수레 바퀴가 땅바닥에 끌리는 소리다. 폐지를 주워 파는 옆집 아주머니다. 아주머니는 늘 아침 일찍부터 쓰레기통 옆을 뒤진다. 폐지와 쓸 만한 고물들을 골라 고물상에 팔아 살아가는 아주머니다. 조그만 연립주택인 자기 집을 가지고 있지만 이 동네가 뉴타운 재개발이 되면 적은 이주 비용을 들고 어디로 가서 살아야 하느냐고 울상을 지은 적이 있었다. 자기 집이 있어도 수입이 넉넉지 못하니 어떻게 아파트에 들어가 살겠느냐고, 이 동네를 떠날 일 생각하면 신경질 나서 죽겠다고 말했다.

"이 짓도 못 해먹겠어! 개나 소나 다 고물을 줍는 통에."

옆집 아주머니가 신경질적으로 소리를 지른다. 이 동네에는 유달리 고물 줍는 할머니들이 많다. 할머니들은 지팡이나 헌 유모차에 몸을 의지해 걸어 다니며 헌 박스나 돈이 될 만한 고물을 주워 판다. 아주머니는 그것이 못마땅하다. 그녀는 조금 전 두 집 건너 지하에 홀로 살고 있는 할머니가 한 손에 지팡이를 짚고 뒤뚱뒤뚱 걸어와 빈 박스 두 개를 주워 소중하게 옆에 끼고 가는 걸 창틈으로 보았다. 할머니 걸음걸이는 차마 바라볼 수 없도록 위태하다. 할머니는 언젠가 그녀에게 고물을 줍는 것인지, 고물이 되어버린 자신의 삶을 줍는 것인지 모르겠다고 말한 적이 있었다. 지하 단칸방에 우두커니 앉아 있으니 운동 삼아 한다고 말은 하지만 할머니는 뉴타운 재개발이 되면 어디로 갈까 걱정이 태산이다. 이 지역에서 헌 집과 함께 버려질 고물이라고 자신을 그렇게 말했다.

조기태란 놈은 그녀가 살던 태양연립 문이 닳도록 들락거리며 집을 볼 사람을 데리고 와 기어코 계약을 하고 그녀를 몰아냈다. 그놈은 정말이지 인정사정없는 철면피였다. 그녀는 이사하던 날 자신이 살던 빈집을 마지막으로 둘러보고 걸어 나오다 놈이 집주인과 서서 주고받는 말을 들었다.

"팔천 오백이면 잘 받은 건가요?"

집주인이 놈에게 물었다.

"팔천 오백이면 잘 받은 거죠. 앓던 이가 빠진 것 같네요. 그러게 저만 믿으라고 했잖아요. 헛헛헛."

팔천 오백이라니. 그녀가 가진 삼천도 안 되는 전세금의 세 배도 넘는 액수였다. 전세금을 그렇게 올려주려고 그녀를 몰아냈구나 싶었다. 놈은 재개발 지역을 훑고 다니는 도둑고양이처럼 적은 전세금으로 살고 있는 세입자들을 날카로운 이빨로 물어뜯어 쫓아내고는 집주인에게 꼬리를 흔들어 욕심을 채워주는 대신 수수료라는 먹잇감을 낚아챘다.

부자부동산 조기태란 놈은 집주인과 얘기를 끝내더니 그녀에게 고개를 돌려 입가에 비웃음을 날리며 보란 듯이 36조 1510 번호가 찍힌 승용차가 있는 곳으로 걸어갔다. 놈은 차에 올라타더니 차창 밖으로 그녀를 바라보며 약을 올리듯 입꼬리에 비웃음을 흘리고는 유유히 골목을 빠져나갔다. 놈이 탄 차가 그녀를 스치듯이 먼지를 일으키며 달려갔다. 휘리릭 놈이 일으키고 가는 먼지가 그녀를 휘감고 회오리를 일으켰다. 끈적끈적한 기름 냄새가 그녀의 온몸으로 달라붙었다. 그녀는 달리는 놈의 차 번호를 바라보며 입속으로 한마디 내뱉었다.

"교활하고 더러운 놈! 기어코 복비 몇 푼 처먹고 가는구먼. 공동묘지에나 처박혀라."

그녀는 놈이 부동산 수수료를 먹기 위해 그녀가 살고 있는 태양연립을 스무 번도 더 찾아왔던 일이 치가 떨려왔다. 그녀를 몰아내려고 끈질기게도 목을 조여오던 일들이, 끔찍한 이 현실 앞에 자신이 얼마나 초라하게 여겨지는지 견딜 수가 없었다. 그녀가 이렇게 살 수밖에 없는 현실에 대해 분노가 치밀었다. 정치꾼들도 부동신업지도 집주인도 그녀를 이 현실에서 뽑아내 아무렇게나 던져버리는 적에 불과했다. 그녀가 가난에서 벗어날 수 있도록 해결해줄 사람은 이 세상에 아무도 없었다. 오히려 그녀의 가난을 조롱하고 비웃으며 그녀를 더욱더 깊은 수렁으로 몰아넣는 것들뿐이었다. 결국은 이렇게 힘없이 떨려나고 마는 것을 그렇게도 발버둥치며 버텨보려고 그 집에서 더 살게 해달라고 집주인에게 사정사정했던 자신이 바보 같았다. 놈의 차가 저만치 골목 끝에서 꼬리를 숨기며 빠져나갔다.

"개새끼!"

그녀의 머릿속이 분노로 뜨거워졌다.

"넌 지렁이냐?

어느새 놈이 또 스르르 나타나 그녀에게 묻는다.

"……."

그녀는 이제 놈에게 대답하기조차 싫어진다. 언제까지 놈에게 똑같은 대답을 하며 자신을 변명해야 하나 싶어진다. 그녀가 대답하지 않고 있으려니 놈이 다시 묻는다.

"넌 지렁이냐고. 대체 넌 누구냐?"

"사람! 사람! 사람이라고!"

놈이 묻는 소리에 이젠 더 이상 대답하고 싶지 않다. 이제 그만 물어보라고 하고 싶은데 놈에게 말이 통할지 모르겠다는 생각이 든다. 그녀는 자신의 방을 침범하는 놈을 막을 묘안을 생각해본다. 시멘트를 사다 반죽하여 발라버리면 되지 않을까? 그녀는 생각한다. 그녀는 통증으로 터질 것 같은 다리를 절뚝거리며 지하 방을 걸어 나와 지상으로 향한 계단을 오른다. 한 칸 또 한 칸. 자신이 마치 어두운 벌레집을 찢고 뚫고 헤치고 지상으로 기어 나오는 벌레 같다는 생각이 든다. 두껍고 단단한 고치 집을 찢으며 부화하는 벌레 같다는 생각이 든다. 습하고 퀴퀴한 냄새가 그녀 뒤를 바짝 따라 나온다. 곰팡이 균이 묻어 있는 습한 냄새는 그녀의 발목을 잡아끌고 다시 지하 방으로 데려갈 것만 같다. 그녀는 등덜미가 싸늘해진다. 통증으로 터질 것 같은 다리에 더 세게 힘을 주며 지하 계단을 하나하나 올라선다. 그녀가 계단을 오를수록 뒤를 바짝 따라오던 습하고 퀴퀴한 냄새는 풀어헤친 머리를 흔들며 다가오는 물귀신 같다. 그녀는 발을 멈추고 뒤돌아본다. 머리를 풀어헤친 습한 냄새는 그녀를 끌고 가기를 포기한 듯 뒤돌아서더니 점점 더 아래로 내려간다. 그녀의 지하 방을 향해서 스멀스멀 기어 들어간다. 그녀는 쫓기듯 계단을 마저 오르며 시멘트 가루를 사 오기로 맘먹는다. 마지막 남은 계단 하나를 힘들게 오른다. 휴! 몸속에 고여 출렁거리던 곰팡이 묻은 습한 공기를 뱉어낸다.

바람은 길이 없다

바람은 길이 없다

며칠째인가. 기억이 나지 않는다. 음식을 입에 넣어본 지가 너무 오래되어 까마득하다. 눈을 떠본다. 눈꺼풀을 들어 올릴 기력조차 없다. 무겁게 들어 올린 눈꺼풀 사이로 천장과 벽에 다닥다닥 핀 곰팡이가 보인다. 방 창문에 비친 바랭이 풀 그림자는 어느 때와 다름없이 흔들거린다. 베란다 천장에 거꾸로 매달린 풀 그림자의 움직임이 머리를 풀어헤치고 다가오는 저승사자 같다. 풀 그림자의 움직임으로 보아 밖에는 바람이 불고 있음을 짐작할 수 있다.

오늘은 바랭이 풀잎 위에 새가 앉아 있다. 회색빛 배를 흔들리는 바랭이 풀잎 위에 바짝 붙이고 앉아 있는 새는 잿빛 날개를 얌전히 접고 베란다 창밖을 내다본다. 놈의 눈에 비치는 창밖의 세상은 어떤 풍경일까. 놈은 푸른 하늘을 날았던 지난날을 기억하며 향수에 젖어 있는 것은 아닐까. 어서 새를 날려 보내줘야 한다고 마음이 급해진다. 창문을 열기 위해서는 기운을 내야 한다고, 어서 일어나야 한다고, 베란다로 나가야 한다고 자신을 재촉해본다. 급한 마음과는 달리 손가락도 움직일 기력이 없다. 몸은 땅 위에 쏟아진 촛농 같다.

"어서 일어나 베란다로 나가야 돼. 베란다 창을 활짝 열어젖히고 어서 어서 저 새를 푸른 하늘로 날려 보내줘야 되는데."

바랭이 풀을 바라보며 가슴이 두근거리고 마음이 더 급해진다.

흙 한 줌 없는 그 높은 옥상까지 바랭이 풀씨는 어떻게 날아 올라가 딱딱한 시멘트에 자리를 잡고 뿌리를 내린 것일까. 바랭이 씨앗은 어느 바람을 타고 어디에서 날아와 하필이면 뿌리도 마음껏 내릴 수 없는 베란다 옥상 갈라진 시멘트 틈새에 자리를 잡고 뿌리를 내렸을까. 하늘을 향해 뻗어 올라야 할 줄기를 베란다 천장 금이 간 시멘트 틈새를 비집고 머리를 집 안으로 디밀어 들어와 거꾸로 매달려 있는 모양이 신기하기만 하다. 뿌리는 옥상에 내리고 땅 아래를 향해 거꾸로 매달려 치렁치렁 늘어뜨린 채 물구나무를 서서 자라고 있는 바랭이 풀이 안타깝기만 하다.

"저 풀도, 저 바랭이 풀도 좋은 흙에다 옮겨 심어줘야 할 텐데. 어서 저 풀과 저 새를 살려주려면 일어나야 되는데."

점점 누렇게 변해가는 풀을 바라보며 또 간절하게 생각한다. 오늘도 바랭이 풀은 여느 때처럼 내가 누워 있는 방 창문까지 줄기를 내려뜨린 채 바람이 불 때마다 하늘거린다. 풀잎을 바라보는 마음이 안타깝다. 하늘을 향해 날아갈 것을 포기한 듯 누런 풀잎 위에 얌전히 앉아 있는 새도 풀잎 그네를 타는 듯 풀과 함께 흔들거린다. 오늘은 풀이 몇 잎이나 말라 죽었을까. 뿌리까지 완전히 말라 죽기 전에 흙이 많은 곳에 옮겨 심어주고 싶은데 일어날 기운이 없다. 아니 이 건물은 옥상으로 올라가는 통로가 없다. 대부분의 연립주택은 옥상으로 올라가는 문이 있건만 이 건물은 그런 문마저 없는 낡은 구식 건물이다.

"아크르르아! 그르아카앙!"

또 시작이다. 자지러지게 우는 아이의 울음소리가 하늘을 찌를 듯 위로 솟구쳐 오른다. 시도 때도 없이 들려오는 아래층 아이 울음소리로 방바닥이 뚫어지고 심장이 찢어지는 것 같은 고통을 느낀다. 낮에는 물론 밤중에도 그악스럽게 울어대는 그 울음소리는 내 심장을 쥐어뜯는 것만 같다. 나는 견딜 수 없는 이 소음 고통에 시달린지 오래다. 아래층 여자는 아이를 꼬집기라도 하는 것일까. 스트레스 해소를 위해 아이를 때리기라도 하는 것일까. 보통 아이라면 저토록 사납게 울어댈 수는 없다는 생각이 든다.

아이는 마치 그 울음소리로 주변 사람들을 삼켜버릴 기세다. 낮이고 밤이고 시도 때도 없이 울어대는 그 소리에 지쳐 있다. 창문을 닫아놓아도 울음소리는 벽을 찢듯 가차 없이 집 안으로 침범해 들어온다. 또다시 울음소리가 올라오자 온몸에 진땀이 흐른다. 심장 박동이 빨라진다. 숨이 가빠진다. 박차고 내려가 조용히 좀 하라고 소리 지르고 싶어진다. 헌데 몸을 움직일 기운이 없다. 며칠째인가. 가물가물 기억조차 나지 않는다. 음식을 입에 대지 못한 지 오래되었다. 요즘같이 먹을 음식물이 넘쳐나는 세상에 굶고 있다니.

"아래충까지 청소해요."

몸집이 크고 뚱뚱한 아래충 여사는 내가 처음 이곳에 이사 온 후 계단 청소를 하고 있는 모습을 보며 명령이라도 하듯 말했다. 여자가 말하지 않아도 지저분한 것이 싫어 청소할 마음이었다. 늘 혼자 청소하는 것이 힘들어 불결한 계단을 그냥 둬야지 했다가도 옆집에서 지저분하게 해놓은 것이 눈에 거슬려 어쩔 수 없이 치우고는 했다. 아무리 힘이 들어도 하는 수 없이 혼자서 청소를 해야만 했다. 하긴 계단 청소를 하지 않는다고 누가 쫓아와 뭐라고 하는 것은 아니었다. 나는 늘 눈에 거슬리는 것이 마음 편치 않아 또다시 빗자루를 들고는 했다. 항상 청소를 해놓아도 계단은 금방 더러워지고 말았다. 옆집 여자아이가 버리는 온갖 쓰레기가 발길에 챘다. 그 애는 마치 계단이 깨끗한 것을 못 견디는 것 같았다. 처음 이사를 왔을 때도 여자아이가 버린 껌이 계단 곳곳에 찰싹 달라붙어 검정 꽃밭을 이루고 있었다. 그 애만이 아니었다. 그 집 부모들은 음식물 쓰레기도 몇 날 며칠이고 우리집 현관 옆에 놓고 뻘건 국물이 흘려내려도 미안해하는 기색이 없었다. 아니 치우 려고조차도 하지 않았다. 옆집이나 아래충 사람들은 아예 온갖 쓰레기를 계단에 아무렇게나 던져 놓는 재미를 느끼는 것 같았다. 그들은 아무렇지도 않은 듯 무신경하게 쓰레기를 밟고 걸어 다녔다. 낡고 더러운 건물이니 지저분하게 만들어놓는 것이 당연한 것으로 여기는 것 같았다.

"아아악! 크라아앙!"

아이 울음소리가 더 크게 들려온다. 아이는 울음소리로 이 건물을 뒤집어엎을 기세다.

　아래층에서 올라오는 아이 울음소리로 숨이 막히거나 답답할 때
는 옥상에 올라가 하늘이라도 맘껏 바라보고 싶었다. 하지만 이곳은
처음부터 아예 옥상으로 올라갈 통로조차 없는 건물이었다.

　나는 정부에서 주는 문학창작지원금을 신청해놓은 후 날마다 우
편물을 기다렸다. 이번에는 제발 반가운 소식이 오기를 하루에도 몇
번씩 아래층으로 내려가 닳도록 우편함을 쳐다보았다.

　어느 날 우편물을 살필 때였다. 정부에서 온 것이긴 하나 시장이
보낸 것이 눈에 띄었다. 겉봉에는 내가 살고 있는 집 주소가 똑똑하
게 적혀 있었다. 나는 궁금증에 얼른 우편물을 뜯어 안에 있는 내용
물을 꺼내 보았다.

　"귀하가 살고 있는 건물은 붕괴 위험이 있어 행인들이 사고당할
우려가 있사오니 속히 집을 옮기시고 건물을 부숴버리도록 조치를
취하시기 바랍니다."

　아차! 이사를 잘못 왔구나 싶었다. 하지만 얇은 내 주머니로는 다
른 곳으로 다시 옮겨갈 형편이 못 되었다. 그 후로도 시청에서는 내
가 살고 있는 집이 붕괴 위험이 있으니 이사를 나가고 부숴버리라는
통보를 계속 보내왔다. 그러나 이곳에 살고 있는 사람들은 꿈쩍도
하지 않았다. 아무도 그런 통보에는 관심조차 없었다. 지나가는 행
인들은 물론 자신들도 건물 더미 속으로 삼키게 될지라도 당장에 하
루하루 먹고살 걱정이 더 시급한 사람들이었다. 그런 일에 신경 쓸
겨를이 없었다. 집주인은 값비싼 새 아파트에 살고 있어 내가 우편

물 내용을 전화로 알려줘야만 했다.

"우리 혼자만 부수고 말고 할 수 있어요? 기기 사는 사람들이 똑같이 부숴야지."

집주인은 늘 전화를 걸면 똑같은 말만 반복했다.

내가 처음 부동산중개소 남자를 따라 이 집을 보러 왔을 때에도 벽이나 천장은 안과 밖 그 어느 곳도 온전한 데가 없었다. 쩍쩍 갈라진 상태가 어찌나 심한지 벽마다 금방이라도 부스러져 내릴 것만 같은 상처투성이였다. 나는 내키지 않았으나 내가 가진 전세금에 맞는 싼 이 집을 계약할 수밖에 없었다. 아무리 발이 부르트도록 다녀보아도 내 손에 쥔 돈으로 마음에 드는 좋은 집은 구할 수 없었다. 그 절망감은 어찌나 큰지 내가 땅 위에 발을 딛고 있다는 것마저 죄책감에 시달리게 했다.

"아이고, 이 건물 큰일 나겠네. 옆으로 다니다가 개죽음 당하기 전에 다른 데로 다녀야겠구먼."

연립주택 앞을 지나가는 사람들도 위태로움을 느끼며 한마디씩 던지고 갔다. 아무리 주위 사람들이 위험하다는 말을 해봐도 관계 기관에서 경고 문서를 보내와도 정작 연립주택 안에 들어 사는 누구 한 사람 꿈쩍도 하지 않았다. 바람아 불어라 태풍아 몰아쳐라. 막상 불 때고 이불 펴고 누워 자는데 누가 끌어내겠나 하는 식이었다. 아니 무엇보다도 하루 벌어 하루 먹고 살아야 하는데 언제 나서서 이러고저러고 하겠는가. 무너지든지 어쩌든지 어느 때고 재개발이 될 때까지 버텨보자는 속셈들이었다. 무엇보다도 무너져가는 이 집을 그대로 두고 다른 좋은 집을 얻어 이사 갈 전세금이 없는 게 문제였다. 누구라도 이런 집으로 이사 올 사람이 없으니 전세금을 뺄 수도 없는 노릇이었다. 그렇다고 전세금을 빼주며 어서 이사 가시오 하는 맘씨 후한 집주인은 아무도 없었다.

집주인들은 재개발을 바라보고 몇 채씩 사놓은 이 낡은 건물에 세입자들을 들였으니 오직 투자만이 목적이었다. 세입자들은 늘 낡을 대로 낡은 주택에 몸을 의지하고 살며 재개발이 될 때까지만 집주인의 낡은 집 재산을 지켜주는 충직한 개에 불과했다. 다른 곳으로 갈 수 없으니 그저 죽으면 죽고 살면 살지 하는 마음으로 버티고 있었다. 귀하고 천한 목숨이 따로 있는 게 아니나 주머니가 두둑한지 얇은지로 인간을 귀하고 천한 목숨으로 편 가르는 세상이다 보니 그냥 천한 목숨인 척들 살아가고 있었다.

이곳으로 이사 온 다음 날 아침이있다. 잠에서 깨어 눈을 뜨자 안방 천장이 흠뻑 젖어 창문 밑으로 빗물이 흘러내리고 있는 것이 눈에 들어왔다. 빗물에 젖은 벽지가 금방이라도 찢어질 지경으로 들떠 있었다. 나는 걱정이 되어 거실로 나가보았다. 창밖에는 비가 억수로 쏟아지고 있었다. 지난밤 빗소리가 났을 법도 한데 듣지 못한 것은 이사를 하느라 피곤해서 깊은 잠에 빠졌다는 것을 알았다. 거실과 주방으로 이어지는 곳에도 빗물이 벽을 타고 줄줄 흘러내렸다. 빗물이 스며들어 집 안을 장악할 기세였다. 베란다에서도 빗물 떨어지는 소리가 요란했다. 집 곳곳이 숭숭 뚫려 온통 빗물이 새고 있었다. 어디를 먼저 살펴야 할지 알 수가 없었다. 그 후로도 비가 오는 날이면 창문 위로 빗물이 줄줄 흘러 내려와 방바닥까지 젖어들었다. 나는 세숫대야를 가져다 빗물이 새는 곳에 받쳐놓고 일어서다가 이상한 걸 발견했다. 베란다 천장 갈라진 틈새를 비집고 옥상에서부터 돋아난 바랭이 풀이 내 방 창문이 있는 곳까지 기어 내려와 흔들거리고 있었다. 베란다 천장 빗물이 흘러내리는 곳에 목 매달린 듯이 거꾸로 매달린 채 자라나고 있는 바랭이 풀이었다. 하늘을 향해서가 아닌 거꾸로 매달린 채 자라고 있는 그 모양새가 볼수록 머리를 풀어헤치고 목을 매단 주검처럼 기묘했다.

풀은 여름 한철에는 물구나무서듯 거꾸로 매달린 불편한 자세와는 달리 제법 푸른 녹색을 띠고 자라났다. 베란다 천장 갈라진 틈새에 뿌리를 내렸으니 그 두꺼운 시멘트 천장을 뚫고 옥상으로 기어올라 하늘을 향해 뻗어 오른다는 것은 불가능한 일이었다. 바랭이 풀은 하늘로 올라갈 줄을 모르고 천장에 내린 뿌리에서 거꾸로 매달린 채 줄기를 아래로 치렁치렁 늘어뜨리고 내려와 내 방 창문을 들여다보고 있었다. 집 안으로 침입한 사람이 아닌 유일한 생명이었다. 나는 자신을 제외한 또 다른 살아 있는 생명이 옆에 있다는 것이 어쩐지 친구를 하나 얻은 기분이 들었다. 바랭이 풀은 시멘트 틈새로 흘러든 빗물에 젖어 싱싱하기까지 했다. 잎사귀 군데군데 영롱한 빗물을 방울방울 달고 나를 내려다보고 있었다. 하늘에서 급히 내려오느라 송골송골 땀방울을 얼굴에 달고 나를 바라보는 푸른 천사 같았다.

옥상으로 올라가는 문이 없으니 어떻게 그곳까지 올라갔는지 내가 직접 올라가 살펴볼 수는 없는 형편이었다. 어쩌다 옥상에 올라가려면 몇만 원 돈을 지불하고 기다란 사다리를 빌려와야만 했다. 내가 이사 온 후 일부러 사다리를 빌려와 옥상에 올라가는 사람을 발견하지 못했다. 그만한 돈을 지불하고 옥상에 올라가 주변을 내려다보고 감상하는 호화를 누릴 사람은 아무도 없었다. 아래층이나 위층이나 하루 벌어 하루 먹고 사는 막노동 일을 하거나 주변의 작은 하청 공장에 나가 일을 하는 사람들뿐이었다. 혹은 노래방에 나가느라 낮에는 부스스한 얼굴로 계단에서 몇 번 부딪친 아래층 남자가 고작이었다. 그런 사람들이 옥상에 올라가 바람을 쏘이거나 전망을 감상하기 위해 돈을 지불하고 사다리를 빌려올 사람이 누가 있겠는가 싶었다.

나는 가끔 칙칙하고 어두운 집 안에서 바깥바람이 쏘이고 싶어 옥상에 올라갈 수 있는 문이 있었으면 하는 바람을 가져보았으나 마음뿐이었다. 나 또한 옥상으로 올라가는 문을 만들기 위해 시멘트 벽을 깨부수기라도 할 수는 없었다. 아무리 생각해도 하늘을 바라볼 수 있는 통로가 없는 집 옥상에 누가 일부러 올라가 바랭이 풀을 심었을 리는 없었다. 더구나 풀을 심을 목적으로 사다리를 빌려다 흙을 퍼 올렸을 손은 더더욱 없을 터였다.

변두리 도시를 배회하던 먼지들이 갈 곳을 찾지 못하고 방황하다가 날아와 쌓인 옥상에 먼지와 함께 날아온 바랭이 씨앗이 싹을 틔운 것이 분명하리라. 바랭이 풀은 흙만 있는 곳이면 가리지 않고 싹을 틔우고 자라나는 강인한 생명력을 가진 식물이었다. 아니 시멘트도 뚫고 뿌리를 내려 푸른 잎을 틔우며 자라는 풀이었다. 밟아도 뭉개도 줄기를 토막토막 잘라버려도 죽지 않고 매듭마다 억센 뿌리를 더욱 세차게 뻗어나가며 자라나는 강인한 성질을 가진 풀이었다. 그렇더라도 흙이 없는 옥상에 먼지 흙 한 움큼 겨우 쌓인 곳에 뿌리를 내린 바랭이 풀은 오래가지 못했다. 봄부터 여름까지 한동안 왕성한 생명력을 자랑하며 창문 아래까지 푸르게 자라나더니 언젠가부터 자고 나면 몇 잎사귀씩 누렇게 변해갔다. 누렇게 된 잎사귀는 사나흘 후에는 허옇게 말라가기 시작했다. 흙이 없는 옥상 시멘트 바닥에 더 이상 뿌리를 내릴 수 없음은 당연한 일이었다.

나는 풀을 바라볼 때마다 죽어가는 가족이나 친구를 보는 듯 안타까운 마음이 들었다. 물뿌리개를 들고 가 천장을 향해 팔을 높이 쳐들고 물을 뿌려보았지만 그 뿌리까지 닿는지는 알 수가 없었다. 하필이면 베란다 천장 금이 간 틈새를 비집고 옥상 시멘트에 뿌리를 내린 것일까. 왜 하필이면. 안타까운 마음으로 풀뿌리를 향해 고개를 쳐들고 물뿌리개를 높이 들어 뿌려보아도 물줄기는 겨우 잎사귀나 줄기에 가닿을 뿐 다시 떨어져 내렸다. 물뿌리개를 빠져나간 물줄기는 베란다 천장 시멘트를 뚫고 풀뿌리까지 가닿지는 못했다. 나중에는 의자를 갖다놓고 올라서서 갈라진 틈새를 향해 물뿌리개를 쳐들고 뿌려보았다. 마찬가지였다. 자고 나면 바랭이 풀은 목 매달고 있는 시신처럼 점점 누렇게 죽어가는 잎이 늘어났다.

그날도 여전히 바랭이 풀에다 물을 뿌려주고는 거실에서 작업을 하고 있었다. 어린이를 모집하려는 광고지를 만들고 먹고살 궁리를 하는 중이었다.

"푸다닥! 푸다닥! 탁탁탁."

주방 뒤 보일러실 쪽에서 이상한 소리가 들려왔다. 나는 놀란 가슴으로 뒤를 돌아보았다. 소리는 다시 조용해졌다. 푸다닥 소리는 다시 들려왔다. 그 소리는 커졌다가 작아지기를 반복했다. 도대체 나 혼자만이 존재하는 닫힌 이 공간에 어떤 침입자가 들어와 소리를 내고 있는 것인가? 퍼뜩 머리를 스쳐가는 생각이 공포를 몰고 왔다. 가스 배관을 타고 3층까지 올라온 도둑놈? 분명히 보일러실 베란다 창을 열고 들어왔다는 생각이 들었다. 나는 공포에 사로잡혔다. 긴장감이 온몸을 휘감았다. 아무래도 소리는 주방 뒤 보일러실 쪽에서 들려오는 게 분명했다. 나는 다리가 후들거렸으나 긴장을 풀지 않고 가만가만 그쪽으로 가보았다. 어떤 도둑이 창을 넘어온 게 분명하다는 생각이 들면서도 그냥 있을 수만도 없었다. 두려움과 공포가 밀려왔다. 그래도 확인하지 않고는 불안하여 집 안에 가만히 있을 수가 없었다.

다시 푸다닥 소리가 더 크게 들려왔다. 머리끝이 쭈뼛 섰다. 여전히 쿵쿵 푸다닥 소리가 요란했다. 도대체 무슨 소리인지 궁금해서 견딜 수 없었다. 떨리는 심장을 진정시키며 주방 쪽으로 조심스레 한 발 한 발 다가가 보았다. 문 앞에 이르러서는 잠시 망설였다. 떨리는 손으로 조심스럽게 문고리를 잡았다. 문고리를 세게 쥐고 슬며시 돌려 문짝을 뒤로 확 밀쳐보았다. 동시에 보일러가 있는 쪽으로 휙 고개를 돌려보았다.

나는 눈을 의심했다. 주먹만 한 잿빛 작은 물체가 이마로 창문을 들이받으며 필사적으로 날개를 파닥이고 있었다. 나는 헛것을 보는 양 한참이나 그냥 바라만 보았다.

"어떻게 새가 날아들었을까?"

나는 잠시 시간이 흐른 후에야 혼잣말을 중얼거렸다. 긴장감이 반가움과 함께 스르르 녹아내리는 듯 했다.

"아니, 새가 날아들다니. 도대체 창문도 다 닫혔는데 어디로 날아들었을까?"

나는 보일러실 베란다를 휘휘 둘러보았다. 잿빛 작은 새는 여전히 머리로 창문을 들이받으며 나가려고 파닥파닥 몸부림을 치고 있었다. 두리번거리던 끝에 문득 눈이 머문 곳이 있었다. 새가 들어왔을 만한 곳을 발견하고는 픽 웃음이 나왔다. 보일러 굴뚝을 밖으로 내느라 창문을 조금 깨고 뚫어놓은 작은 구멍이 눈에 들어왔다. 굴뚝 모양보다 한쪽이 더 깨져 있었다. 굴뚝 옆으로 갓난아이 주먹만 한 작은 구멍에 삼각형 모양의 푸른 하늘이 들어와 빼꼼이 들여다보고 있었다. 그토록 작은 삼각형 조각 하늘을 따라서 새가 안으로 날아들었다는 것이 신기하기만 했다.

"참!"

넓은 하늘 다 놔두고 조각난 삼각형 하늘을 따라 날아든 놈을 보자 웃음이 절로 나왔다. 나는 순간 놈이 나를 찾아온 친구 같기도 하고 천사가 아닐까 생각되었다. 절대로 내보내지 말고 함께 살아야겠다는 생각이 들었다.

"신기하기도 해라. 저렇게 작은 곳으로 네가 들어왔단 말이야? 그 넓은 하늘 다 놔두고 저렇게 작은 삼각형 조각 하늘을 따라 내게로 들어왔다니. 반갑다. 정말 반갑다."

나는 작은 삼각형 구멍을 알아보고 날아 들어온 새의 시력이 신기하게만 여겨졌다. 반가워하는 내 마음과는 달리 새는 자꾸만 밝은 빛 쪽으로 날아올라 창문에 이마를 부딪치고 떨어지다가 다시 파닥거리며 날아오르기를 반복하였다. 새가 노력하는 것과는 달리 닫힌 창문으로의 탈출은 가망이 없었다. 새가 하는 양을 보고 있으려니 이마가 얼마나 아플까 안타까우면서도 내가 살고 있는 공간 안에 나 아닌 다른 생명체가 함께 있다는 사실로 마음이 따뜻해짐을 느꼈다. 나 말고도 나와 같이 숨을 쉬고 소리를 낼 수 있는 또 다른 살아 있는 생명체가 함께 있다는 사실이 그렇게도 반갑고 좋을 수가 없었다. 그 생명체는 큰 위안이 되었다. 이러한 내 마음과는 달리 새는 안간힘을 쓰며 그 작은 머리로 창문을 들이받으며 필사적으로 나가려고 몸부림을 쳤다.

이 앙증맞은 생명이 나가버리면? 섭섭해서 내보낼 수가 없다는 생각이 들었다. 녀석을 밖으로 내보내면 안 될 것 같았다. 무의식으로부터 새를 잡아두고 싶어 하는 마음이 강하게 느껴졌다. 나는 그 힘에 이끌려 새가 하는 양을 바라보았다. 아니 새를 집 안으로 데리고 가야겠다는 결심을 했다. 몇 번을 파닥거리던 새는 베란다 창문을 뚫을 수 없음을 포기했는지 방향을 틀어 주방 쪽으로 날아갔다. 나는 얼른 새가 가는 대로 따라가보았다. 새는 주방에서 다시 작은 방으로 날아들었다. 녀석은 작은방을 두어 바퀴 휙휙 빠르게 날더니 자신이 찾는 길이 없음을 확인하고는 작은방에서 다시 나오더니 또 다시 큰방으로 날아들었다. 나는 고개를 쳐들고 새가 날아가는 곳을 졸졸 따라다녔다. 이 앙증맞고 귀여운 생명체인 새를 가족으로 받아 들이고 싶었다. 새를 따라 다시 큰방으로 가보았다. 새는 큰방에서 도 파닥거리며 미친 듯이 몇 바퀴를 돌았다. 삼각형 하늘을 따라 들 어와 보니 갑자기 하늘이 없어진 걸 알고 당황하는 것이 분명했다. 하늘이 없어진 이 낯선 공간을 당황해할 뿐만 아니라 못 견뎌 하고 있었다.

어떻게 할 것인가. 이 귀여운 생명을 내보낼 것인가 아니면 함께 살 것인가. 머릿속으로 고민이 되었다. 나만의 공간에다 가둬두고 생명이 있는 것으로부터 들려오는 소리를 듣고 싶었다. 나는 자신에 게 묻고 또 물어보았다. 저 녀석을 어떻게 할까. 마음은 여러 갈래로 분해되어 서로 자신의 뜻을 주장하고 있었다.

"잡아둬라 잡아둬, 이런 기회가 자주 오는 게 아니잖니. 어쩌면 일 생에 단 한 번뿐일지도 몰라."

내 고민과는 달리 새는 온 힘으로 그 작은 날개에서 쉭쉭 바람을 일으키며 이리저리 날아다녔다.

"아니야, 내보내야 돼. 불쌍하니까, 이곳에 오래 뒀다가는 앙증맞 은 저 새는 얼마 못 가서 죽고 말 거야."

새가 일으키는 바람소리처럼 내 마음속에서도 갈등이 요동을 쳤 다.

"때 맞춰서 모이를 주면 돼, 그럼 이 공간에 너 혼자가 아니라 숨 쉬고 소리를 내는 생명체가 둘이 있을 수 있잖아. 신이 너에게 보내준 선물인지도 몰라."

나는 문득 새에게 말하고 싶어졌다. 그러면 새가 알아듣고 나와 같이 살고 싶어 할지 모르겠다는 생각이 들었다.

"너는 외로움이 뭔지 알겠어? 어둔 밤 갑자기 위경련이 났을 때 시커먼 어둠만이 가득 차 있는 것이 무서워 일어서서 불을 켜야 하는데 그럴 힘도 없는 위급한 외로움이 어떤 건지. 열이 펄펄 끓고 입안이 타 들어가는데 물 한 모금 떠다줄 사람 아무도 없는 죽음 같은 고요만 고여 있는 집 안에 홀로 누워 있다는 사실에 치를 떨어야 하는 외로움이 뭔지. 늘 통증에 시달리며 아픈 몸으로 이 전쟁터 세상에서 혼자 살아가는 어려움을 너는 알겠어?"

새는 내 말을 듣는지 마는지 창밖으로 나가려고만 푸다닥거렸다.

"제발, 나가지 말고 같이 살자. 너라도 있으면 훨씬 낫겠어."

아무래도 모이를 주는 게 낫겠다 싶었다. 나는 얼른 쌀통이 있는 데로 가 쌀을 조금 담아 들고 새에게로 걸어갔다. 새는 내가 가까이 가자 더욱 놀라서 날개가 찢어질 듯 천장으로 날아가 파닥거렸다. 베란다 천장에 부슬거리는 곰팡이 가루가 바닥으로 우수수 떨어져 내렸다. 나는 쌀이 담긴 그릇을 창틀에 올려놓고 조금 떨어져 바라보았다. 제발 이 집에서 같이 살자고 새를 향해 말해보았다.

새라도 함께 있으면 외출에서 밤늦게 돌아왔을 때, 불도 없는 컴컴한 계단을 공포에 질려 올라가 열쇠 구멍에 열쇠를 꽂으려고 한참

씩이나 더듬거리며 진땀을 빼는 그 순간에, 그래도 집 안에 새가 있다는 생각에 조금은 위안이 될 것 같았다. 겨우 현관문을 열었지만 시커먼 어둠만이 가득 찬 집 안으로 선뜻 들어설 용기가 나지 않아 겁을 먹고 망설이는 마음을, 어둠만이 가득한 밖의 계단 어디선가 시커먼 손이 나타나 뒷덜미를 잡아당길 것 같아서 계단에 도사린 어둠을 떨치듯 집 안의 어둠 속으로 얼른 들어서며 더듬더듬 전기 스위치를 찾는 겁에 질린 그 순간을, 집 안에 들어 있던 강도가 내 목을 조이고 입을 틀어막으며 칼을 들이댈 것만 같은 불이 켜지기까지의 그 짧은 순간에 느끼는 어둠 속 두려움을 너는 알 수 있느냐고 중얼거리며 새를 바라보았다. 새는 내 말은 듣는지 마는지 여전히 겁에 질려 파닥거리며 어지럽게 날아다녔다.

내 속에서는 새를 향해 묻고 답하는 소리가 계속되었다. 새는 큰방에서 몇 번의 날갯짓으로 배회하다가 앞쪽 베란다를 향해 쏜살같이 날아가더니 유리창에다 머리를 힘껏 들이받았다. 놈은 시력이 몇이나 될까. 보일러 연통 옆 좁은 구멍에 들어온 삼각형 조각 하늘은 볼 수 있어 따라 들어왔으나 몇 배나 넓은 유리창은 볼 수 없는 모양이었다. 녀석은 너무 세게 날아가 부딪친 까닭에 그만 바닥으로 툭 떨어졌다. 녀석은 바닥에 발이 닿으려는 순간 어지러움을 느꼈는지 휘청거리다가 얼른 자세를 수습하고는 다시 날아올랐다. 나는 또 새를 따라 베란다에 가 지켜보고 서 있었다. 새는 또 인기척을 느꼈는지 방충망을 향해 몇 번이나 힘차게 돌진했다. 머리가 터지든지 말든지 필사적으로 온 힘을 다해 유리창에 머리를 들이받으며 탈출을 시도했다. 방충망을 통해 쏟아져 들어오는 바깥 하늘을 향해 녀석은 자꾸만 날개를 파닥이며 반복해서 날아올랐다. 새는 역시 방충망을 뚫고 장애물을 넘어 푸른 하늘로 날아가지 못했다. 나는 녀석이 방충망에 머리를 부딪칠 때마다 내 가슴이 쿵쿵 부딪치는 듯한 아픔이 느껴졌다. 얼마나 어지럽고 아플까 안타깝기만 했다. 방충망을 확 밀어젖히고 새를 날려 보내고 싶은 마음이 몇 번이나 충동적으로 일어났으나 새와 함께 있고 싶다는 또 다른 마음이 서로 싸우고 갈등하고 있었다. 새는 몇 번이고 여지없이 방충망에 이마를 부딪치고는 뒤로 퉁겨졌다 다시 날아 올랐다를 반복했다.

나는 등단을 하고 나서도 여전히 글을 써서는 먹고살 형편이 못 되었다. 원고 청탁은커녕 문단에서 내 존재 자체가 없는 것과 같은 유령작가의 존재가치에 불과했다. 나이 들어 뒤늦게 등단했다는 것, 아픈 몸으로 돈도 없이 문단 생활을 하기에는 어디에서도 환영받지 못할 조건이었다. 입에 풀칠을 하기 위해서는 무언가 다른 일을 하지 않으면 안 되었다. 건강이 좋지 못한 나로서는 늘 직장을 제대로 구할 수도 없었다. 교통사고 후유증으로 늘 통증에 시달리고 있는 아픈 몸이 감당할 만한 맞는 일을 찾아야만 했다.

어느 날 직장을 구하려고 서울 시내를 지나다가 나는 문득 이 도시에서 한 뼘은커녕 내 이름으로 된 손톱만 한 땅도 없다는 생각이 들어 발을 우뚝 멈췄다. 내가 서 있는 자리에서 꼼짝을 할 수 없었다. 모두가 남의 땅이었다. 콩알만큼은커녕 아니 쌀알 크기의 땅도 갖지 못했다는 생각이 들었다. 내가 걸어 다니는 곳, 서 있는 곳, 눕고 자는 곳도 모두가 남의 땅이었다. 깨끔발을 딛고 다녀도 내 발은 남의 땅만 밟고 다니는 빚쟁이라는 생각을 하자 갑자기 내가 서 있을 곳이 없어진 것 같아 내 몸이 쓰러질 듯 흔들거렸다. 아니 내 발밑이 갑자기 푹 꺼져버리고 없어져버린 느낌이 들었다. 그 누군가가 지나다니는 땅값을 내라고 한다면 나는 아마 이 땅을 떠나야 할 것 같았다. 땅만 없는 것이 아니라 낼 돈도 없기 때문이었다. 밟고 다니는 땅값을 안 받으니 그만도 다행이지 싶었다.

"밀린 집세는 도대체 언제 줄 셈이에요? 못 주겠으면 집을 비우세요."

집주인의 전화가 걸려왔다. 집세가 밀린 지 몇 달째였다. 집주인은 집세를 못 줄 거면 집을 비워달라고 했다. 오늘도 집주인 여자는 성마르게 재촉을 해왔다. 주인 여자만 나무랄 수도 없는 노릇이었다. 월세 보증금은 다 까먹은 지 오래고 몇 달째 집세를 밀렸으니 재촉하는 건 당연한 일이었다. 나는 신청해놓은 문학창작지원금을 생각하며 조금만 더 기다려달라고 사정했다.

일 년 비정규직에서도 잘린 후 출근할 필요가 없어진 나는 갑자기 세상에서 가장 게으름뱅이가 되었다. 한 달째 늦잠을 즐기며 침잠하고 있었다. 아니 즐긴다기보다는 모든 것이 정지되어버린 두꺼운 껍데기 속에서 무기력과 무료함을 호흡하고 있었다. 껍데기 밖에서는 온갖 살아 있는 것들이 소리와 움직임으로 분주했다.

골목을 지나가는 생선장수 소리, 고물장수의 외침, 아이들의 떠드는 소리, 지나가는 행인들의 말소리, 발자국 소리, 차들의 빵빵거리는 소리, 누군가 고함을 지르는 소리들이 창문 틈새로 스며 들어왔다. 그 소리들을 통하여서만 나는 살아 있음을 확인하며 밖의 풍경을 감지하고 있었다. 나는 정오가 가까워오는 시각까지도 그런 살아 있는 것들과는 무관한 채 방 안에서만 뒹굴었다. 아니 작품다운 작품을 쓰고 싶어 부스럭거리고 있었다. 내부로부터 흘러나오는 내 숨소리 외에 살아 있는 것이란 창가에 앉아 있는 새와 바랭이 풀뿐이었다. 적막함을 헤엄치며 부유하던 나는 내 몸속에서 나오는 쪼르륵 소리를 들었다. 그것은 바깥에서 들려오는 소리와는 다른 강력한 호소력을 가지고 있어서 더 이상은 버틸 수가 없었다.

나는 적막감을 부유하듯 일어나 아침 겸 점심을 먹으며 텔레비전 화면에 시선을 보냈다. 가느다란 전선을 통해 살아 있는 세상을 내게로 전달해주는 유일한 통로에 대해 고마워하며 화면에 시선을 보냈다. 순간 아나운서의 입이 움직였던 그 자리에는 벌써 다른 화면이 들어차 있었다. 검은 테를 두른 사진과 그녀의 죽음을 알리는 아나운서의 말소리는 동시에 화면에 나타났다. 나는 한 숟갈 입에 넣고 우물거리던 밥을 그대로 문 채 넋을 잃고 말았다. 그녀가 죽다니. 그것도 먹을 것이 넘쳐나는 이 세대에 굶어서 죽었다는 보도였다. 그녀도 아픈 몸으로 힘들게 글을 쓰는 가난한 작가였다. 헌데 30대 초반의 젊은 그녀가 굶어죽었다는 뉴스다.

그녀가 쓴 마지막 글이 세상에 공개되었다. 그녀가 집주인에게 주는 마지막 친필이었다. '쌀과 김치를 조금만 더 주셨으면 해서요. 미안합니다.' 그녀의 글을 읽는 사람들은 어떤 말들을 주고받을까. 그저 이름 없이 묻혀 있던 재주 있는 신인 작가 한 명이 죽어간 따위가 뭐 그리 대수냐고. 그녀를 아는 주변의 몇몇 사람들만이 이 나라 문단에서는 아까운 재주꾼 하나 놓치고 말았다고 몇 번의 한숨과 몇 방울 눈물을 흘리다가 잊어갈 것이다. 가슴이 아프다.

나는 또 어떠한가. 곧 쓰러질 것 같은 낡고 허름한 집에서 아픈 몸으로 환자와 보호자를 겸해야 하는 삶을 홀로 감당하고 있다. 대부분의 사람들 생각에 의하면, 이 정도 나이쯤 노처녀라면 깔끔한 오피스텔이나 30여 평의 아파트에 승용차 한 대쯤은 갖고 있을 거라는 짐작을 할 것이다. 하지만 낡아빠진 중고 승용차는커녕 길거리에서 거저 주는 핸드폰도 없다. 마치 유령이라도 튀어나올 음산한 분위기가 감도는 칙칙하고 퀴퀴한 냄새를 맡으며 30여 개 계단을 올라가야 하는 막다른 3층 연립주택. 옥상으로 올라가는 문조차 없는, 더 이상 올라갈 곳이 없는 막다른 낡은 건물에서 살고 있는 나 또한 그녀와 별다를 게 없는 푸른 하늘을 볼 수 없이 막힌 현실이 아니던가. 그녀의 죽음은 곧 나의 죽음이라는 생각이 밀려왔다.

나 또한 문단에 발을 늘여놓고노 세월이 많이 흘렀으니 작품으로는 하루 세 끼니 밥은커녕 죽도 먹을 수 없는 실정이었다. 통증과 싸우며 글을 쓰는 것조차도 마음껏 하지 못했다. 글을 쓰는 것 외에 다른 일을 해야 하고 그것이 곧 나에게 밥을 주는 일이었다.

나는 제발 지원금을 주겠다는 통지서가 와 있기를 간절히 바라며 1층 현관까지 겨우 걸어 내려갔다. 밥을 먹지 못해 후둘거리고 떨리는 몸으로 난간을 붙잡고 겨우 지탱하며 계단을 한 칸 한 칸 내딛었다. 처음 이사 오던 때처럼 계단 곳곳에서는 여전히 퀴퀴한 냄새가 코를 찔렀다. 누군가 똥이라도 싸놓은 듯 구린내가 진동을 한다. 그 냄새를 맡지 않으려고 숨을 밖으로만 내쉬고 들이쉴 때는 코를 막았다. 그래도 콧속으로 스며드는 냄새를 거부할 수 없었다. 한 손으로는 난간을 잡고 계단을 내려다본다. 계단이 거꾸로 서서 심하게 요동을 한다. 내 몸이 계단 아래로 흘러내리는 듯 어지럽다.

나는 계단 난간을 두 손으로 꼭 그러잡았다. 그러고 보니 며칠째 음식을 입에 대지 못했다. 한기가 몰려와 온몸이 떨린다. 오뉴월 삼복더위에 몸이 이리도 떨리다니. 1층까지 내려가는 동안 군데군데 심하게 균열이 간 틈새 주변으로 얼룩진 벽이 시야에 잡혀온다. 쩍 쩍 갈라진 벽의 균열이 거꾸로 매달린 여러 마리의 구렁이처럼 꿈틀 꿈틀 기어 내려오는 것만 같다. 그 굵은 몸집을 움직여 천장 꼭대기에서부터 혀를 널름거리며 내려오는 환영이 눈앞에서 어른거린다. 이사 오기 전부터도 너덜거리던 천장의 베니어 합판은 여전히 반쯤 떨어진 채 흔들리고 있다. 이곳에 살고 있는 사람들은 아름다움과는 원수라도 진 듯 이 어지러운 환경을 아무도 고쳐볼 생각조차 하지 않는다. 천장에 너덜거리는 베니어 합판은 금방이라도 내 머리 위로 우수수 쏟아져 내릴 기세다. 쓰러지려는 내 몸을 닮아 있다는 마음이 든다.

계단을 따라 내려가 우편함을 쳐다본다. 나에게 배달된 우편물이 없다. 올 때가 되었는데 이상하다. 이번에도 지원금 선정에서 제외되었나 보다. 몸속에서 힘이 쫘악 빠져나가는 소리가 들린다.

엊그제 우편함 앞에 붙여놓았던 어린이 모집 광고지가 떨어져 아무렇게나 뒹굴고 있다. 자세히 보니 누군가의 손이 낳았던 흔적이 느껴진다. 눈에 익은 글씨가 발자국으로 짓뭉개지고 구겨진 채 팽개쳐져 있다. 바람이 불어와 광고지를 마구 흔들어댄다. 흙투성이가 된 광고 문안들이 파들파들 떨린다.

나는 허리를 굽히고 그것을 집어 든다. 누구인지 흙발로 야무지게 짓밟아놓았다. 견디지 못한 광고지가 갈래갈래 찢어져 있다. 누구의 짓일까. 머릿속으로 헤아려본다. 날마다 피자 광고지를 붙이러 오는 피자 집 소년일까? 아니면 다른 누구일까? 한동안 머릿속을 어지럽히던 얼굴들이 한곳으로 고정이 된다. 분명히 그 아이가 그랬을 거라는 짐작이 간다. 영악스러운 아이의 얼굴이 스쳐간다. 못된 것. 속으로 중얼거리며 들고 간 새 광고지를 우편함 밑에 다시 붙인다.

옆집에 사는 여자아이는 내가 이 연립주택으로 이사 온 후 현관에 붙인 광고지를 뜯어 찢다가 들킨 적이 여러 번 있었다. 내가 붙여놓기만 하면 기다렸다는 듯이 찢어버린다. 아이 엄마는 하청공장에 나가 밤늦게야 집으로 돌아온다. 아이는 무료한 하루를 집 주변에서 심술을 부리면서 보낸다.

나는 다시 계단을 걸어 올라와 내가 사는 집 현관문 앞에도 광고지 한 장을 더 붙인다. 이런 허름한 연립주택에 누가 일부러 찾아와 내가 붙여놓은 어린이 모집 광고지를 들여다볼까 싶다. 하지만 이렇게라도 하지 않으면 살아 있음을 느낄 수가 없다.

새해 첫날부터 나는 어린이 모집 광고지를 붙이고 다녔다. 어떻게라도 생활비를 벌기 위해서였다. 바람이 세차게 불고 온도가 몹시도 내려간 유달리 심한 한파가 계속되는 날씨였다. 밖에 나온 지 얼마 지나지 않아서 손끝이 얼어붙었다. 장갑 속에 숨겨놓은 열 손가락은 차가운 밖의 날씨를 못 견뎌 했다. 코끝이 매캐하고 양 볼이 얼얼했다. 풀과 스카치테이프를 봉투에 담아 들고 골목마다 헤매고 다녔다. 전봇대와 게시판 마땅히 종이가 붙을 만한 곳에 열심히 모집 광고지를 붙였다. 울긋불긋한 한복 차림을 한 사람들이 가끔씩 지나갈 때야 나는 설날이구나, 기억해냈다. 즐거운 표정으로 세배를 가는 길이거나 갔다가 오는 무리들을 보며 설날인 것도 모르고 있는 내가 이방인 같게만 느껴졌다. 그러면서도 나는 광고를 보고 몰려올 아이들에 대한 기대감에 마음이 부풀었다.

"너무 많은 아이들이 오면 어떻게 하지? 내 시간을 활용할 여유를 남겨두어야 하는데. 돈만 벌려고 하진 않을 거야. 생활할 수 있을 만큼만 모집되면 거절하고 될 수 있는 한 많은 시간에 내 글을 써야지."

머릿속에서는 이러한 말들이 서로 대화를 나누었다. 나는 머릿속에 떠올라 있는 말들을 바라보며 만족한 미소를 지었다. 최소한 이삼십 명쯤은 모여올 거라는 확신이 들었다. 광고지를 붙이는 일로 한두 시간이 금방 지나갔다. 이곳저곳 골목을 걸어 다닌 다리가 뻣뻣해지고 허리에서부터 다리로 이어지는 통증이 심해졌다. 온몸이 꽁꽁 얼어붙었다. 나는 여러 날 동안 광고지 붙이는 일로 시간을 보낸 후 좋은 결과를 기다렸다.

새해 첫날이 지난 지 15일이 되도록 한곳에서도 전화는 걸려오지 않았다. 이 동네에는 눈을 삼고 나니는 사람들만 시는 것일까. 며칠이 지나도록 아무도 문의 전화를 걸어오지 않았다. 아니 꿈에 떡 얻어먹듯 어쩌다 한두 번 연락이 오기는 했다. 그들은 내가 사는 낡은 연립주택을 한번 찾아와 보고는 모두들 인상을 있는 대로 찌푸리며 수강료가 비싸다느니 괜한 트집을 잡고는 돌아간 후 그만이었다.

　신정을 쉰 지 얼마 지나지 않아서 그럴 거야. 새해 첫 달인 일월이 다 지날 때까지 기다려보자. 스스로에게 그렇게 들려주었다. 신정을 지내느라 돈을 너무 써버렸겠지. 제2의 금융위기라고까지 하는 지금 상여금도 제대로 받지 못한 사람들이 많을 텐데. 월급도 제대로 못 받았을 거야. 비정규직들이 추운 거리로 몰려나고 실업자가 훨씬 더 늘었다는 때인데. 위로가 될 만한 말들이 최대한으로 떠올라와 나 자신에게 들려주었다. 맞아. 나는 그러한 말들을 향해 대답해주었다.

　일월 한 달이 다 지나갔지만 아무도 문의를 해오지 않았다. 이월이면 정말 선화가 올 거야. 일월은 마음의 준비를 하느라 못 했겠지. 반 토막처럼 느껴지는 이월도 끝나갈 무렵 절망이 무겁게 내리눌렀다. 나는 그 무게에 온몸이 뭉개질 것만 같았다. 통장에는 일 년 치는커녕 반 년 치의 생활비도 없었다. 아니 겨우 한 달 치 생활비도 없었다. 몇만 원이 고작이었다. 나는 며칠에 한 번씩 광고지 붙이기를 반복했다. 내 목숨 줄을 이어갈 수 있기를 바라며.

　나는 계약직마저 해고를 당한 지 반 년이 넘도록 마땅한 일자리를 구하지 못했다. 날마다 벼룩시장 신문을 한 아름씩 들고 와 방바닥에 배를 깔고 엎드려 꼼꼼하게 읽었다. 빨간색 펜으로 일일이 표시해가며 전화도 걸어보았다. 몇 살이죠? 한결같이 나이가 많다고 한두 마디로 거절해버렸다. 벼룩시장 신문을 가져오기 위해 아침거리로 나가보면 발걸음을 빠르게 일터나 학교로 가는 사람들이 눈에 들어왔다. 나는 정보지를 안고 분주한 행렬 밖에서 흐느적거리며 통증으로 터질 것 같은 내 다리를 인해 고통스러워했다.

나는 유리관처럼 밀봉된 세상 밖에 홀로 서 있는 느낌이 들었다. 유리관으로 된 세상 안에서는 모두들 건강한 모습으로 분주하게 갈 길을 가고 있었다. 사람들이 떠드는 소리. 부르는 소리. 일하는 소리. 학교에 가느라 출근하느라 만원버스 안에서 시달리는 모습들. 모든 움직이는 모습들이 투명 유리를 통해 그대로 내 눈에 들어왔다. 나에겐 유리관 안으로 늘어갈 길이 없었다. 잃어버린 길을 찾아 내 눈은 정보지 위에서 헤매고 있었다.

사무직. 전화만 받아주고 월 80만 원 줌. 사무실은 서울시청 앞에 있었다. 잘 지어진 건물. 호화로운 내부 풍경. 어느 모로 보나 그럴 듯한 회사로 보였다.

"요즘 같은 팔십만 원 세대의 가뭄에 이만한 일자리라도 쉽지는 않을 거야. 웬 이런 복이 내게 왔는가."

엘리베이터가 11층을 지나갈 무렵 요란한 소리가 쏟아져 들어왔다. 엘리베이터 문이 12층에서 열리자, 그 소리의 진원지가 확실해졌다. 시장이나 어떤 집회장에서 들려오는 소리와 흡사했다. 분명히

12층이라고 했는데. 나는 혹시 잘못 찾아온 것이 아닐까. 주머니 안에서 메모지를 꺼내 읽었다. 1204호. 틀림없었나. 12층이 띠나갈 듯한 소리가 시끄럽게 들려왔다. 복도에는 몇몇 남자들이 서 있고 분주히 걸어가는 남자도 있었다.

"누구를 찾아오셨습니까?"

어리둥절한 얼굴로 서 있는 나에게 육십은 되었음직한 남자가 다가오며 친절하게 물었다. 남자의 안내를 받아 사무실로 들어섰다. 문이 열리자 모든 눈들이 내게로 쏠렸다. 사무실은 12층 전체가 열린 공간 구조를 띠고 있었다. 이력서를 내고 면접을 보고 그러나 종일 있어도 일거리를 주지 않았다. 다음 날도 또 그 다음 날도. 누가 무슨 상을 타고 얼마의 실적을 했다는 박수 소리만 요란했다. 나는 그들의 박수 소리를 나와는 상관없는 듯 아스라이 들리는 듯 앉아 있었다. 며칠 간 하루하루가 그렇게 무의미하게 지나갔다.

"무슨 일을 하라는 거예요?"

팀장이라는 사내에게 물어보았다.

"일을 해야지요. 그냥 출근만 한다고 되겠습니끼?"

팀장이라는 사내가 어물어물 말했다.

"사무직이라고 하셨지 않습니까?"

"그렇죠. 물건을 판매하지 않고 어떻게 일이 되겠습니까?"

결국 한 달여 출근하느라 교통비와 시간과 에너지만 낭비한 꼴이 되었다. 일자리를 찾아 헤맨 지 몇 달이었다. 차라리 아이들을 집에서 지도하기로 결심하고 모집에 나섰다.

오전 시간이다. 모두들 일터와 학교로 떠나가고 아파트는 조용하다. 열려 있는 아파트 안으로 들어가 우편물 함에 어린이 모집 광고지를 넣기로 했다. 현관마다 숫자판을 매단 유리문이 굳게 닫혀 있다. 삑삑삑. 비밀번호를 눌러야만 문이 열리는 아파트였다. 나는 어느 집 비밀번호도 알지 못했다. 모든 아파트가 1층 현관에서부터 비밀번호를 눌러야만 들어갈 수 있는 철통같은 감옥이다. 어쩐지 공동수인번호와 개인수인번호를 매단 감옥 속의 감옥처럼 보인다. 혹시나 현관문이 열려 있는 곳을 찾아 배회한다. 한 동에서 여자가 나온다. 그녀는 어쩌면 잠깐 외출증을 끊어 나오는 죄수 같다. 그녀는 마치 어항 속 물고기처럼 꼬리를 흔들며 자동으로 열리는 문을 통해 의기양양 걸어 나온다. 나는 열려 있는 아파트 문으로 슬금슬금 도둑처럼 다가간다. 수인번호를 갖지 못한 나는 감옥을 털려고 들어가는 범법자 같다. 감옥을 턴들 무엇을 얻을 것인가. 주위를 두리번거리고 본다. 나를 유심히 보는 사람은 없어 다행이다. 아니 혹시 경비가 쫓아와 나가라고 소리칠 것 같아 다리가 후들거린다.

다행히 열린 문 안으로 들어가 우편함으로 다가간다. 어린이 모집 광고지를 한 장씩 우편함에 넣는다. 누군가 쫓아오는 것 같아 마음이 두근거린다. 어느새 남자가 들어와 우편함에 들어 있는 광고지 한 장을 꺼낸다. 우편함에 넣고 나서 내 손의 체온이 채 가시기도 전이다. 방금 전에 내가 넣은 종이를 읽어보던 남자가 위압적으로 말한다.

"이런 거 여기다 함부로 넣으면 안 돼요. 관리사무실에 가서 허락

맡고 하세요."

남자는 한마디 톡 쏘아붙인다. 남자가 우편함에 꽂힌 굉고지들을 모조리 꺼내 구기더니 쓰레기통으로 휘익 던져버린다. 나는 그걸 보자 내 몸에 통증이 느껴진다.

"나가세요. 나가세요."

남자가 나를 쫓아낸다. 나는 마치 남의 집에 들어온 도둑 같다.

번호판도 유리문도 없는 연립주택 현관 앞은 여전히 지저분하다. 쓰레기가 아무렇게나 나뒹군다. 급히 우편함으로 시선을 보낸다. 오늘은 제발 그 우편물이 와 있기를 바라며 우편함을 쳐다본다. 희고 기다란 봉투가 꽂혀 있다. 눈이 부시다. 가슴이 두근거린다. 얼른 우편물 봉투를 집어 든다. 손가락이 가늘게 떨린다. 그 진동이 어깨를 지나 가슴까지 전해진다. 내용이 궁금해 마음에 조급증이 인다. 집으로 들어가 읽기에는 내용에 대한 궁금증이 밀고 나온다. 계단을 올라가기 전에 현관에 선 채 밀봉된 부분에 손톱을 세워 뜯기 시작한다. 얌전하게 안에 들어 있던 내용물이 끌려나온다. 내용물을 펼치는 손가락이 심하게 떨린다. 내용물도 함께 나풀거린다.

'한국문학창작특별자금을 교부받아 우리 원에서 추진되고 있는 동 사업에 귀하께서 신청하신 작품이 본 사업 운영위원회와 지원심의위원회의 심의결과 지원 대상으로 선정되지 못하였음을 알려드리게 되어 유감스럽게 생각하오며 많은 이해 있으시기 바랍니다.' 글씨는 단정하고 가지런하게 씌어 있다. 기대로 부풀었던 가슴속에서

픽 바람 빠지는 소리가 들린다. 몸이 휘청거린다. 까마득 깊은 아래로 가라앉는 것을 느낀다. 툭! 내 생명줄이 끊어지는 소리가 들린다. 이제 마지막 가느다란 희망마저도 끊어지고 암전이 되었다. 우편물을 든 채 후들거리는 다리로 계단을 딛고 올라선다. 눈앞이 아득하다.

마지막 남은 가느다란 힘이 마음 밑바닥으로부터 발끝을 들고 겨우겨우 일어서기 시작한다. 변변한 작품 하나 남기지 못하고 말았다는 절망감이었다. 발끝을 쳐든 그것은 깊숙한 내부로부터 비틀거리며 솟아올라왔다. 몸에 비늘처럼 붙어 있던 절망이 서서히 삭아내려 몸피로부터 떨어져나가는 것이 눈에 들어온다. 끈덕지게 붙어 있던 절망이 내 몸피로부터 완전히 떨어져나가고 있었다. 텅 빈 몸속에서 작은 날개의 떨림이 파드득거렸다. 날갯짓이 서서히 줄어들고 있었다. 이제 나무 등걸 같은 내 몸뚱이만 뒹굴 것이다.

냉장고 문을 연다. 텅 빈 냉장고. 쌀통을 열어본다. 열림을 누를 때 내려오지 못한 쌀 몇 톨이 고개를 든다. 쌀통을 흔들고 두어 번 친 후에 열림을 누른다. 또르르 소리를 지르며 대여섯 개의 쌀알이 통 밖으로 굴러 내린다. 쌀통 밑으로 한 주먹도 안 되는 쌀이 떨어져 있다. 그것을 새 밥그릇에 담는다. 새에게도 한 끼 식사거리조차 부족하겠다. 이제 새에게 줄 더 이상의 먹이가 없다.

내일부터는 새도 굶어야 할 것이다. 새를 굶주려 죽게 할 수는 없다. 모이를 가지고 나가자 베란다 천장 바랭이 풀에 앉아 있던 새가 놀라서 푸드덕 날아오른다. 나와 지낸 지도 꽤 여러 날이 지났으니 지금쯤 나와 친해질 만도 하건만 새는 반항이라도 하듯 푸드득 소리가 요란하게 천장을 향해 날아오르고 만다. 바랭이 풀잎은 이제보다도 더 누렇게 말라 있다. 새가 앉았다 날아가자 누렇게 변한 바랭이 풀잎이 심하게 바스락거리며 흔들린다. 누렇게 말라버린 잎사귀가 금방이라도 바스러질 것 같다. 쌀알이 담긴 그릇을 높이 쳐들고 새에게 가까이 다가간다. 쌀이 들어 있는 그릇을 창틀에 올려놓고 들어와 동정을 살펴본다. 높이 날아올랐던 새가 그릇이 있는 창틀 쪽으로 나풀나풀 내려온다. 단숨에 날아오지 않고 안의 동정을 살피는 것을 보니 상당히 머리가 좋은 놈 같다. 사람들은 미련한 사람을 새대가리라 욕하지만 저 놈은 그런 욕과는 상관없는 아주 똑똑한 놈 같다.

'여자가 죽었다. 혼자 살던 여자가 먹을 것이라곤 부스러기조차 찾아볼 수 없는 낡아빠진 연립주택에서 굶주려 죽었다.'고 뉴스 한 귀퉁이에 보여주겠지. 내가 죽고 난 후에 발견된 원고 뭉치를 보고 사람들은 뭐라고들 말할까. 내가 죽고 난 후 언제까지나 내 글은 세상을 향해서 외칠 것이다. 내가 미처 하지 못한 말들이 큰 소리가 되어 세상을 꾸짖고 야단 칠 것이다. 내 대신 큰 목소리가 될 내 글들이 고맙게 여겨진다.

나에게 있어 문학이란 한 마리 벌레인지도 모른다. 내 몸에 흐르는 피를 따라 몸속을 돌아다니며 가장 붉은 적혈구를 먹어치우는 벌레. 놈은 지금도 내 몸을 먹고 있는 것을 느낀다. 왕성한 식욕으로 뾰족한 주둥이를 적혈구에 대고 꿀꺽꿀꺽 마셔대는 소리가 들린다.

놈이 열심히 먹어치울수록 나는 점점 소진해가는 것을 느낀다.

호흡을 한다는 일이 이처럼 힘들다는 것을 호흡을 하기 위해서도 얼마나 많은 노동력이 필요하다는 것을 죽음 앞에 이르러서야 깨닫게 되다니. 내 호흡은 제 길이만큼 몸속을 오르내리지 못한다. 사그라지는 호흡 끝을 붙잡고 있는 내 몸 밖의 벌레를 보라. 나를 끝까지 포기하지 않는 또 하나의 벌레 그것은 문학이다. 호흡의 끝을 붙잡고 매달리고 있다. 나는 놈에게 붙잡혀 이 글을 쓴다. 끈질긴 놈의 강압에 이 글을 끝맺음해야만 한다. 내가 죽고 나면 내 몸속에는 두 종류의 벌레만 남을 것이다. 내 생각의 적혈구에 입을 대고 먹던 문학이라는 놈과 내 몸에 흐르는 피를 따라 수년간 시시각각 나를 공격하던 통증이란 놈이다. 껍데기만 남은 내 몸피에 담긴 두 종류의 벌레들은 내가 완전히 호흡의 줄 끝을 놓아버리면 놈들도 서서히 죽어갈 것이다.

죽기 전에 좋은 작품을 남기려던 소원을 몸속의 통증 벌레가 시시각각 갉아 먹고 말았다. 오래전부터 여러 병원을 전전했으나 나는 늘 통증에 시달렸다. 내 몸을 갉아먹는 통증 벌레와 문학 벌레가 싸우는 동안 내 몸은 가물가물 소진되어만 갔다. 문학 벌레가 발버둥친다. 좋은 한 작품 남겨야 한다고. 통증 벌레와 싸우면서라도 내가 죽기 전에 꼭 좋은 한 작품 결판지게 남겨야 한다고 했던 것이 욕심이었단 말인가.

나는 이 도시에 잠깐 불어와 헤매다가 어디론지 갈 바를 알지 못하고 사라져가는 한 점 하늬바람이었나 보다. 나는 정녕 이 도시에는 어울리지 않는 존재였다. 농가나 어촌을 두루 다니며 갈매기와 놀고 논밭에 뛰어들어 농작물과 어울려야 할 하늬바람 같은 촌뜨기 주제에 도시에 뛰어든 게 잘못이었나 보다. 이 도시의 사람들은 한 점 하늬바람 따위에는 관심도 없었다. 어디론지 불어갈 것이니까. 아파트 숲을 헤매다가 창유리에 부딪쳐 다치기도 하고 뻑뻑한 빌딩 숲에서는 길을 잃고 매연가스 가득한 거리에서는 숨을 쉴 수 없어 헤매었다.

도시라는 곳의 낯섦. 30여 년을 빌붙어 살아왔으나 나에겐 정이 가지 않아 여전히 뿌리를 내리지 못하고 낯설기만 한 곳. 비 오는 날 소나기를 피해 잠시 남의 집 처마 밑에 서 있는 나그네라는 마음을 지울 수 없는 삶이었다. 도시의 아파트에는 내가 은신할 처마가 없었다. 칼로 잘라놓은 두부 같은 벽뿐인 아파트들의 행렬. 이제 이곳도 뉴타운 재개발이 되고 나면 처마가 없는 아파트 행렬로 변할 것이다. 어떤 새도 깃들이고 둥지 틀 수 없는 싸늘한 시멘트벽뿐인 아파트들로 가득 채워질 것이다. 나는 30여 년의 세월이 춥고 배고픈 나그네일 수밖에 없었다. 도시의 먼지가 날아와 쌓인 시멘트 바닥에 뿌리를 내리고 있어 약한 바람에도 쓰러지고 뽑힐 수밖에 없는 바랭이 풀과 같은 나의 삶이 아니었던가.

나는 어쩌면 이 도시의 굴뚝 옆 작은 구멍 속으로 날아든 작은 새가 아니었던가. 탈출구를 찾아 돌진을 하다 유리창에 머리를 부딪치기를 몇 번이었던가. 나는 유리관 속 도시에서 들어갈 문을 찾지 못했다. 곧 나갈 수 있을 것처럼 보이는데 날아가려고 하면 막혀 있다.

머리를 부딪치고 몸을 부딪치고 또다시 날아보아도 막힌 유리문. 나는 이제 또 유리문으로 둘러쳐진 도시에서 날아오를 곳을 찾아 날갯짓을 한다. 파닥파닥. 날개를 더 세차게 저어본다. 더 높이 떠올라서 날아본다. 부딪친다. 또 부딪친다. 뒤로 물러선다.

"옥상에 거꾸로 매달린 바랭이 풀을 뽑다 흙이 많은 곳에 옮겨 심어줘야 하는데. 새를 날려 보내줘야 하는데."

창가로 간다. 아아, 기력이 가물거린다. 내 몸속에 남아 있던 마지막 기력이 몸피를 뚫고 스멀스멀 빠져나가는 것을 느낀다. 새를, 새를 날려 보내야 하는데. 아래층 아이의 울음소리가 오늘도 여전히 창을 찢을 듯 그악스럽게 들려온다. 내가 이곳으로 이사 온 후 줄곧 울어대던 아래층 아이 울음소리가 오늘은 아스라이 멀리서 들리는 메아리 같다. 아이의 울음소리가 들릴 때마다 내 몸속에서는 진땀이 퍽퍽 솟는다. 이제 내 몸 속에는 솟구칠 한 방울 땀도 남아 있지 않다. 버석거리는 몸피가 부서져 내리고 있다. 가루처럼.

진혼교향곡

진혼교향곡

노인을 찾아 나섰다. 머리를 풀어헤친 바람이 전봇대를 후려치고 거리를 할퀴며 지나갔다. 길모퉁이 저만치로 돌아서려던 바람은 담장 안에 서 있는 목련나무 가지를 틀어쥐고 뱅뱅 도리질을 치며 지나갔다. 얼마 후면 곧 봉오리를 피워 올릴 나뭇가지는 온몸을 뒤틀고 경련을 일으키며 비명을 질러댔다. 어디선가 불협화음으로 시작되는 벤자민 브리튼의 〈진혼교향곡〉 제2악장 '진노의 날'의 격렬한 음이 요란하게 들려왔다. 음악 소리는 담장 안에서 흘러나와 바람의 꼬리를 바짝 쫓고 있었다. 여전히 머리채를 풀어헤친 바람은 나무나 사람이나 전봇대를 가리지 않고 비틀고 때리며 달려갔다. 격렬한 〈진혼교향곡〉 음이 그 뒤를 바짝 따라가고 있었다. 새해가 시작된 지 십여 일가량 지났으나 사람들은 여전히 외투 깃을 여며 잡고 총총걸음으로 가던 길을 걸어갔다.

"그 나이에 납치를 당하다니."

노인에게 향한 서운함이 앞섰다. 노인은 내가 만든 언어의 집에서 소리치고 싸우고 한을 풀어내며 살아 있어야 할 펭신댁이었다. 헌데 자기 집을 떠나갔다. 아니 그 여자 정임에 의해 인신매매를 당한 것이 더 정확한 표현이었다. 예쁘장한 젊은 여자가 깐실깐실 꼬여낸다고 따라가다니. 언제는 '내야 딸 내야 딸' 해가면서 나에게만 가까운 척하더니. 노인은 나를 떠나갔다. 그 여자가 어떻게 꼬드겼는지 짐작은 간다. 살랑살랑살랑. 정임은 사람의 마음을 녹이는 말투와 행동으로 세상을 살아가는 기술이 뛰어난 여자였다. 그렇더라도 그렇지 주관도 없는 할망구 같으니라고. 그 집에 가서 무얼 하고 있을까? 그 여자와 함께 산다는 것은 상상이 안 간다. 아니 여자의 시중이나 들며 종 노릇이나 실컷 하겠지. 바보 같은 늙은이. 노인이 길을 모르고 있으니 나를 찾아올 수도 없을 것이다. 노인이 들어와 살 수 있는 언어의 집 내 작품을 들고 찾아가 함께 오는 수밖에. 그 작품은 노인이 태어난 언어의 집이 아닌가. 그나마 여자가 꼬여내 간 것을 알고 있어서 천만다행이다. 노인이 어디에 있는지 누구에게 납치되었는지조차 모른다면 얼마나 납답했겠는가. 노인은 분명히 나를 따라나설 것이라 믿어본다.

노인이 등장하는 작품을 쓸 때는 여름 더위가 한창이었다. 지글거리는 열기로 아스팔트고 집이고 녹아 내리는 지독한 더위였다. 나는 여름휴가를 다세대주택 꼭대기에 얹혀 있는 삼 층 옥탑방에 처박혀 줄곧 헉헉대며 보내고 있었다. 몇십 년 만의 더위라고 방송에서는 연일 떠들어댔다. 가만히 있어도 땀이 줄줄 흘러내려 온몸에서 질척

거리는데 방바닥은 하루 종일 옥상에 쏟아진 햇볕으로 인해 달구어질 대로 달구어진 프라이팬 바닥 같았다. 발을 내딛을 때마다 잠시도 한 곳에 서 있을 수가 없었다. 생각다 못해 타월을 있는 대로 꺼내다가 물을 적셔 방바닥에 깔아보았다. 그래도 덥기는 마찬가지여서 입고 있는 반바지와 짧은 민소매 옷조차도 물에 적셔 짜지 않은 그대로 입어보았다. 젖은 옷에서 물이 뚝뚝 떨어져 방바닥에 물방울 무늬를 만들었다. 30분도 되기 전에 물이 흐르던 옷은 바짝 말라버리고는 했다. 몇 번이나 반복하며 옷을 적셔 입고 열기를 뿜어내는 컴퓨터 앞에 앉아 한 자 한 자 활자 옷을 만들었다. 노인과 노처녀 선영 외 등장인물들에게 입혀줄 활자 옷이었다. 그 옷은 문단이라는 전쟁터에 입고 나갈 갑옷이었다. 그 지독한 더위 속에서 팽산 노인과 함께 등장인물들의 언어 옷은 만들어졌다. 아니 그들을 탄생시키기 위해 나는 방바닥에 땀을 줄줄 쏟아냈다. 용광로 속 열기 속에서 고통으로 구워낸 도자기 같은 인물들이었다. 그러한 그들이 나를 배신하고 떠나갔다. 아니 정임의 꼬임에 빠졌다는 것이 더 정확하다.

팽산 노인과 다른 인물들을 그대로 버려둬서는 안 되겠다. 그들을 찾아서 데려다가 처음 내가 태어나게 한 작품 속에 살도록 귀가시켜야 한다. 내가 지어놓은 깨끼저고리 치마 언어 옷을 입혀야겠다는 생각으로 택시를 잡아 탔다. 기어코 노인을 모셔오리라 결심하고 발걸음을 서둘렀다. 기필코 데려와야만 한다.

정임의 집은 일산에 있었다. 그녀도 소설을 쓰는 예비작가였다. 내가 그녀를 알게 된 것은 작가가 되기를 지망하는 글 모임에서였다. 그녀는 국어 교사 출신이었고, 작품을 보는 눈이 어느 정도는 수준 있어 보였다. 나는 다음 합평회를 위해 팽산 노인이 등장하는 작품을 그녀의 집으로 우송했다. 일주일 후 합평회에서 평가될 작품이었다. 그녀는 합평회에 나오지 않았고 일주일이 훨씬 지나도록 그녀에게서는 아무런 소식이 없었다. 나는 혹시 사정이 생겨 합평회에 참석하지 못하면 전화로라도 읽고 난 느낌이나 평을 해주는 편이었다. 그녀로부터 전화는 걸려오지 않았다. 결국 나는 정임이 내 언어의 집에서 인신매매를 하도록 도와준 셈이 되고 말았다는 것을 깨닫기까지 그리 오랜 시간이 걸리지 않았다. 아니 그때까지도 나는 나의 바보짓에 대해 깨닫지를 못하고 있었다. 나는 작품을 보냈던 그녀의 주소를 들고 찾아 헤맨 지 한나절이 지나서야 그녀의 집 현관문 앞에 섰다. 그녀의 아파트는 십 층에 있었다. 나는 현관문 앞에서 깊은 심호흡을 해보았다.

"아무래도 쉽지는 않을 거야."

남의 집에 들어가 이미 가족이 되어 살고 있는 노인을 데려오기란. 그 여자는 팽산 노인을 달콤한 밀로 낄실깐실 꼬여놨을 것이 분명했다. 노인이 나를 따라 나서지 않겠다고 하면. 나를 언제 봤냐는 시선으로 멀거니 바라만 본다면. 오히려 나를 주거침입자라고 신고를 할지도 모를 일이었다. 그렇다면 나는 어떻게 해야 하는가. 아니다, 노인은 분명히 나를 따라 나설 것이다. 내가 노인을 만들어낸 주인이니까. 나는 노인을 태어나게 한 작은 신이 아닌가. 나는 한참 동안이나 문 앞에서 망설이고 있었다. 그러나 용기를 내고 결단을 내렸다. 검지손가락에 힘을 주어 벨을 눌렀다. 쿵쿵쿵. 심장이 두근거렸다. 그 여파로 손가락이 가늘게 떨렸다. 나는 촉각을 세워 안에서 나타날 동정에 귀를 기울이며 더듬이를 높이 세웠다. 아무 반응이 없었다. 한참을 기다렸다. 안에서는 아무런 기척도 들려오지 않았다. 다시금 벨을 눌렀다. 한 번 두 번 세 번……. 안에서는 먼지 떨어지는 소리도 들려오지 않았다. 나는 높이 쳐들었던 더듬이의 꼬리를 내리고는 현관문을 주먹으로 쾅쾅 두들겼다. 끝내 팽산 노인은 나오지 않았다. 그 여자 정임도 문을 열지 않았다.

"팽산할매! 남의 집에 계시면 어떻게 해요. 우리 집으로 가시자고요, 빨리 나오세요, 빨리 나오시라니까요."

큰 소리로 부르며 현관문을 발부리로 힘차게 걷어찼다. 현관문이 울리며 작은 진동을 일으켰다. 쾅쾅쾅! 문이 부서져라 발뒤꿈치에 힘을 주고 발바닥으로 세게 걷어찼다. 소리는 더욱 요란하게 들렸다. 쾅 쾅 쾅 쾅. 여기저기에서 현관문이 열리며 복도에 많은 얼굴들이 나타났다. 여러 얼굴들은 입을 크게 벌려 나에게 소리를 질렀다.

"조용히 해욧! 욧 욧!……."

눈빛들이 몰려들었다. 앞 뒤 옆. 눈들은 점점 더 가까워졌다. 흰색 검정색 눈알들이 내게로 쏟아져 내렸다. 배가 뒤틀리기 시작했다. 창자들이 꼬이는 소리가 들리는 듯하더니 위가 심하게 경련을 일으켰다. 약을 먹어야겠다는 생각이 들었다. 손을 뻗어 내게로 쏟아진 검정 알들을 집으려고 손을 휘저었다. 아아악! 비명 소리가 귀청을 뚫었다. 흰색 검정색 알약들이 잡히지가 않았다. 흰색 검정색 알약들이 데굴데굴 굴러서 점점 멀어져갔다. 배가 더 심하게 아파왔다. 팔을 더 멀리 뻗어 검정색 알약을 집고는 손을 들어올렸다.

"우우우 아악!"

많은 사람들의 음성이 들렸다. 어디선가 불협화음으로 시작되는 벤자민 브리튼의 〈진혼교향곡〉이 들려왔다. 파탄과 변화에 차 있는 격렬한 제2악장이었다. 요란한 발자국 소리들이 멀어지고 있었다. 눈을 크게 뜨고 주위를 둘러보았다. 아무도 보이지 않았다. 손바닥을 펼쳐보았다. 흰색 검정색 알약들도 보이지가 않았다. 배가 뒤틀렸다. 진정제가 떠올랐다. 약을 사야겠다는 생각을 하며 주위를 둘러보았다. 약국이 눈에 들어오지 않았다. 진정제를 사기 위해 약국을 찾아 거리로 나섰다.

거리에서 낯익은 얼굴을 발견했다. 미장원 문을 막 나서고 있는 할머니였다. 나와 눈이 마주친 노인은 움찔하고 놀랐다. 어디서 본 듯한 얼굴. 노인은 퍼머 머리에 검정색 밍크코트를 입고 검정 구두를 신고 있었다. 오른손에는 검정색 핸드백을 들고. 노인은 멋을 잔뜩 부린 차림이었다. 언뜻 보아서는 알아보지 못하고 지나칠 뻔한 변화된 모습이었다. 하지만 노인은 내 소설 속에 있을 때가 더욱 잘 어울렸다. 세모시 깨끼옷에 흰 고무신을 신은 차림. 꽃무늬 '몸뻬' 차림으로 밭에서 일하던 모습. 까맣게 그을린 얼굴에 송송 맺힌 땀을 수건으로 닦아내던 모습. 내 정성의 치수금으로 언어의 시침질 공그르기 숨침질 가도련을 통한 언어 옷차림으로 있을 때가 참모습이었다.

변장한 노인의 팔짱을 다정하게 끼고 있는 여자를 보았다. 바로 그 여자였다. 여자는 노인과 나란히 걸어가며 다정스레 말을 나누었다. 나는 그들이 무어라고 하는지 궁금해하며 노인과 여자가 가는 곳으로 끌리듯 따라 걸었다. 그들이 하는 양을 힐끔힐끔 훔쳐보았다. 여자는 주차장으로 가더니 자주색 승용차 앞에 가서 멈춰 섰다. 한 달 전쯤에 보았던 눈에 익은 차였다. 여자가 오른손을 주머니에 넣었다 뺐다. 열쇠가 서로 몸을 부딪치며 요란하게 짤랑거리고 따라 나왔다. 여자는 열쇠를 흔들며 차 문을 열더니 노인을 차 뒷좌석으로 밀어 넣었다. 노인을 차에 태우는 여자의 손놀림은 빠르고 신속했다. 한두 번 해보는 솜씨가 아니었다. 상당히 숙련된 솜씨였다. 그녀는 허리를 굽혀 엉덩이를 의자 위에 올려놓더니 두 다리를 나란히 모아 차 안으로 가져갔다. 여자가 다리를 들고 옮길 때 그녀의 짧은 치마 속에서 요란한 레이스 속치마가 언뜻 눈에 들어왔다. 차 문을 닫는 여자의 손톱엔 흑장미색 매니큐어가 칠해져 있었다. 조금 떨어진 거리에서 보기에는 흑장미 꽃잎이 둥둥 떠 있는 것처럼 보였다. 여자는 한 손으로 운전대를 잡으며 담뱃갑을 집어 들었다. 그녀는 양담뱃갑에서 한 개비를 꺼내 입에 물고는 라이터로 불을 켰다. 라이터의 흰 몸체가 햇볕을 받아 반짝였다. 역시 한 달 전에 보았던 프랑스제 라이터였다. 그녀는 담배 연기를 한 번 후우! 내뿜더니 어디론지 향해 액셀러레이터를 밟았다. 차바퀴가 몇 번 구른 후에야 나는 정신을 차렸다. 그녀를 놓칠세라 택시를 잡아탔다. 방향을 묻는 택시 기사에게 그녀의 차를 뒤쫓으라고 급하게 대답했다. 그녀는 열심히 차를 몰고 달렸다. 나 또한 그녀와 팽산 노인의 변모된 뒤통수에서 눈을 떼지 않았다. 나는 그 여자보다도 노인에게 더 관심이 있었다. 노인은 나의 분신이자 나의 가족이므로. 여자가 어디로 무얼 하러 가는지, 왜 노인을 데리고 가는지 궁금해졌다. 노인을 꼭 되찾아와야 한다. 노인을 내 작품 속으로 데려와야만 한다. 빈껍데기가 되어버린 언어의 집으로 데려다 놓아야 한다.

내 소설 속의 대사들이 들려왔다. 나를 부르는 아우성. 그녀의 작품 속으로 옮겨가 있는 것들이었다. 그 소리들은 브리튼의 〈진혼교향곡〉 제1악장 '눈물을 흘린다는 뜻'으로 바뀌더니 나를 향해 점점 크게 울려왔다. 내 소설 속의 대사들뿐만이 아닌. 팽산댁이라는 할머니와 노처녀까지도. 그 여자는 내 작품 속에 등장하는 인물들을 꼬드겨서 그녀의 작품 속으로 데려다 가두어놓고 있었다. 누가 보아도 그것은 꼬여낸 인물들이라고 눈치챌 수 없도록 철저히 변장을 시켜놓았다. 그녀의 작품 속에 잡혀가 있는 인물들이 나를 불렀다. 나를 조롱하고 있었다. 그들은 화려한 외제 옷차림으로 변장된 모습이었다. 누가 보아도 내 작품 속에 살아 있던 촌티 나는 인물이라고는 짐작조차 못하도록 완벽한 변장을 하고 있었다. 그녀는 노인 외 등장인물들을 외제 옷에 외제 장신구로 철저하게 변장을 시켜놓았으나 나는 노인의 눈빛에서 진실을 발견했다. 나를 향해 미안해하는 가느다란 진실의 눈빛을 보았다. 내가 쏘아보자 노인은 시선을 그 여자에게로 보내고 있었다. 구원을 요청하는 눈빛이었다. 나는 팽산댁에게 다가가 손을 이끌고 올까 잠시 생각했다. 그러나 주춤했다.

노인에게 나의 혼이 들어가 있다면, 노인은 내게로 돌아오리라 믿기로 했다. 내가 정녕 살아 있는 그들을 탄생시켰다면 그들은 언젠가는 나를 찾아오리라고. 그때를 기다리기로 마음먹었다. 내가 탄생시킨 인물들은 나의 분신이요 나의 가족이지 않는가. 기다리자. 올 때까지 기다려보자. 헌데 정임은 지금 어디를 가는 것인가. 노인을 데리고 어디로 무얼 하려고. 혹시 노인을 감쪽같이 죽일 생각은 아닐까. 나는 그녀의 속셈이 궁금하여 견딜 수가 없었다.

그녀는 노인을 감쪽같이 납치할 계획을 세워놓고 천연덕스럽게 내게로 다가왔다. 그녀로부터 전화가 걸려오기는 점심식사 후 양치질을 하고 사무실 문을 막 들어왔을 때였다. 경리 일을 보는 미스 김이 전화가 왔다고 수화기를 내밀었다.

"전화?"

나는 짧게 말하고는 내 자리로 걸어가며 돌려달라고 했다. 내 책상 위에 놓여 있는 전화기에서 한 번의 벨소리가 울렸다. 나는 저편의 목소리를 궁금해하며 수화기를 집어 들었다. 아주 짧은 순간이었다. 전에 들어본 기억이 있는 목소리이면서도 누구였더라 하는 궁금증. 그녀의 목소리는 머리카락처럼 간지럽게 목에 와서 감겼다. 그때까지만 해도 나는 평온했다. 그녀로 인해서 저녁에는 심한 위경련에 시달리게 되리라는 예상조차 못한 무방비 상태였다. 나중에 안 일이지만 그녀는 아무런 준비 자세도 없는 내게로 이미 침입해 들어와 진을 친 상태였다. 아니 안팎으로 약탈할 계산을 충분히 해놓았음을 지난 후에야 나는 알 수 있었다. 내 작품 합평회에 도움말은커녕 평소에도 연락이 없던 그녀가 웬일로 전화를 다 했는가 의문이 앞섰다. 나는 으레 오랜만에 받는 전화에 대한 응대로 웬일인가고 물었다. 그녀는 단번에 부탁이 있노라고 하더니 시간 좀 내달라고 제의해 왔다. 결론은 그녀가 쓴 작품의 대사를 내 고향 사투리로 고쳐 써달라는 것이었다. 나는 우편으로 보내라고 했다. 사실 한 달 전쯤 내 작품을 우편으로 보냈어도 합평회에 불참함은 물론 한마디 조언조차 하지 않은 그녀가 좀 뻔뻔하다는 생각이 들었다.

"그냥 만나서 해주시면 좋겠어요."

그녀가 잘라서 말했다. 그녀는 마치 내가 고향 사투리를 저장하고 있는 창고 역할만 하면 된다는 것처럼 말했다. 그녀가 자신의 작품 내용을 나에게 알리고 싶지 않았다는 것을 나중에야 알게 되었다.

"그래도 작품을 읽어보고 그 내용에 맞춰서 대사를 써야 되지 않겠어요?"

나는 그녀의 부탁을 거절하지 못하고 그녀가 우편으로 보내면 차분하게 써줄 생각으로 보내주기를 바랐다.

"이번 작품에 대사가 좀 많은 편이기는 하지만, 제가 줄을 그어 드릴 테니까 만나서 좀 해주세요."

그녀는 굳이 만나자고 부득부득 우겼다. 그녀가 왜 그토록 내게 작품을 안 보내려 하는지 그 이유를 눈치챘어야 했다. 그러나 나의 뇌는 그 여자만큼 약아빠지지를 못했다. 단지 전라도 사투리를 모르니 그럴 거라는 단순한 마음뿐이었다. 내가 알고 있는 것 조금만 나누어 수고해주면 될 거라고 생각했다. 설마 내가 썼던 작품을 그대로 베꼈으리라고는 감히 상상조차 하지를 못했다. 나 아닌 누구라도 그랬을 것이다. 아무리 그래도 뻔뻔스럽게 내 글을 똑같이 베껴서 그것도 내 코앞에 다시 들이밀며 도움을 요청하리라고는 누구라도 상상하지 못했을 것이다. 보통의 평범한 사람들이라면 어떻게 감히 그런 생각이나 했겠는가 말이다.

나는 마침 마감 날이라서 바쁘다는 나의 실정을 설명했다. 마감 날에는 사원이든 직위가 높든 막론하고 사무실 분위기가 곤두서고 신경들이 날카로워져 있었다. 사적인 일로 시간을 보낼 수는 없었다. 오직 마감하기에 열을 다해야만 했다. 그녀는 바쁘다는 내 말을 잘라버리고 내 속으로 비집고 들어왔다. 오늘이 아니라도 좋으니 이번 주 내로 시간을 내달라고 단도직입적으로 말했다. 마치 부탁에 응해주지 않으면 가만두지 않겠다는 듯 단정적이었다. 나는 누군가의 부탁을 들으면 딱 잘라 거절을 못 하는 단점이 있었다. 부탁을 들어주느라 낑낑대면서도 해주지 않고는 마음이 편치 못한 약점이었다. 평소 그러한 나의 약점이 그녀의 간드러진 목소리에 덜미를 잡혀 꼼짝달싹 못 하고 버르적거렸다. 나의 무능한 결단력은 마감 날이라는 중대한 시간까지도 희생시키면서 약속을 덜컥 해버리고 말았다.

몹시도 추운 입시 전날이었다. 전날까지도 멀쩡하던 날씨는 사납게 돌변하여 밖에 나온 사람들을 할퀴어댔다. 바람은 마치 굶주린 맹수처럼 사나운 발톱을 세워 다가왔다. 갑자기 찾아온 추위로 사람들은 떨어지는 체온을 어쩔 줄 몰라 했다. 대학 입시와 함께 예비 작가를 꿈꾸는 문학도들에게도, 들뜨고 두근거리는 신춘문예라는 관문이 좁은 문을 열어놓고 다가왔다. 올해도 문학을 한다는 남녀노소 물론하고 낙타가 바늘구멍으로 들어가는 것보다도 더 어려운, 혹은 쉬운 문의 유혹에 끌려 반미치광이들처럼 가을을 보내고 겨울을 맞고 있었다. 나 또한 그러한 미치광이들 중의 한 사람이었다. 시월부터 두근거리기 시작한 가슴은 십일월을 쏜살같이 보내놓고 십이월 초를 아쉽게 보내면서, 왜 여름에 아니 그보다 더 봄에 좀 더 열심히 못했던가를 후회했다. 며칠 남은 십이월 초의 날들을 금싸라기처럼 아끼며 신춘문예 준비로 마음은 어수선해야만 했다. 밤새워 혹은 며칠을 끙끙대며 쓴 작품을 보내놓고 두어 주일을 기대와 기다림 속에 성탄절 전야를 맞고는 했다.

자신의 작품이 탈락된 것을 알고 나면 왜 심사위원들은 자신의 좋은 작품을 발견하지 못했는가 원망과 한탄으로 축 늘어져 기진하여 쓰러질 지경이 되었다. 허탈감 속에 며칠 남지 않은 연말의 날들을 보내고 새해 첫날이 되면 궁금증과 기대 속에 신문을 펼쳐보았다. 누구의 작품이 어떤 것이 뽑혔는가, 기대를 하며. 때론 기대보다 너 많은 박수를 보내기도 하지만 때로는 실망도 하게 된다. 그것이 곧 신춘문예를 한두 번이라도 참여해봤다면 느껴본 마음이었다. 나는 그해에 신춘문예를 포기하고 있었다. 어쩐지 소설 쓰는 일도 명예를 얻는다는 것도 시들하고 부질없다는 마음만 들었다. 충분한 실력도 쌓지 못하고 있는 자신을 들여다보며 한탄스러운 마음만 들었다. 일년을 허무하게 보내버린 데 대한 탓을 자신에게 돌리며 좀 더 열심히 한 후에 등단을 하자고, 등단에 대한 문제를 멀리멀리 던져놓고 스스로를 달래고 있었다.

헌데 문학을 한다는 사람들의 가슴에도 거짓과 온갖 술수와 속임이 가득함을 볼 수밖에 없는 상황에 처해야만 했다. 그것은 내가 원치 않아도 주위의 누군가가 준비해놓은 덫이었다. 나는 독약이 들어 있는 줄도 까맣게 모르는 채 차려진 밥상의 밥을 먹는 격이 되었다. 위경련이 일어났다. 그녀를 만나고 오던 초저녁부터 그랬다. 아니 그 이전부터였다. 정임이라는 여자의 작품에 대사를 써주다 말고 내 작품이 그대로 옮겨 있는 것을 발견하면서부터 배가 살살 아프기 시작했다. 헌데 나는 차마 그녀 앞에서 왜 내 작품을 베꼈느냐고, 남의 꿈을 도둑질하는 것은 강도짓이 아니냐고, 남의 글을 훔치는 짓은 남의 영혼을 죽이는 살인 행위라고 가슴속에서 들끓는 말을 한마디도 하지 못하고 말았다. 나는 얌전히 집으로 돌아왔다는 사실에 더욱 화가 치밀었다. 배가 아프기 시작한 고통을 이겨내려고 그 여자와 헤어지고 오면서 소화제를 샀다. 배 속이 심상치가 않으니 미리 예방을 하자는 생각이었다. 바깥 날씨의 추위와 그녀에게 도둑맞아버린 작품 때문에 편치가 않아 인상을 잔뜩 찡그리고 서 있는 나에게 약사는 증상이 어떠냐고 물었다.

"날카로운 손톱으로 배 속을 쥐어뜯는 것 같아요."

조제실에서 나온 약사는 알약이 골고루 담긴 봉투를 내 앞으로 내밀었다. 검정색 흰색 분홍색 누런색 알약들이 봉투 안에서 뒤섞이어 뒹굴고 있었다. 반은 깨지고 부서진 채. 어떤 것은 동그랗고 길쭉한 모양으로.

약을 먹고 일찍이 잠자리에 누웠다. 몸과 마음이 편치 않을 때는 때로 수면이 약이 될 수도 있었다. 얼마의 시간이 흘렀을까. 잠이 든 것도 같고 아닌 것도 같았다. 정임의 날카롭고 검붉은 손톱이 배 속으로 들어와 휘젓고 있었다. 먹이를 찾는 독수리의 발톱처럼. 배 속의 모든 내장들이 도망갈 곳을 찾아 우왕좌왕했다. 그 바람에 내장들은 비비꼬이며 소리를 질러댔다. 그 신음 소리가 입밖으로까지 새어나왔다. 나는 신음 소리를 질러대며 어두운 방 안을 기어 다녔다. 온몸이 진땀으로 흠뻑 젖었다. 노인과 다른 인물들이 어둠 속에서 나를 향해 비웃고 있었다. 웃음은 옆으로 잔뜩 삐뚤어진 입에서 흘러나왔다. 입에서 나온 웃음은 기다란 새끼줄처럼 변해갔다. 자세히 보니 독을 가득 뿜은 독사가 내 가슴을 향해 돌진해왔다. 나는 깜짝 놀라 비명을 질렀다. 방 안은 여전히 어둠으로 가득 차 출렁였다.

위경련은 밤새도록 계속되었다. 방 안에 가득 찬 어둠 속에서 식은땀으로 범벅이 된 몸을 비틀며 신음 소리를 질러댔다. 어두운 배 속의 내장들이 뒤틀리며 소리를 질렀다. 나는 검정 물로 가득 찬 방 안을 뒹굴고 헤엄치며 뒤틀고 있었다. 검정 물은 점점 〈진혼교향곡〉 제2악장의 소리로 변해 출렁거렸다. 방 안에 불만 켜져 있어도 좀 나을 것 같았다. 불을 켜야겠다는 생각을 했다. 전깃불을 켜야겠다는 의지와는 달리 의식은 가물가물 벼랑 밑으로 떨어져 내렸다. 〈진혼교향곡〉 제2악장의 파탄과 변화에 차 있는 불협화음은 격렬하게 계속되었고, 가물가물 가느다란 의식의 끈을 붙잡고 있는 나에게 정임의 목소리가 들려왔다. 그 목소리는 귓전에 닿는 순간 귀에 익은 노인의 목소리로 바뀌었다.

'우리 딸이여라우. 네가 내 가심에 불이다 너를 두고 어쩌코 눈을 감을끄나. 워따워따 내야 딸이면 얼마나 좋을끄나이. 저렇코 물색없는 영감이 처복은 있는갑시야. 오살헐 놈의 영감탱이가 논 폴은 돈도 다 안 준당께. 어쨌다고 그럴께라우?'

그것은 분명 팽산댁의 목소리요 선영 어머니의 목소리였다. 나이 칠십에 재가해 온 팽산댁과 문학을 한답시고 세월만 죽이고 있는 노처녀 딸을 둔 선영 어머니의 걱정. 의지할 곳 없이 떠도는 팽산댁의 신산한 삶을 바라보는 선영. 그들의 목소리가 들리는 곳을 향해 따라가보았다.

약속장소는 정임과 나에게 좋도록 중간지점으로 정했다. 그녀는 승용차로 오고 나는 시내버스로 갔다. 서로 중간지점이면서도 내 집을 가기에 그리 멀지 않은 집 근처였다. 약속시간에 늦지 않도록 마감 일 처리도 제대로 못한 채 버스에 올랐다. 약속장소에 도착해보니 일곱 시가 가까워오고 있었다. 버스에서 내려 육교를 건넜다. 내가 육교를 건너는 일을 감수하는 것은 그녀가 주차를 하는 데 어려움이 없도록 배려하는 마음에서였다. 그녀는 약속장소에 없었다. 장소를 잘못 알고 헤매는가. 나는 오히려 그녀를 걱정하며 찾아 다녔다. 푸른빛이 도는 날선 밤공기는 피부를 찢고 몸속으로 파고들었다. 그것은 마치 오랜만에 먹이를 만난 맹수 같았다. 추위에 약한 나로서는 견디기가 힘이 들었다. 나는 그녀의 차 색깔도 차 번호도 알지 못했다. 눈을 크게 뜨고 주차된 차마다 안을 들여다보며 찾아보았다. 승용차가 있는 곳이면 다가가서 운전석을 살펴보았으나 어느 곳에도 그녀는 보이지 않았다. 차가운 밤공기와 바람이 몸을 휘감았다. 옷을 많이 껴입었는데도 몸속의 체온이 부족한 나로서는 추위에 견디기가 힘이 들었다. 차가운 공기가 날을 곧추 세우고 자꾸만 옷을 헤집으며 피부 속으로 파고들었다. 모든 피부가 경련을 일으켰다. 배가 아파 왔다. 배 속에 파고든 찬 공기는 날카로운 손톱으로 배 속을 헤집고 있었다. 창자를 실타래 삼아 장난을 하는 것 같았다. 그녀를 찾아야겠다는 마음이 급해졌다. 그녀를 만나지 못한다면 언제까지고 밖에 서 있어야 하는 상황이었다.

아무리 찾아다녀보아도 정임은 여전히 보이지 않았다. 그녀가 아직 도착하지 않았다는 사실을 알 수 있었다. 아쉬운 부탁을 하고서도 그녀는 시간을 지키지 않는 뻔뻔함까지 갖고 있었다. 발을 동동 거리며 기다려보았으나 어쩐지 그녀가 헤매는 것은 아닌가 걱정이 앞서기도 했다. 한동안을 차디찬 밤공기와 맞대응하며 서 있을 때 그녀가 나타났다. 눈에 익은 자주색 승용차 문을 열고 일은 제를 하는 그녀는 늦어서 미안하다는 말보다는 '자기 집하고만 가까운 곳으로 약속장소를 정했잖아', 하고는 오히려 나를 책망하는 투였다. 나는 그녀가 던진 한마디에 내가 무슨 큰 죄라도 지은 것 같아 미안한 마음이 들었다. 아니 그녀의 뻔뻔함에 그만 질리고 말았다.

그녀와 자리를 잡은 곳은 2층 커피숍이었다. 등나무 흔들의자가 가운데로 두 개 놓여 있고 주위로는 딱딱한 나무 의자들이 놓여 있었다. 양희은의 〈사랑, 그 쓸쓸함에 대하여〉가 은은하게 흘러나왔고 실내는 그리 밝지 않은 주황색 불빛으로 가라앉아 있었다. 손님이 아무도 없어 스산함이 감도는 찻집 분위기였다. 그녀와 내가 들어가 자리를 잡은 후에야 비로소 실내는 활기를 찾은 듯했다. 실내의 어두운 분위기가 노래와 어우러져 마음을 무겁게 내리눌렀다. 그녀와 나는 등나무 의자에 앉았다. 등받이가 머리까지 올라온 의자에 깊이 파묻히자 흔들의자는 그네를 타는 기분이 들었다. 그녀는 차에서 내려 잠깐 커피숍까지 오는 동안에 입고 온 밍크코트를 벗어 의자 뒤로 걸쳐놓았다. 밍크코트 속에 감춰졌던 그녀의 육감적인 몸매가 얇은 미색 원피스 속에서 터질 듯 그대로 드러났다. 그녀는 핸드백을 열고는 라이터를 꺼내 양담배에 불을 붙였다. 희고 가느다란 양담배 몸체가 그녀의 입에서 흔들렸다. 그녀가 라이터를 탁자 위에 올려놓았다. 쨍! 맑고 청아한 소리가 울렸다. 프랑스제 라이터의 반들거리는 흰 살이 실내의 주황색 불빛을 받고 미색으로 빛이 났다. 그녀의 담배 연기가 머리를 풀어헤친 요마처럼 내게로 달려들어 목을 조였다. 나는 좋지 않은 기관지에 들어온 연기로 인해 악마의 마술에 걸린 듯 한참을 콜록거렸다.

그녀가 가져온 작품에 대해 예견이나 했던 것일까. 그녀와 마주앉은 나는 문단에서 꽤나 이름을 날리고 있는 어느 남자 작가의 이야기가 떠올랐고, 그녀에게 그 이야기를 하게 되었다. 이미 유명세를 타고 있는 남자 작가는 내가 친하게 지내던 후배 명선의 작품을 도용하여 자신이 쓴 작품으로 버젓이 행동하고 있다는 얘기였다.

명선의 작품은 80년대 그 뜨겁던 최루탄 가스 냄새 속에서 태어났다. 그 작품을 썼던 명선도 역시 등단하지 못한 아마추어 문학노였다. 명선은 연극을 했고, 나는 언론통폐합으로 어려움에 처한 방송국에서 합창단원으로 노래를 했다. 그 시대의 우울하고 답답함을 노래로라도 토하지 않으면 숨이 막힐 것 같았다. 고문과 분신자살. 죽음으로 이어지고 새롭게 떠오르는 열사들의 행렬. 독재의 검은 악마에 눌리고 최루가스의 독한 냄새로 사람들은 질식 상태였다. 명선은 그 시대의 우울함을 극화하기 위해 희곡을 썼노라고 내게 보여주었다. 그 작품은 결국 무대에 올려지지 못하고 중지당했다. 독재자는 군중들에 의해 만들어지고 추종자들로 인해 떠오른다는 것을. 하늘이 있어야만 해가 떠오를 수 있다는 것을. 명선과 나는 떠오른 독재자가 어느 때에 질 것인가를 마음으로 빌었다. 결국은 군중에 의해질 것이었다. 그녀와 나는 만나기만 하면 시간 가는 줄 모르고 이야기를 나누었다. 그 시대의 우울함과 구조적인 사회모순을 토로하며 울분을 쏟아냈다. 거리에는 날마다 최루탄이 터졌다. 전쟁터도 아닌 골목마다 거리마다 누꺼운 전부복 차림의 선성들이 진을 치고 지나가는 행인들을 바라보았다. 그들의 눈동자는 초점을 잃고 오직 군사정권의 명령에 불복하지 않는 척 주구(走狗) 노릇을 할 뿐이었다. 명선과 나는 커다란 가방을 메고 그러한 거리를 함께 쏘다녔다. 그녀와 나의 가방 속에는 항상 책과 노트와 펜이 들어 있었다. 찻집이든 공원이든 우리가 앉은 곳이면 서로의 마음을 필담으로 쏟아냈다. 큰소리 내어 마음을 토할 수도 없던 그때 우리는 낙서를 해가며 조용

조용 말했다. 우리는 암담한 현실의 터널을 어떻게 지나갈 것이며, 다만 인생을 어떻게 살아갈 것인가를 고민했다. 그리고는 십여 년의 세월이 흘렀다. 명선과 나는 그러한 시간들도 시들해지고 우리는 서로의 바쁜 생활에 쫓겨 잠시 만나는 일이 뜸해졌다.

명선은 결혼하여 아이를 낳아 기르느라 한 가정의 주부로 자리를 굳혀가고 있었다. 그녀의 결혼과 함께 우리의 만나는 횟수도 적어졌다. 어느 날 명선에게서 전화가 걸려왔다. 수화기를 들기가 무섭게 명선은 흥분해서 말했다. 자신이 썼던 그 작품이 어느 유명한 작가의 손에 의해 감쪽같이 유괴당했다는 말이었다. 자신이 제목 밑에 붙였던 부제를 제목으로 바꿨더라고. 그러고는 '왕은 어떻게 만들어지는가'로 변모해서 탄생했더라고. 그녀의 희곡이 감쪽같이 변장하여 H문학상을 탔더라고. H문학상이라는 화려한 옷을 입고 있는 그녀의 유괴당한 작품을 읽어보라고 숨을 몰아쉬며 큰 소리로 말했다. 그녀는 그런 불의함을 그냥 둘 수 없노라고. 세상에 고발해야 한다고. 그 유명한 남자 작가에게 전화를 걸었다고 했다. 헌데 전화를 받은 그 남자 작가의 말이 걸작이었다는 말을 하며 기가 막혀했다.

'뭘 원하시죠? 돈을 원하세요?' 남자 작가는 주저함 없는 태도로 묻더란다. 전화를 했던 명선은 그래도 그가 미안해하고 뉘우치는 기색이라도 보고 싶었노라고 했다. 그런 양심으로 글을 쓰면 무얼 하겠느냐고 한탄했다. 그녀는 그래도 양심을 지켜야 할 글 쓰는 이가 그럴 수가 있느냐고 분노를 토했다. 나 또한 그냥 있지 말고 고소해 버리라고 거들었다. 이 나라 저작권법으로는 고소라는 단어가 얼마나 비현실적이며 생경스럽고 힘이 없는지를, 현실에 어울리지 않는지를 깨닫게 되었다. 명선은 자신이 써놓았던 희곡삭품을 들고 H문학상을 심사했던 평론가를 찾아갔다. 그녀의 작품을 읽고 난 평론가는 그녀의 작품이 분명하다고는 말했으나 그것으로 끝이었다. 누구도 불의를 의로 바꾸기 위해 자신을 던지거나 앞장서지 않는다는 것을 알 수 있었다. 소수의 속에서는 불의라고 말하면서도 대중 앞에서는 그럴 수도 있다고 비겁하게 얼버무리고 마는 비겁자들만 가득했다.

아니 이미 먹이를 물고 빙산 위에 올라앉은 독수리는 빙산 밑으로 끌어내릴 수가 없는 현실이었다. 먹잇감을 빼앗겨버린 후에는 어떤 방법으로도 다시 빼앗아올 수가 없었다. 어디에 가서 가슴을 치며 하소연을 해봐도 이미 활자화되고 변장되어 나와버린 작품을 찾을 길은 없었다. 누구라도 불의한 방법으로 작품을 내놓은 그 작가에게 돌멩이를 던지지 않았다. 그는 이미 그 유명세라는 날개 위에 올라앉아 하늘 높이 비상해 오르고 있기 때문이었다. 명선이나 그녀 가족이나 또 내 힘으로는 도저히 그 삭가의 날개나 딜 하나도 뽑을 수가 없었고 높은 곳에 올라앉은 도둑을 끌어내릴 힘은 없었다. 그의 날개를 꺾어버릴 수는 더욱 없었다. 그렇게 되기까지는 우리에게도 날개가 있어야만 했다. 하지만 우리에게는 날개가 없었다. 우리는 문단에서 아직 깨지 않은 알에 불과했다. 날개가 돋는 날을 기다릴 수밖에 없었다. 날개가 돋고 공중에서 싸울 힘이 있는 날을 기다려야만 했다. 이미 높이 떠올라 날고 있는 독수리를 지금은 공격할 수가 없는 노릇이었다.

"나쁜 자식! 그런 양심으로 글을 쓰다니, 재주도 노력도 없으면서 글을 쓴답시고 남의 작품이나 훔쳐 자기 것인 양 행세를 할 수 있을까? 썩은 양심들 같으니라고! 이런 일이 있기 전에 나는 그 작가의 작품을 좋아했었는데 이젠 정말 실망이야. 기가 막혀서……."

명선은 실망하는 표정으로 분해서 죽으려고 했다. 그녀와 나는 문단에 높이 올라앉아 날갯짓을 하는 그를 들먹이며 욕이나 실컷 해주는 걸로 울분을 삭혔다. 80년대 초의 독재적 분위기를 그려낸 희곡 작품을 그녀는 그렇게 유괴 당하고 말았던 것이다. 명선도 나도 그 작가에 대한 좋은 인상이 흐려지고 말았지만, 그러한 마음도 그 희곡 작품을 되찾아올 수 있도록 돕지는 못했다. 이미 그 작품은 남의 손에 끌려간 포로가 돼버린 후였으니까. 명선이 다시 찾아온다 해도 소용없는 일이었다. 서로 먹히고 잡아먹는 세상에서 명선이 역시 스터디를 하며 작품을 돌려본 것이 잘못이라면 잘못이었다. 뒤늦게야 자신의 작품이라고 주장하는 명선에게 사람들은 오히려 명선을 도둑으로 여길 것이다. 유명한 작가의 아류작이라고 할 것이다. 이미 명선의 품에서 떠나버린 것이므로. 작품 속의 인물들도 남자 작가의 손에서 사상교육을 철저히 받고 그의 것이 되어 있을 터였다. 명선은 자신의 작품을 억울하게 도둑을 맞고 아예 글을 쓰는 일조차 손을 놓고 말았다. 명선은 글을 쓰려던 영혼을 죽임 당한 것이었다.

정임은 자신이 가져온 작품을 내 앞으로 내밀며, 이번 작품은 짧은 시간에 아주 쉽게 썼노라고 자신의 실력에 감탄하는 투로 자랑스럽게 말했다. 작품을 내미는 그녀의 기나란 손톱에는 검정 매니큐어가 칠해져 있어 독수리의 발톱을 떠올리게 했다. 그녀는 대사만 줄을 그어줄 테니 사투리로 써달라고 재차 말했다. 나는 그렇게 하겠다고 하고도 막상 내용도 읽지 않은 상태에 대사를 쓰자니 힘이 들었다. 어떤 인물인지 파악도 못한 나에게 붕어빵 기계처럼 대사만 찍어내라는 말이었다. 나는 그녀가 그려낸 인물에 합당치 못하게 대사를 써줄까 보아 다소 걱정이 되었다. 그것은 내가 맡은 일에 대해서는 성의를 다하고 싶어 하는 성격 탓이었다. 그렇다고 그 자리를 뿌리치고 나올 만큼 용기가 있는 것도 아니었다. 나는 그 여자에게 발목을 붙잡힌 채 그냥 대사를 써내려갔다. 나는 무슨 일이고 한 번 맡으면 최선을 다해 성의 있게 일하는 성격이었다. 한참을 써내려가던 나는 눈에 익은 대사를 발견했다. 팽산댁이라는 내 작품 속에 나오는 인물과 같은 노파와 노처녀가 나오는 이야기 전개임을 알 수 있었다.

노처녀를 향한 노파의 말. '그렁께 니도 빨리 좋은 사람 만나서 등 따숩게 잠 살아야. 어째 그리 사람 하나 못 만난대야 서울에 몇백만 명이 사는디.' 그것은 선영 어머니의 혼이 담긴 대사였다. 내 작품 속 대사가 그대로 그 여자의 글에 옮겨가 있었다. 그 대사는 글을 쓴답시고 결혼도 하지 않고 있는 선영을 향해 허구헌 날 걱정하던 선영 어머니의 대사였다. 그 여자 정임의 작품 속에 그대로 옮겨다 놓은 것을 보며 배신감이 밀려왔다. 아니 이럴 수가. 어이가 없는 마음이 들었다. 그녀의 태도는 처음부터 모든 것이 이상했다. 작품 전반에 흐르는 분위기가 익숙한 아니 내가 써놓은 팽산댁이라는 작품과 흡사하다는 느낌이었다. 내 작품과 아주 똑같았다.

정임은 이혼녀였고 딸이 하나 있었다. 그녀는 자신의 미모를 남자들의 마음을 움직이는 도구로 사용했다. 그녀는 남자들을 들었다 놨다 흔들어대는 재주가 뛰어난 여자였다. 하기야 노처녀나 이혼녀나 혼자이긴 마찬가지지만 나와는 비교조차 안 되는 정임은 남자들의 마음을 간지럽힌 후 진딧물처럼 찰싹 달라붙어 진액을 빨아먹고는 날아가는 재주꾼이었다. 아무리 예술은 모방이고 문학도 모방에서부터 시작된다고 한다지만, 나는 쇠몽둥이로 머리를 얻어맞은 기분이 들었다. 그런 기분을 참아가며 서너 시간이나 사투리 대사를 써주다 보니 머리가 심히 아파왔다. 가슴도 답답하게 차올랐다. 억울하다는 감정으로 인해서 나타나는 현상임이 분명했다. 내 작품을 베껴놓은 것 아니냐고. 입술까지 차고 나오려는 말을 참으며 대사를 써주기란 더욱 힘이 들었다. 결국 나는 정임이라는 여자와 헤어져 집으로 올 때까지도 입술 가를 뱅뱅 도는 말을 한마디도 못 하고 말았다.

새해 첫날 여느 해처럼 신문을 샀다. 각 일간지들을 한 아름 사들고 낑낑거리며 집으로 들어왔다. 제일 먼저 D신문을 펼쳤다. 정치 경제면을 그대로 넘겼다. 신문이 한 장씩 넘겨질 때마다 잉크 냄새가 콧속으로 파고들었다. 나는 쫓기듯 새해 첫날에 읽으려는 지면인 문화면을 찾았다. 잉크 냄새가 콧속에서 사그라지기도 전에 나의 시선이 한곳에 가 머물렀다. 지면에 나타난 그녀의 모습은 한껏 멋을 부린 자태였다. 고개를 약간 옆으로 돌리고 농염한 포스를 취하고 있었다. 나는 그녀의 모습에 시선을 고정시켰다. 그녀는 흑백 사진 속에서 나를 향해 놀리는 미소를 보내왔다. 그녀의 미소는 날카로운 쇠창의 모양으로 날아와 내 심장을 찔렀다. 사나운 발톱으로 변하여 내 몸을 할퀴었다. 나는 눈을 커다랗게 뜨고 발톱을 물리치려는 필사적인 몸놀림으로 두 팔을 휘저었다. 한참 후에 눈을 끔뻑거리며 발톱을 바라보았다. 그녀는 언제였냐는 듯이 얌전한 자세로 다시금 미소를 보내왔다. 물기가 뚝뚝 떨어질 것 같은 미소로. 그녀의 미소 뒤편에 검은 발톱의 그림자가 보였다. 그녀는 한 자락의 미소로 교묘하게도 발톱을 감추고 있었다. 발톱의 그림자가 끝나는 사진 주위에서 그녀의 이름을 발견했다. 사진 밑으로 가지런히 적힌 그녀의 이름 세 글자가. 비웃음을 잔뜩 머금고 나를 바라보았다. '봤지. 문학이란 이런 거야.' 그녀가 입가에 비웃음을 흘리고 있었다.

　나는 금년에도 또 떨어졌다. 이제 포기를 해야 하지 않을까. 갈등하는 두 마음이 싸움을 걸었다. 나는 논도 못 벌고 글도 못 쓰고 그렇다고 곰보도 째보도 다 하는 결혼도 하지 않은 채 세월만 솔솔 까먹고 있었다. 한 삼 년 돈을 벌어놓고 집중해서 글을 써야겠다는 계획과는 달리 직장 생활도 시원치 않게 계약직으로 불안한 나날이 이어졌다. 돈도 못 벌고 글도 못 쓰고. 근근이 끼니나 이어가는 이것도 저것도 아닌 어정쩡한 생활의 연속이었다. 어쩐지 세월에 질질 끌려가는 무능함으로 자신이 한심하고 답답해 견딜 수가 없었다. 아무래도 나는 글 쓰는 재주를 타고나지 못했다는 생각만 마음 안과 밖에서 출렁거렸다. 재주도 없으면서 미련을 갖고 세월만 죽이고 있다니. 그것은 나 자신에게나 사회적으로나 손실이고 낭비라는 생각이 들었다. 그렇다면 나는 무엇을 할 것인가. 아무리 둘러보아도 내가 할 일이란 없는 듯해 보였다. 어쩌면 죽음마저도 나를 외면한 상태 같았다. 나는 모든 의욕으로부터 멀찌감치 뒤떨어져 지친 눈으로 멀거니 바라만 보고 있었다.

　그 여자 정임이 차를 멈춘 곳은 D신문사 앞이었다. 그녀는 차 문을 열더니 팽산 노인을 내리게 했다. 쾅! 차 문을 닫으며 여자가 내렸다. 그녀는 노인과 팔짱을 끼고는 다정한 모녀처럼 신문사 건물 안으로 들어갔다. 나는 얼른 택시에서 내려서며 기사에게 요금을 내밀었다. 거스름돈을 받아가라는 기사의 말을 뒤로하고 급히 그녀와 노인의 뒤를 좇았다. 나는 출입문 앞에서 그녀의 동정을 살펴보았다. 그녀는 엘리베이터 앞에 서 있었다. 엘리베이터 문이 열리자 그녀는 팽산댁과 함께 안으로 들어갔다. 엘리베이터 문이 닫히는가. 동시에 나는 급히 달려갔다. 그녀가 탄 엘리베이터가 2층을 넘어서고 있었다. 3층 4층 차례로 불이 들어왔다 나가며 멈춘 곳은 22층이었다. 나는 얼른 다른 엘리베이터에 올라타고 22층 숫자에 힘을 가했다. 숫자에 불이 들어왔다. 땡! 정임이 내린 층에서 엘리베이터 문이 열렸다. 나는 오른쪽 발부터 문밖으로 내밀며 그녀의 행방을 찾았다. 정임과 팽산댁 두 사람은 복도를 지나 어느 문 앞에서 멈추는가 싶더니 안으로 걸어 들어갔다. 나는 그들의 뒤를 바짝 따라 그들이 들어간 문 앞에 가 섰다. 문 앞에는 신춘문예 당선자 시상식장이라는 팻말이 적혀 있었다. 시상식장 안은 낮은 사람들이 앉아 있었고, 왔다 갔다 하는 사람들로 붐볐다. 사람들 틈에서는 그녀와 팽산 노인의 눈을 피하기에 안성맞춤이라는 생각이 들었다. 몸을 피하듯 맨 뒷자리를 잡고 앉았다. 시상식이 시작되었다. 시 부문의 수상자가 앞으로 나갔다가 들어왔다. 단편소설 부문의 수상자 차례가 되자 그녀의 이름이 불려졌다. 파마머리에 밍크코트를 입은 팽산댁이 그녀를 수상자로 만들어준 장본인이라고 했다. 그 여자 정임은 팽산 노인과 팔짱을 끼고 앞으로 걸어 나갔다. 그때였다. 브리튼이 부모를 추모하기 위해 작곡한 〈진혼교향곡〉 제1부 '죽음의 슬픔'이 들려왔다. 쿵! 소리와 함께 내 손에 들려진 작품에서 싸늘한 시체가 떨어졌다. 시체는 팽산 노인의 모습이었다. 어디서 본 듯한 노파는 눈곱 낀 두 눈을 꼬옥 감고 있었다. 나는 두 눈을 끔벅거리며 시체를 내려다보았다. 팽산 노인의 모습이 분명했다. 시체는 점점 깨끼 옷으로 변해갔다. 꽃무늬 '몸뻬'와 고무신과 털스웨터가 허물처럼 시체 주위로 널려 있었다. 나는 옷의 주인을 네리와 입혀야 한다는 생각이 들었다. 나는 시상식이 진행 중인 앞으로 뚜벅뚜벅 걸어 나갔다. 그녀와 팽산 노인이 있는 곳까지 빠르게 걸어 나갔다. 팽산댁의 팔을 세게 잡았다.

"팽산할매, 저하고 가세요, 할매는 저하고 계셔야 한다구요."

정임이 내 손에서 팽산 노인의 팔을 확 뿌리치듯 빼냈다. 내 옆에서 얼른 노인을 떼어내고 그 여자 정임이 내 옆으로 와서 섰다. 진한 화장품 냄새가 콧속으로 스며들었다.

"네 작품 속의 인물은 죽었어! 이젠 내 작품 속에서만 살아 있을 거야. 잘 알아둬!"

그 여자 정임이 내 귀에 대고 속삭였다. 흡혈귀의 얼굴을 한 정임의 입가로 피가 흘러내렸다. 나는 또다시 배가 뒤틀리고 위경련이 일기 시작했다. 어디선지 〈진혼교향곡〉 제2악장 '진노의 날'이 요란하게 들려왔다. 두 명의 남자들이 내게로 다가와 우악스럽게 팔을 잡았다. 남자들은 나를 문밖으로 질질 끌어냈다. 경비가 달려와 내게 뭐라고 지껄였다. 경비원의 입이 커다란 검은 굴처럼 아가리를 벌리고 다가왔다. 그 아가리에서 나를 향해 검정 물이 뿜어졌다. 내게는 아무 소리도 들리지 않았다. 파탄과 변화에 차 있는 〈진혼교향곡〉 제2악장 '진노의 날'이 더욱 격렬하게 들려왔다. 나는 팽산댁이 나와 함께 가야 한다는 말을 되풀이했을 뿐이었다. 거리에서 세찬 바람이 달려왔다. 손톱을 세운 바람이 나를 사정없이 할퀴고 지나갔다. '팽산할매, 저와 함께 가셔야 해요!' 나는 계속해서 팽산댁을 불러댔다. 눈발이 날렸다. 팽산댁의 옷들이 공중에서 날리고 있었다. 내가 지어놓은 활자 옷들이 한자 한 자 따로 떨어져서 부옇게 날아올랐다. 갈 길을 잃은 수많은 활자들이 공중에서 날아다녔다. 〈진혼교향곡〉 제2악장에 이어 명복을 비는 제3악장 '영원한 안식을 주소서'가 울려 퍼졌다. 음악 소리는 힘차게 부풀어 올랐다가 조용한 음으로 울리기를 거듭했다.

마지막 집

마지막 집

주방 쪽에서 장대비 쏟아지는 소리가 들려왔다. 일기예보에 비가 온다는 소리가 없었는데 이상하다는 생각이 들었으나 인영은 내다보지는 않고 하던 일을 계속했다. 몇 가지 손빨래를 마치고 화장실을 나오니 주방이 물바다가 되어 있었다.

"아니 이게 무슨 물벼락이야!"

인영은 자신도 모르게 혼잣말로 소리쳤다. 주방 천장에서는 누군가 양동이로 물을 쏟아붓는 듯했다. 바닥에 출렁이는 물을 보는 순간 온몸이 후들거렸다. 몸이 덜덜 떨리고 어찌할 바를 모르고 허둥댔다.

"어떻게, 어떻게, 왜 물이 쏟아지는 거야. 도대체 이게 무슨 일이야?"

방으로까지 흘러드는 물은 집 안을 온통 강을 만들 기세였다. 걸레를 가져와 물을 닦았으나 걸레만으로는 감당이 되지 않았다. 무얼 어찌해야 좋을지 생각이 안 나는 가운데 허둥대다가 관리실을 떠올리고 전화기를 찾았다.

"여보세요. 저희 집 물난리 났어요."

"몇 호세요?"

인영은 갑자기 머릿속이 하얗게 되고 묻는 말에 대답을 할 수가 없었다.

"몇 호냐고요."

"아, 저기 그러니까요."

"몇 호냐니까 왜 말을 못 해요?"

머릿속이 텅 비어버린 것 같았다. 인영은 자신이 살고 있는 동과 호수가 떠오르지 않았다. 관리실 직원이 세 번째 재촉해 물어올 때에야 겨우 대답을 할 수 있었다.

"네, 206동 1005호예요."

"알았어요. 가볼게요."

관리실 직원이 곧 오겠다는 말을 했지만 인영은 방 안으로 흘러가는 물머리를 현관 쪽으로 돌려야만 했다. 물머리는 솜저럼 현관 쪽으로 가려고 하지 않고 방 안으로만 흘러 들어갔다. 걸레를 든 손을 좀 더 부지런히 놀려 방 안으로 흘러드는 것을 중단시키려고 허둥댔다. 손놀림을 빠르게 하여 물을 걸레로 밀쳐내며 현관 쪽으로 흘러가게 했다. 천장에서는 여전히 물줄기가 세차게 쏟아지고 있었다. 방 안으로 흘러드는 물을 현관 쪽으로 밀쳐내는 속도가 천장에서 쏟아지는 물의 속도를 감당할 수가 없었다. 머리 위에서 쏟아내리는 물소리에 숨이 막혀왔다.

"어찌 이런 날벼락이 우리 집에서 일어났단 말인가? 도대체 주방 천장이 왜 입을 벌리고 물을 토해내고 있는 거야."

인영은 중얼거리며 제정신이 아니었다. 심장이 벌렁벌렁 어찌할 바를 모르고 허둥대며 손을 더 빨리 움직여 물을 현관 쪽으로 밀쳐 냈다. 등줄기에 땀이 줄줄 흘러내리는 게 느껴졌다. 얼굴에서도 땀이 뚝뚝 떨어졌다. 벨 소리에 현관을 열어보니 관리실 직원이 서 있었다.

"어제 스프링클러 송수관에 물을 넣었더니 관이 터진 모양이네요."

관리실 직원이 당황한 얼굴빛으로 말했다.

"그럼 어떻게 해요?"

인영이 하는 말에 대꾸도 하지 않은 채 관리실 직원이 사라져버렸다. 인영은 여전히 방 안으로 흘러드는 물을 현관 쪽으로 밀쳐내며 중얼거렸다.

"어떻게 이사를 가는 집마다 물난리가 나는 거야. 아 정말, 도대체 전에 살던 집마다 비가 새서 사람이 불안에 떨며 살았는데 또 이 집 마저 이 모양이란 말이야."

짜증스러운 소리로 중얼거리고 있는데 관리실 직원이 다시 나타났다.

"위층에 가보니 사람이 없고 문이 잠겨 있어요. 지금 송수관을 잠그고 왔는데 물이 좀 덜 떨어지지 않아요?"

고개를 들어 천장 물이 쏟아지는 곳을 바라보니 물줄기가 조금 덜해진 것도 같았다.

"그래도 새고 있잖아요. 도대체 LH에서는 임대아파트라고 싸구려 자재로 집을 얼마나 날림으로 지었으면 십 년도 안 된 아파트가 이 모양이에요?"

"미안합니다. 이제 좀 덜 샐 겁니다. 점검을 해봐야 하지만 이 집 천장을 뜯고 터진 스프링클러 송수관 수리 공사를 해야겠네요."

관리실 직원이 하는 말에 순간 인영은 앞서 살던 집들에서 공사를 하느라 받은 스트레스가 확 솟구쳐 올랐다.

"아! 그럼 우리 집 천장을 뜯고 시멘트 가루를 날리며 공사를 해야 한단 말인가요? 옆에 5단지는 이 집보다 더 일찍 지어졌어도 스프링클러가 터졌다는 소리를 못 들어봤어요."

"어쩌겠어요, 이해해주셔야지. 미안합니다."

"이해고 뭐고 이 삼복더위에 시멘트 먼지 날리고……. 아, 정말 왜 하필 우리 집에서 터지냐고요."

"이 집만 터지는 게 아니에요. 이 아파트가 자주 터지기는 하더라고요."

"그럼 종종 공사하는 소리가 송수관 터진 보수 공사하는 거였나 보죠?"

관리실 직원은 인영의 말이 끝나기도 전에 더 이상 말을 듣기 싫은지 도망치듯 가버렸다.

인영은 이제까지 쫓겨 다니는 셋방살이를 하며 이사를 가는 집마다 천장에서 비가 새고 위층에서 물이 새는 여러 고통스러운 기억들이 머릿속을 쿵쿵거리며 떠올랐다. 머리에서 뜨거운 김이 피워 올랐다. 머리가 터져버릴 지경으로 화가 치밀었다. 도대체 한 층에 일곱 세대씩 15층까지 105세대가 살고 있는 이 건물에서 하필이면 인영 자신의 집 천장에서 송수관이 터져 천장을 뜯고 공사를 해야 하는 상황이란 말인지. 기가 막히고 가슴이 답답해졌다.

"어찌 하필 내가 살고 있는 집이냐고."

인영은 갑자기 집에 대해 정나미가 떨어지고 한탄이 나왔다. 공사를 시작하기 전에 이 집을 벗어나고 싶다는 마음만 간절해졌다. 이사 가는 집마다 공사를 해야 했던 아픈 기억들이 머릿속을 어지럽히고 소용돌이를 쳤다. 앞서 살던 동네에서 수십 번 이사를 다니는 동안 더 이상 그곳에서 집을 얻을 수 없게 되었다. MB의 뉴타운 개발 정책으로 인해 그곳에 살던 사람들이 모두 떠나가야 할 현실이 온 것이다. 모든 건물을 부수고 빛나는 고층 아파트를 세워야 하는 재개발이 시작된 것이다. 그 동네에서 수십 년을 사는 동안 전세금을 올려주지 못해서 또는 집주인이 집을 팔아서 이런저런 이유로 수십 번 이사를 다녀야만 했다. 고통스러웠던 기억들이 줄을 이어 머릿속을 채우고 어지럽혔다. 뉴타운 재개발 바람이 불면서부터 더 심해졌다. 투기꾼들이 윙윙거리는 벌떼같이 몰려들어 집을 몇 채씩 사놓고 비가 새도 고쳐주지 않는 가진 자들의 불법 세상이 되어버린 거였다. 그들은 오직 재개발만 바라보며 집을 사놓았고 세입자는 엉망으로 망가진 비 새는 집에서도 꼼짝없이 살아내야만 했다. 집주인들은 오직 뉴타운 재개발만 바라보고 세입자들이 자신의 낡은 집을 지켜주는 충직한 개로 살기를 원했다.

그 동네에서 작은 몸 눕고 쉴 방을 찾아 골목골목을 헤매고 다닌 지 수십 년이었다. 가진 전세금이 작으니 좋은 집을 구할 형편이 안 되어 썩고 녹슬고 낡은 집만 구할 수밖에 없었다. 힘들게 구한 집은 늘 비가 새서 불안에 떨며 사는 것이 아니라 억지로 살아내야만 했다. 선거 때마다 정치인들이 표를 얻기 위해 떠벌인 말 한마디가 집 없는 가난한 세입자들에게는 우주를 빼앗기고 뿌리를 뽑힘 당하는 대지진과 같은 고통이었다. 정권이 바뀔 때마다 부동산 정책을 발표하나 가난한 세입자들에게는 그 모든 제도가 그저 그림의 떡이었다. 아니 더욱 불안하고 전세금이 하늘로 치솟는 널뛰기 세상으로 변하는 현실이었다. 집 없는 세입자들에게는 정치꾼들의 어떠한 말도 도움은커녕 점점 더 외곽으로 변두리로 쫓아내는 짓에 불과했다. 세상의 아웃사이더 변두리 인생임을 확인시켜주는 거였다.

인영이 살고 있는 소도시 전체 열 군데가 넘는 동네를 파헤쳐서 통째로 들어내고 높은 고층 아파트를 세운다는 MB의 뉴타운 재개발 바람이 아직도 휘몰아치고 있었다. 이제 수십 년을 쫓기며 살았던 동네에서는 더 이상은 집을 얻어 뿌리를 내릴 수 없었다. 인영은 발 디딜 땅 한 뼘은커녕 새끼손톱만 한 땅도 없으니 오래도록 쫓기며 빌붙어 살던 동네를 떠날 수밖에 없었다. 뉴타운 재개발 바람이 휘몰아쳐 살고 있는 사람들을 모두 쫓아내고 있는 현실이었다. 다닥다닥 붙은 주택들과 연립주택들과 낮은 단독주택들이 어깨를 맞대고 골목을 따라 이어져 있는 집에 살던 사람들은 이제 어딘가로 쫓겨가야만 했다. 골목을 어슬렁거리는 도둑고양이와 버림받은 개들마저도 골목이 없어지는 이곳에서는 떠나야만 하는 상황이었다.

"어디로 가야 할지 모르겠어, 가진 돈이 적으니."

인영이 살고 있는 연립주택 지하에 사는 할머니는 이마를 찡그리며 말했다.

"도대체 왜 서민들을 못살게 구는 거야? 여기서는 마트 아르바이트라도 해서 먹고사는데 변두리로 가면 멀어서 어떻게 일을 하고 생활비를 벌겠냐고. 열세 평 연립주택 한 채 있는 것도 빼앗기고 새 아파트 지어도 들어갈 돈이 있어야 들어가지. 요즘은 정말 신경질 나서 살고 싶지가 않아."

1층에 사는 여자는 울상을 지으며 말했다. 그녀는 열세 평 연립주택 하나 가지고 주변 마트에서 야채며 생필품 정리를 해주고 생활비를 벌어 병든 남편과 겨우 살아가고 있었다. 이주비 몇 푼 받아도 주변에서 전세 하나 제대로 얻기 힘들다고 했다. 싼 전세를 찾아 멀리 더 멀리 변두리로 갈 수밖에 없으니 취직은 어떻게 하느냐고 앞날을 생각하면 살고 싶지가 않다는 말을 자주 했다. 옹기종기 모여 살던 낮은 집들을 쓸어버리고 화려한 고층 아파트가 들어선다고 하지만 원주민들은 새 아파트로 들어가 살 수 있는 형편이 못 되었다. 새 아파트 값이 만만치 않으니 몇억씩 들여서 들어가 살 원주민은 많지 않았다. 강아지 집만 한 연립주택 한 채 가지고 근근이 살아가는 그들에게 고층 아파트에 들어갈 돈이 있을 리가 없었다. 원주민들은 바벨탑 같은 높은 새 아파트엔 들어가지 못하고 더 멀고 더 먼 변두리로 티끌처럼 흩어지고 쫓겨갈 수밖에 없었다.

인영 역시도 가진 돈이 적어 살던 곳 근처 골목을 발이 부르트도록 헤매고 다녀보았으나 낡은 아파트는 꿈도 못 꾸고 작은 연립주택마저도 전셋집을 얻을 수 없었다. 헤매고 다니다 지쳐 결국은 포기를 하고 절망에 빠져 있었다. 아파트는 수없이 지어대는데 집 없는 사람들은 여전히 집을 갖지 못하고 쫓겨 다니는 현실이 암담하기만 했다. 인영은 죽고 싶은 절망 속에 발이 공중에 뜬 것 같은 하루하루를 보내고 있었다. 어둠 속에 있던 인영에게 어느 날 번쩍 빛이 찾아왔다. LH로부터 임대아파트에 당첨되었다는 연락을 받게 되었다. 어둠 속에서 빛을 만난 것 같았다. 때마침 당첨이 되었으니 큰 행운이라 여겼다. 오래전에 가입해놓은 청약저축으로 십여 년 전에 신청해놓았던 임대아파트였다. 인영은 쫓기고 쫓겨서 이 도시의 끝자락까지 올 수밖에 없었다. 이 도시에서는 더 이상 갈 곳이 없는 맨 끝자락이었다. 한 발만 내려딛으면 다른 도시가 시작되는 경계선에다 사방이 산으로만 둘러쳐진 소도시에서도 꼬리 맨 끝부분이었다. 사방을 둘러보아도 가게 하나 없는 밤이면 아파트 단지 어디선지 인간에게 서식처를 빼앗긴 개구리 울음소리가 처량했다. 전에는 논과 밭이었던 곳이어서 개구리와 맹꽁이 집을 빼앗아 인간의 집을 지은 임대아파트였다. 도시의 맨 끝에 자리한 아파트 주변 산에서는 밤마다 뿜어내는 어둠만이 출렁였다. 막다른 길 끝자락 골짜기 같은 곳에 서 있는 아파트는 주변 풍경에 어색하고 생뚱맞아 보였다.

집은 전에 살던 낡은 집들에 비해 깨끗하고 비가 새지는 않았으나 교통이나 생활하기에 모든 것이 불편했다. 막다른 끝자락에서 시장 보기며 차를 타고 전철역을 가는 모든 것이 멀고 불편했다. 자칫하다가는 다른 도시로 굴러떨어져버릴 경계선 끝자락 꼬리 끝에 대롱대롱 매달린 물방울 같은 신세였다. 굴러떨어지면 산산이 부서지고 흔적도 없어지고 말 것만 같았다.

시장을 가려면 먼 길을 걸어서 가던가 아니면 차를 타고 가 필요한 것들을 사 넣은 가방을 끌고 지고 들고 낑낑대며 가지고 와야만 했다. 하루하루가 팍팍하기 그지없는 생활이었다. 앞서 살던 동네에서는 전철역이나 재래시장도 걸어서 십 분이면 갈 수 있었으나 이곳은 한 시간 이상 차를 타고 나가야만 했다. 오가며 길에다 버리는 시간이 몇 시간을 차지해버렸다. 외출을 하거나 시장을 보고 집에 오면 하루가 다 걸려 지쳐서 몸을 가누기가 힘이 들었다. 교통사고 후유증으로 늘 통증에 시달리는 인영은 시장을 봐서 버스를 타고 오가는 일이 중노동이었다. 그런 생활은 통증이 더 심해지는 고통의 연속이었다. 인영은 목뼈와 척추뼈가 고장 나 있으니 늘 통증에 시달리며 언제 쓰러질지 모를 낡은 집과 같았다. 몸을 지탱해줄 목뼈와 척추뼈가 망가진 상태이니 물이 새듯 통증이 새어 나와 온몸을 공격하는 고통에 시달리고 있었다. 차를 가진 사람들은 아파트 앞뒤로 둘러쳐져 있는 산을 지나 멀리 큰 마트에 가서 시장을 봐왔다. 차도 돈도 건강도 없는 인영은 버스를 타고 산자락을 휘이휘이 지나 힘들게 무거운 짐을 들고 지고 터벅터벅 걸어서 가져와야만 했다. 인영은 교통사고 후유증으로 목과 허리 다리가 늘 통증으로 터질 것 같은 하루하루가 고달프기만 했다. 도시의 끝자락인 이곳에서는 외출을 할 때마다 버스를 타는 일이 큰 문제였다. 전광판에는 늘 '운행되는 버스가 없습니다'라는 안내방송 자막이 나오는 것을 바라보며 발을 동동거려야만 했다. 도대체 십 분 후에 올 것인가 일 년 후에 올 것인가 막막하게 애를 태우며 마을버스를 기다려야만 했다.

인영은 처음 이곳 임대아파트로 이사를 온 후 구덩이에 빠진 것 같은 답답한 마음을 떨쳐버릴 수가 없었다. 발목에 쇠사슬이 묶인 채 감옥에 갇힌 죄수 같은 심정이었다. 아니 유배지에 홀로 유배당한 기분이었다. 주변에 사람을 찾아보기가 힘이 들었다. 괴괴할 정도로 고요함만 가득했다. 밤이면 어디선가 개구리가 구슬피 울었다. 산과 논밭이었던 곳에 아파트를 세웠으니 개구리 맹꽁이들 집을 빼앗은 인간의 야비함을 항의하며 울어대는 것 같았다. 아파트 주변으로는 산봉우리만 눈에 들어왔다. 말할 사람도 없고 홀로 집 안에 있다 보면 숨이 막혀서 밖으로 나가도 산책은 아파트 주변이나 빙빙 돌 수밖에 없었다. 감옥에 갇힌 다람쥐가 쳇바퀴만 빙빙 돌며 걷고 있는 느낌이었다. 이곳 임대아파트에 이사를 오고 얼마 안 있어 같은 층에 살고 있는 통장이 인영에게 말했다.

"저 옆에 4, 5단지는 분리수거 창고를 지어났는데, 우리 단지는 임대아파트라고 분리수거하는 곳도 안 지어놓고 경비 아저씨들 비가 오고 눈이 와도 그 비 다 맞으면서 고생스럽게 분리수거하니 얼마나 힘들겠어요."

통장의 말을 듣고 자세히 보니 정말 그랬다. 인영이 사는 임대아파트 단지와 옆에 있는 값비싼 일반 아파트 4, 5단지는 건물 자체부터 대조적으로 지어진 것을 확연히 알 수 있었다. 옆 4, 5단지는 아파트 들어가는 입구부터 무슨 궁전 대문처럼 대리석으로 웅장함이 느껴지도록 거창하게 만들어놓았다. 아파트 벽도 인영이 살고 있는 임대아파트와 확연히 다른 값비싼 자재였다. 인영은 4, 5단지를 들어가 둘러보면 대리석을 필요 이상으로 세워놓고 위압감이 느껴지는 많은 조형물을 조성해놓은 것을 볼 수 있었다. 인영도 통장에게 자신의 생각을 말하지 않을 수가 없었다.

"대리석 돌을 채취해 오느라고 얼마나 많은 자연을 훼손했겠어요? 아무리 말을 할 줄 모르는 자연이라도 인간들이 자연을 저렇게 훼손하고 있으니 심각한 문제가 아닐 수 없어요. 돈이나 권력이나 힘 가진 자들은 죄 없는 자연을 함부로 훼손하여 자기들 집을 꾸미고도 아무런 양심의 가책이나 미안한 마음조차 없어요. 그런 행동을 아주 당연할 걸로 알고 있다니까요. 자기들 집 꾸미는 데 자연을 망가뜨리며 욕심스레 배를 채우고 있어요."

인영이 하는 말에 통장은 고개를 끄덕였다.

"역세권 아파트가 십억 이상 올랐어요."

어느 날 5단지에 살고 있는 여자는 역세권에 건물을 사놓았는데 일 년도 안 되어 십억 이상 올랐다고 인영에게 자랑을 늘어놓았다. 그녀는 억 소리 나는 외제차를 몰고 다니며 온갖 자랑을 늘어놓고 거만을 떨어댔다. 그녀를 볼 때마다 인영은 자신이 마치 거대한 벽

앞에 서 있는 작은 촛불 같다는 생각이 들었다. 힘 가진 자들의 입김에도 금방 꺼져버릴 것 같은 위태함이 느껴졌다. 그녀는 앞서 살던 동네에서 인영과 알고 지내던 여자였다. 앞서 살던 동네에서도 집을 몇 채씩 사놓고 부동산 투기를 하여 돈을 많이 벌었다는 소문이 난 여자였다.

그녀가 살고 있는 궁전 대문 같은 5단지 입구에 비해 인영이 사는 임대아파트 입구는 너무도 초라한 작은 막대기 같은 기둥 하나 세워놓은 것이 정문이라는 표시의 전부였다. 4, 5단지와 달리 인영이 사는 임대아파트에는 분리수거하는 날 경비들은 보따리 장사꾼처럼 주차장으로 사용하던 장소에 분리수거할 자루를 펼쳐놓고 눈이 오고 비가 와도 그 비를 다 맞으며 분리수거를 했다. 비싼 아파트 4, 5단지 경비들은 창고 같은 분리수거실 안에서 분리를 하는 게 달랐다. 인영이 사는 임대아파트 경비들은 살고 있는 주민들이 가난하니 그들도 가난하게 불편을 겪으며 분리수거 일을 하는 현실이었다. LH에서는 돈이 있느냐 없느냐로 철저히 구분을 해놓았다. 주민들이나 경비들이나 확실하게 돈으로 차별을 하여 선을 그어놓있다는 사실을 알게 되었다. 이 모든 것이 자본주의 사회의 현상이라는 사실에 씁쓸한 마음이 들었다. 돈이 없는 인영으로서는 그저 어디다 하소연을 하거나 항의를 할 수 있는 형편이 아니었다.

인영이 이곳으로 이사를 온 후 얼마 안 된 어느 날 산책길에서 5단지 여자 부부를 만나게 되었다. 그녀는 인영에게 어디로 이사를 왔느냐고 물었다. 인영이 살고 있는 동을 말하자 그녀는 아주 얕보는 듯한 말투로 한마디 했다.

"2단지에 살면 이 동네에서는 팽 당해요."

"팽 당한다고요?"

인영은 의아한 표정으로 되물었다.

"네, 임대아파트라고 학교 아이들도 따돌림당하고 그래요."

인영은 그녀의 말을 무시하듯 한마디 했다.

"이 동네에도 자본주의에 물든 노예들이 살고 있군요."

그녀의 말에 반항이라도 하듯 인영은 한마디 해줬다. 그녀는 인영
의 말을 듣는 둥 마는 둥 입을 샐쭉하더니 다시 한마디를 더 했다.

"임대아파트 사는 사람들이나 이 동네 후진 B마트에 다니지 4, 5
단지 일반 아파트 사는 사람들은 코스트코나 큰 마트에 가서 물건을
사 와요."

그녀는 유명하지도 않은 동네 B마트에 가는 사람들은 수준 낮은
가난한 사람들 취급을 하며 무시하는 투로 말하는 거였다. 이사 온
지 얼마 안 된 인영은 그녀의 말을 듣고 나니 갑자기 비참한 마음이
밀려왔다. 인영은 처음으로 고층 임대아파트가 당첨되어 이사를 왔
건만 그녀의 말을 듣고 나니 기분이 썩 좋지 않았다. 아무리 기분이
상해도 전세를 얻거나 집을 사서 교통도 시장가기도 좋은 앞서 동네
로 갈 수는 없었다. 인영은 주머니가 가난해 그 동네에 집을 살 돈은
커녕 전세 얻을 돈도 없기 때문이었다.

"로또 맞은 기분이에요. 강남 집값이 어떻게 많이 올랐는지 이번
에 십억은 더 벌었어요."

어느 날 여자는 앞서 동네에서도 인영에게 전화를 걸어외 들뜬 말로 자랑을 늘어놓았다. 전세 얻을 돈도 없어 작은 연립주택 하나 얻지 못하고 이 골목 저 골목을 헤매고 다니는 인영을 향해 자랑을 해대는 거였다. 여자는 철이 없는 것인지 세입자들의 고통을 모르는 것인지 이해가 되지 않았다. 여자는 그 나이에도 세입자의 고통 따위는 알지도 못하고 관심도 없었다. 아니 셋방살이 고통을 전혀 모르는 것 같았다. 강남에 아파트를 열 채도 넘게 가진 자의 포만감에서 나오는 여자의 자랑을 듣고 있으려니 인영은 한숨이 절로 나왔다. 여자는 아주 들뜬 말투로 산과 땅을 사놓은 게 여러 군데 있다는 자랑까지 해대는 거였다. 여자의 말을 듣는 동안 인영은 상대적 박탈감이 밀려왔다. 인영은 또다시 전세를 얻어 새로 이사해야 할 자신의 형편을 생각하니 살고 싶은 마음보다는 절망감이 밀려왔다. 아니 여자를 향해 스멀스멀 올라오는 분노 같은 것이 느껴져 한마디 하지 않을 수가 없었다.

"집 가진 사람들은 집값이 올라서 좋겠지만 세입자들은 작은 전세금으로 집을 얻지 못해 얼마나 죽고 싶은지나 아세요? 전세 값이 없어 집을 얻지 못하고 자살하는 사람들도 있잖아요."

인영의 말에 여자는 아주 캄캄하게 모르는 세상을 알았다는 듯 건성으로 말했다.

"그래요?"

여자의 대답은 정말 세입자의 고통 따위는 옆에도 가보지 않은 돈벌레의 꿈틀거리는 소리 같았다. 정말 가진 자들은 돈 없는 가난한 사람들의 고통 따위엔 관심도 없고 알지도 못하는구나 싶은 마음이 들었다.

정부에서는 늘 부동산 정책을 펴지만 가난한 사람들에게는 아무런 도움이 되지 않았다. 오히려 집값을 널뛰듯 올라가게 하고 전세금을 올려버리는 현상이 나타나곤 했다. 이번 현 정부에서도 3기 신도시니 뭐니 하다가 이제는 그린벨트를 풀겠다느니 안 풀겠다느니 이런저런 방법을 말하지만 가난한 세입자들에게는 어느 나라 일인가 멀게만 느껴졌다. 그린벨트를 푼다는 말이 나오기가 무섭게 땅 가진 사람들은 땅 값을 가지고 요술을 부리듯 올랐다는 말들이 무성했다.

인영은 정말 돈이 있다면 이런 닭장 같은 임대아파트 말고 고향으로 내려가 전원주택 지어 살고 싶은 마음이 간절했다. 머리 위해서 똥 싸고, 머리 위해서 목욕하고, 머리 위에서 잠자고, 머리를 밟듯 쿵쿵거리며 걸어 다니는 답답한 아파트가 싫었다. 온갖 것을 태워 냄새와 연기를 피워 올리는 아래층 여자로 인한 괴로움도 더 이상은 견디고 싶지 않았다.

위층에서 들려오는 드르륵거리는 소리, 쿵쿵거리고 살을 찢을 듯한 옆집 개 짖는 소리뿐 아니라 아래층 여자는 사흘이 멀다 하고 음식을 태워 연기를 피워 올렸다. 아래층에서 올라온 사골 태운 누린내는 한 달이 넘게 집 안을 장악하고 나가지 않았다. 향수를 뿌려보아도 옷이며 커튼이며 벽에 달라붙은 끈적끈적한 누린내는 사라지질 않았다. 아래층 여자가 생선을 태우고 밥을 태우고 뭔가 이상한 냄새와 연기로 괴롭혀 인영은 집 안과 쿠가 편할 날이 없었다. 아래층 여자는 도대체 무슨 정신으로 사는지 궁금할 따름이었다. 얼마 전에는 불에 냄비를 올려놓고 외출을 하는 바람에 시커먼 연기가 피어올라 소방차가 온 적이 있었다. 앞으로도 아래층 여자가 뭘 태우는 냄새가 올라오거든 화재 위험이 있으니 전화를 해달라고 관리실 직원은 인영에게 말했다.

"LH공사 보수팀 부서인데요. 내일 천장 공사를 하려고 하는데요."

모르는 번호로 걸려온 전화를 받아보니 LH 보수팀이라는 남자는 그렇게 말했다.

"천장 뜯는 공사를 한다고요? 아, 정말 왜 이사 가는 집마다 공사할 일이 생기는지 모르겠네요. 도대체 이 집을 얼마나 날림으로 지었으면 십 년도 안 된 아파트가 스프링클러 송수관이 터지냐고요."

인영은 전에 세 살던 집들에서 보일러가 터지고 지붕 공사를 하고 수도 공사를 했던 일들이 생각나 답답해졌다. 이사하는 집마다 공사를 하느라 힘들었던 일들이 떠올라 버럭 소리를 지르고 말았다. 공사를 할 때마다 시멘트 가루가 벽이며 천장이며 물건들마다 달라붙어 걸레로 닦아도 닦이지 않아 애를 먹었던 일이 떠올랐다. 고생한 일들이 생각나자 스트레스가 다시 머리를 쿵쿵 때렸다. 그 상처는 보수팀이라는 남자의 전화를 받는 순간 머리가 터질 것처럼 아파왔다.

"공사하기 싫어요. 시멘트 먼지는 달라붙으면 걸레로 닦아도 닦이

지도 않는다구요. 도대체 왜 하필 우리 집에서 공사를 해야 돼요. 위층에서 하면 안 되나요?"

"네, 관이 터진 거라서 위층에서는 안 되는데요."

"아! 정말 공사하기 싫다고요. 내가 잘못 한 것도 없는데 이 더운 여름에 시멘트 가루로 온 집안 난리 나고 먼지 마시고 시끄럽고 정말 스트레스 받아요."

"그래도 소화기라 화재 나면 물을 써야 하니 꼭 공사를 해야 되는데요."

남자는 인영을 설득하듯 사정하듯 말했다.

"물론 저도 화재 나면 물을 써야 하니 어쩔 수 없이 공사를 해야 하는 걸 알고는 있어요. 하지만 공사를 할 생각을 하니 정말 답답하고 머리가 아파요."

인영은 한참 동안 남자에게 공사하기 싫다는 말을 하며 전에 살던 집들에서 공사를 하느라 고생스러웠던 일들이 떠올라 그 고통이 다시금 괴롭히는 거였다. 그건 세입자로 비 새는 집마다 겪었던 나쁜 기억이 가져오는 트라우마였다. 이 집만은 공사할 필요가 없을 줄로 알았다. 그냥 편하게 살 수 있을 거라 생각했다. 헌데 공사를 앞두고 있는 마음이 마치 사형수가 사형집행 날을 받아놓은 것처럼 답답하고 머리가 아팠다. 그렇다고 공사를 하지 않을 수도 없는 노릇이었다. 만약에 공사를 하지 않고 있다가 화재라도 나는 날이면 불을 끄느라 인영이 사는 집으로 물이 새 물바다로 변할 것이다. 공사는 해야 한다는 걸 이해는 하지만 공사를 하자니 시멘트 가루로 먼지투성이가 될 집 안을 생각하면 엄두가 나질 않았다. 공사 문제가 더욱 무겁게 다가와 이러지도 저러지도 못하고 마음은 몹시 괴로웠다. 보수팀이라는 남자에게 일단 알았다고 하고 내일 오겠다는 것을 좀 미루기로 했다.

인영은 오래전 교통사고를 당해 목과 허리와 다리가 고장이 난 상태로 살고 있었다. 고장 난 몸으로 살아오는 동안 통증에 시달리는 고통스러운 세월이었다. 스프링클러 관이 터져버린 아파트나 교통사고로 목과 허리와 다리를 다쳐 몸속 관이 고장 난 인영의 몸이나 무엇이 다르겠는가 생각되었다. 몸속 관이 터지고 고장 나니 통증의 공격을 받으며 온전한 삶을 살지 못하고 있는 것이 아니던가. 인영은 통증 고통을 혼자 견디고 살지만 아파트 스프링클러 관을 고치지 않는다면 이 동에 살고 있는 모든 사람들에게 고통을 줄지도 모른다는 생각이 밀려왔다. 막상 공사를 할 생각을 하면 마음은 한없이 무겁고 답답하기만 했다. 전에 살던 동네에서 너무도 여러 번 이사하는 집마다 공사를 해야 했던 상처 때문이었다.

평화연립은 열세 평 작은 집이었다. 집 장사들이 날림으로 지어놓아 겨울이면 손발이 시려 이불 밖으로 나온 코가 얼어붙어 잠결에 너무 추워 깨어나곤 했다. 잠들어 있다가도 이마가 너무 시려 잠에서 깨어나면 웃풍이 방 안을 가득 채우고 출렁거렸다. 이불 밖으로 손을 내밀면 손가락이 쩡! 소리를 내며 부러질 것처럼 웃풍이 심했다. 잠자리에 들려면 털모자를 쓰고 장갑을 끼고 이불 속으로 들어가 눕고는 했다. 겨울이면 늘 수도가 얼어터져 주방이며 화장실 수도를 조금씩 틀어놓아야만 했다. 늘 감기를 달고 사는 시베리아 벌판 같은 추운 집이었다. 그런 집도 돈이 없으니 다른 좋은 집을 찾아 이사를 갈 수는 없었다. 아니 그런 작은 집도 집주인 횡포에 시달리며 늘 불안에 떨며 살아야만 했다.

"집을 내놓아야겠어요. 이사 가세요."

집주인은 심심하면 전화를 걸어와 이사 가라고 말했다. 모든 것이 열악한 작은 집이라 해도 집주인은 집 가진 자로서 힘을 발휘하고는 했다. 이사 후 몇 개월이 되지 않은 날이었다. 기한이 되려면 아직 멀었는데 왜 벌써 나가라고 하느냐고 물으면 집주인은 다른 사람이 들어와야 한다고 말했다. 나중에 알게 된 일이지만 집주인이 알고 있는 부동산중개소가 전세금을 올려 받게 하고 복비를 벌기 위해 충동질을 했다는 사실을 알았다. 그럴 거면 이사 오기 전에 말을 할 것이지 이사를 오고 몇 달이나 되었다고 그러느냐고 발이 공중에 떠있는 것 같은 불안한 마음으로 버티었다. 집주인은 잊어버릴 만하면 전화를 걸어와 전세금을 올리라는 둥 집을 나가라는 둥 불안감을 줬다.

MB의 뉴타운 정책이 발표되면서부터 더욱 심해진 현상이었다. 하루하루를 불안한 가운데 버티고 버티던 인영에게 결국은 부동산중개인을 보내 그 집에 더 이상 버티고 살 수 없도록 발 뿌리를 뽑아내는 짓을 했다. 날이면 날마다 끈질기게도 부동산중개소에서 찾아와 집을 보러 왔다고 괴롭히고 집 안과 마음을 흔들어놓고 사라지는 거였다. 인영은 공중에 뜬 발을 어디로 향해야 좋을지 알 수 없는 불안감 속에 하루하루를 버티고 살았다.

"집 나갔으니 한 달 내로 집 비우세요."

집주인이 통보를 해왔다. MB의 뉴타운 재개발 바람이 휘몰아치고 있는 가운데 전셋집을 구하기가 그야말로 하늘의 별 따기였다. 골목마다 헤매고 다니며 집을 구해봤으나 손에 쥔 전세금으로는 맘에 드는 집을 구하기가 힘이 들었다. 아니 맘에 들지 않아도 최소한 하늘을 볼 수 있는 지상에 있는 방 한 칸을 구하기가 힘이 들었다. 누구나 공평하게 볼 수 있는 하늘조차 볼 수 없는 지하에 처박힌 방이나 겨우 구할까 말까 한 현실이었다.

"이사 날짜를 좀 늦춰주시면 안 될까요? 아직 집을 얻지 못해서요."

집주인에게 사정을 해보았다.

"나가세요, 두말하지 말고 나가세요. 집을 못 비워줄 거면 일수로 쳐서 돈을 내세요."

집주인 여자는 푸른빛이 도는 칼날로 심장을 잘라버리듯 앙칼지게 말했다. 집주인은 지방에 살고 있었다. 투자를 목적으로 사놓은 연립주택을 가진 자의 힘은 막강하고 셌다. 집주인 여자는 처음 인영이 이사를 올 때 얼마나 친절하게 대해줬던가. 재개발이 될 때까지 살라고 상냥하게 말하면서 어찌나 친절을 베풀던지. 헌데 인영에게 하는 말을 듣고 그때 그 집주인 여자가 맞는가 하는 의아함이 들 정도였다.

그 집에 이사하고 얼마 안 있어 추운 겨울 어느 날 보일러가 돌지 않았다. 그렇지 않아도 많이 낡고 외풍이 심하고 추운 집인데 보일러가 돌아가지 않으니 오들오들 떨며 며칠을 보냈다. 집주인에게 전화를 하여 사정을 말했고 보일러 공사 날이 잡혔다. 보일러 파이프가 너무 낡아 작은방이며 큰방이며 주방이며 전체를 다 뜯어야 하는 상황이었다. 집 안에 있는 물건들을 전부 들어내 계단에 내놓고 대대적인 공사를 해야 할 형편이었다. 아예 짐을 싸 들고 이사를 한 번 더 하는 것과 같았다. 아니 그보다 더 힘들고 고생스러웠다. 할 수만 있으면 짐을 싼 김에 아예 이사를 가버리고 싶은 마음이 간절했다. 인영은 가난한 주머니를 들여다보면 그 또한 마음뿐이었다. 공사는 오랜 시간이 걸렸다. 방바닥은 있는 대로 모두 파헤쳐졌고 바닥을 뚫고 시멘트를 깨는 기계 소리와 함께 시멘트 먼지가 부옇게 일어나 벽이고 천장이고 물건이고 어디에든 찰싹찰싹 달라붙었다. 이른 아침부터 시작된 보일러 공사는 저녁때까지 계속되었다. 밤늦어서야 겨우 공사가 끝나고 청소를 하는데 시멘트 가루가 붙어 있는 곳마다 먼지털이로 털어보아도 가루는 꼼짝하지 않았다. 물걸레로 닦아보아도 닦이지 않았다. 끈적끈적한 시멘트 가루는 무엇에건 달라붙어 원래가 그곳에 있었던 것처럼 떨어지지 않았다. 시멘트 가루 먼지는 수세미로 박박 닦아내고 물로 씻어내야만 조금씩 씻겨나갔다. 헌데 모든 물건을 물로 씻어낼 수는 없으니 몇 날 며칠이고 물걸레를 가지고라도 닦아내고 청소를 해야만 했다. 물건마다 시멘트 먼지로 더럽혀지고 이전처럼 되지 않았다.

"이사를 나가도록 하세요."

죽어라 고생하여 보일러 공사를 해놓으니 집주인은 전세금을 올려달라고 했다. 돈이 없어 올려주기 힘들다고 했더니 이사를 나가라는 거였다. 이렇게 몇 번이고 나가라는 말을 듣고 또 듣다가 결국은 그 집에서 쫓겨나게 되었다. 뉴타운 재개발 바람이 불면서 집주인은 태도가 더 냉정하고 야비해졌다. 뒤에 이사 오는 사람에게서는 인영의 전세금보다 두 배도 더 받았다는 말을 들었다. 역시 자본주의 사회 현상이려니 하면서도 돈 액수로 사람이 천하게도 귀하게도 취급을 받는다는 것이 깊은 절망감이었다. 인영은 몸속 관이 고장 나버린 현실에서는 돈을 벌기가 힘이 들었다. 겨우 시간제 아르바이트로 근근이 살아가고 있었다. 목과 척추와 다리로 이어지는 몸의 뼈 곳곳에서 통증이 새고 있으니 몸도 삶도 온전할 리가 없었다. 관이 터진 송수관과 같은 몸으로는 하루라도 편하게 살 수가 없었다.

평화연립을 이사 나와 새로 얻은 집은 낡을 대로 낡은 단독주택이었다. 키가 껑충 크고 구부정한 집주인은 아예 처음부터 뉴타운 재개발을 앞두고 있으니 집수리를 전혀 해줄 수 없다고 못을 박았다. 인영이 가진 돈으로는 헤매고 다니다 지쳐 내키지 않았지만 곧 허물어질 것 같은 그 집을 얻을 수밖에 없었다.

그 집으로 이사를 하고 첫날 저녁 자정 무렵이었다. 어둠이 창가에 와서 넘실대는데 지붕에서 쿵쿵 발자국 소리를 내며 장대비가 쏟아졌다. 잠시 빗줄기가 세차게 쏟아지는 소리를 들으며 짐을 정리하다 보니 방 천장에서도 물줄기가 쏟아지고 있었다. 아니 작은방에서도 이사하느라 새로 바른 벽지를 흠뻑 적시며 벽을 타고 빗물이 줄

줄 흘러내렸다. 큰방에서 쏟아지는 빗물은 금방 방바닥을 타고 사방으로 흘러갔다. 얼른 뛰어가 걸레로 물줄기를 닦고 대야를 가져다 물이 새는 천장 아래 받쳐놓았다. 집 안팎 사방에서 빗물이 새고 있었다. 밤새 바깥에서 쏟아지는 빗줄기보다 방 안에서 쏟아지는 물줄기 소리가 커서 한잠도 못 자고 꼬빡 새웠다. 방 안에 떨어지는 물줄기는 바깥의 장대비 소리보다 훨씬 크고 우렁차게 신경을 긁었다. 비만 오면 이불이 젖을까 책이 젖을까 전전긍긍하며 불안에 떨어야만 했다. 집에 있는 동안에는 그래도 다행이었다. 대야라도 갖다 받쳐놓을 수 있으니까. 인영이 집에 있지 않고 외출해 있는 날 갑자기 비가 오면 미친 사람처럼 집으로 달려가야만 했다.

아무도 도와줄 사람이 없는 인영으로서는 비가 내리기만 하면 불안에 떨며 쫓기는 신세였다. 집주인에게 전화를 걸어 사정을 얘기해도 소용이 없었다.

"뉴타운 재개발을 할 건데 집수리를 해주고 싶겠어요?"

빤질빤질한 얼굴을 한 집주인 남자는 주저 없이 잘라 말했다. 더 이상 무슨 말도 할 수 없도록 말문을 막아버리는 거였다.

"그래도 사람이 살고 있는 집인데 비가 새서 도저히 살 수가 없어요. 이불이고 책이고 전부 젖어버리고 비가 내리는 밤이면 방 안에 세숫대야를 받쳐놓고 밤새 한잠도 못 자고 안절부절못하는데 어떻게 살겠어요."

아무리 사정을 해봐도 집주인 남자는 뉴타운 재개발을 할 건데 집수리를 해주고 싶겠느냐고 오히려 반문을 하는 거였다. 이사하고 한 달도 되기 전에 집 안 천장이나 벽에서는 검정 곰팡이 꽃이 만발하기 시작했다. 발이 공중에 떠 있는 듯한 기분으로 하루하루를 버텨 나가야만 하는 나날이었다. 비가 오는 날 바깥의 빗소리와 방 안에 받쳐둔 세숫대야에 물 떨어지는 소리를 들으며 이불을 덮고 누우면 구멍이 숭숭 뚫린 나뭇잎 위에 누워 망망대해를 항해하는 것 같았다. 몸 아래로 불안과 공포와 막막함이 파도를 치는 것 같았다. 비가 오는 날이면 양철 추녀에 떨어지는 빗줄기가 날카로운 비명을 질러대며 귀가 따가울 정도로 온 집 안을 채웠다. 집 안은 빗소리와 양철 두들기는 소음의 소굴로 변해버렸다. 비가 내리는 날은 또 좁은 마당이 물바다가 되었다. 마당에서 출렁이는 흙탕물은 보일러가 있는 지하실로 흘러들었다. 빗자루를 들고 온몸이 빗물에 흠뻑 젖도록 마당에 고인 빗물을 쓸어 하수구로 보내야만 했다. 지하실로 들어가는 창문은 처음 이사를 올 때부터 다 깨지고 너덜거려서 빗줄기가 들이쳐 빗물이 흘러드는 것을 막을 수가 없었다. 깨진 지하실 창을 비닐로 가려놓아도 세찬 바람이 부는 날 빗줄기는 지하실에 들이쳐서 바닥에 고여 출렁거렸다.

"비가 너무 많이 새서 이 집에서는 더 이상 살 수가 없어요. 이사를 가야겠어요."

결국은 그 집에서 기한까지 살지 못하고 겨우 육 개월 살고 집주인에게 이사를 나가겠다는 전화를 할 수밖에 없었다. 이사 비용과 복비만 이중으로 깨진 채 이사 결정을 할 수밖에 없는 현실이었다.

"복비랑 이사 비용은 자신이 물고 가야 하는 것 아시죠?"

얼굴이 빼질빼질하고 야비하게 생긴 집주인은 그렇게 말했다. 비가 새서 못 살고 가는 것 아니냐고 말해봐도 소용이 없었다.

"비가 새서 도저히 살 수가 없어 가는 거잖아요."

"그래도 기한 전이니까 자신이 다 물고 가세요."

집주인 남자는 냉혈동물 같은 태도로 단칼에 거절하고 말았다. 인영은 그 뒤로도 몇 집을 전전하며 악랄한 집주인들의 횡포에 시달림을 당하며 지쳐갔다. 삽질을 좋아하는 MB의 뉴타운 재개발 바람이 인간성마저 말살시키고 있었다. 오직 그들은 뉴타운 재개발 지역인 동네에서 재개발을 통해 한탕 목돈을 움켜쥐려는 탐욕으로만 가득한 자들이었다. 인간에 대한 최소한의 예의나 책임감 같은 건 잊은 지 오래였다. 인영은 MB가 만든 뉴타운 재개발 정책으로 더 힘든 세입자 생활이 진저리가 쳐졌다. 작은 몸 하나 편히 쉴 지상의 방 한 칸 찾지 못하고 헤매는 나날이 이어졌다. 자본주의 사람들을 더욱 냉혈동물로 만든 MB의 뉴타운 재개발 정책 때문이었다. 인영은 탐욕적인 정치꾼과 집 가진 투기꾼들 사이에서 등 터진 새우 신세가 되어 뼛속 깊이 아파하는 현실이었다. 옥탑방으로 이사를 갔다가 지하방으로 이사를 갔다가 몇 번이고 수없이 쫓기고 쫓기며 이사 다니기를 반복하는 세월이었다. 인영은 MB가 만든 뉴타운 정책을 속으로 저주하고 또 저주했다. 수십 번 보따리를 싸고 이사를 하고 또 보따리를 싸고 또 이사를 하다가 온 곳이 이 도시의 맨 끝자락이었다. 더 이상 갈 곳이 없는 막다른 꼬리 끝에 매달린 물방울처럼 이곳 임대아파트로 오게 된 것이었다. 헌데 가장 깨끗하고 새집 같은 이 아파트마저도 송수관이 터져 공사를 해야 한다는 것을 생각하니 속이 상하고 답답하기 짝이 없었다.

"띵동!"

인영은 현관벨 소리에 현관문 걸쇠를 걸어놓은 채 문을 열어보았다. LH 보수공사팀이라는 남자들이 장비를 들고 서 있었다.

"스프링클러 송수관 보수공사 하러 왔어요."

남자들은 장비를 들고 걸쇠가 잠긴 현관문을 잡아당기며 집 안으로 발을 들여놓으려고 했다. 인영은 현관문을 더 이상 열지 않고 큰 소리로 말했다.

"공사하기 싫으니 돌아가세요."

남자들은 강하게 현관문을 열고 들어오려고 했다. 인영은 현관문 앞을 가로막고 서서 이 더운 삼복더위에 먼지 뒤집어쓰기 싫으니 돌아가라고 거듭 말했다. 남자들은 화를 내며 공사 못 하게 해서 화재 나면 책임질 거냐고 큰 소리로 말했다. 남자들이 떠드는 소리에 이곳저곳 옆집들이 문을 열고 내다보았다. 인영은 현관문 걸쇠를 끝까지 열지 않고 문을 쾅 닫아버렸다. 인영은 두 손으로 귀를 막았다. 밖에서는 계속해서 쿵쿵쿵 현관문을 두드리는 소리가 요란하게 울려 퍼졌다. 인영은 마음이 여러 갈래로 갈라지는 것을 느끼며 양손으로 귀를 더욱 세게 막았다.

계급도시와 인간생태학

이명원

1

이번에 출간되는 백정희의 소설집을 읽으면서 생각하게 된 것은 '계급도시 안에서 살아가기'의 문제였다. 백정희의 소설집에는 오늘날도 문제가 되고 있는 도시 공간의 계급적 분할과 이에 따른 원주민의 추방이라는 사태를 조명하는 작품들이 포함되어 있다. 많은 경우 그것은 작가적 실존의 문제를 거주 및 생활 공간으로부터의 배제와 추방이라는 사태와 연결시키는데, 이것은 단순히 작금의 부동산 투기 광풍이라는 소재적 차원으로 한정하기에는 작가의 서사의식/무의식의 심도가 깊다.

비평가의 지력(知力)이나 구성력이라고 하는 것은 결국 작가가 의식/무의식적으로 환기하고 있는 반복 모티프(leit-motif)를 분석적으로 종합하여, 작품이 환기하고 있는 의미와 등장인물의 정념들을 한 시대

안에서 유력한 탐구 의제로 제시하는 데 있다. 이런 관점에서 나는 백정희의 소설이 '계급도시 안에서 살아가기'라는 인간생태학의 물질적 토대의 문제에 천착하고 있는 작품이라는 관점에서 읽어보는 것은 어떤가 하는 시각을 제시하고 싶다.

물론 이 소설에 수록된 작품들의 공간적 배경은 '도시'로만 한정되지 않는다. 데뷔작인 「가라앉는 마을」의 공간적 배경은 농촌으로, 도시인이 소비할 생수를 대량생산하게 될 '취수공장'이 들어서면서 마을공동체와 상호부조의 문화가 궤멸적 타격을 입게 되는 모습이 펼쳐지는 곳이다. 산업화 이후 우리가 끊질기게 목격해온 대도시의 '자본 식민지'로 전락한 농촌의 풍경을 이 소설은 잘 보여주는데, 농민들의 생업/생존과 무관하게 '물'로 상징되는 자연을 수탈/착취함으로써 이윤을 축적해가는 현대판 시초 축적의 풍경을 조망하고 있다.

백정희의 소설에서는 서울과 같은 거대도시(metro-polis) 안에서, 도시문화를 구가하면서 소비에 골몰하는 식의 인물은 등장하지 않는다. 설사 서울과 같은 대도시에서 살아가는 인물이라 할지라도, 고향인 섬마을에서 상경해 백화점 식육부에서 저임금 노동으로 착취당하다가 버려지는 「외양간 풍경」의 갑철의 생활 세계가 묘사되거나, 공간적 배경은 지방 대도시인 광주광역시이지만, 차라리 전통적인 상호 부조의 공동체를 환기시키는 '말바우시장'을 배경으로 신산스런 인생 역정이 회상되는 「말바우시장」의 공간적 성격은 '익명성'이나 '이해관계'를 중심으로 작동되는 소비도시로서의 풍경과는 다른 것이다. 요컨대 도시 공간에 대한 비판 의식이 백정희 소설에는 반복적으로 드러난다.

백정희의 소설에 빈번하게 재현되는 서사적 상징 공간의 전형적 특성을 거론한다면, 신자유주의 시대 이후 자본의 새로운 축적 논리에 의해 크게 변형되는 도상에 있는 이른바 수도권 주변부 중소도시가 이에 해당한다고 생각한다. 크게는 소설가 자신의 신산스럽기 그지없는 생활 세계의 고통을 서술하고 또 묘사하게 만드는 이 공간은 과거 이명박 정권 시기의 '뉴타운 재개발'의 광풍이 휩쓸고 있는 지역이다. 뉴타운 재개발이 이른바 공간에 대한 이윤 동기에 기반한 개발과 이에 따른 거주민의 계급적 분리를 사실상 목표와 결과로서 제시하고 있는 젠트리피케이션, 즉 '지역 부유화' 전략의 산물이라면, 백정희 소설 속의 작가의 분신에 해당되는 인물들은 이 와중에 절박한 생존의 난경에 직면해, 부유하게 되고 배제되어 주변화되는 인물로 나타난다.

낡은 연립주택 꼭대기층에 거주하는 「바람은 길이 없다」의 '나', 뉴타운 재개발 바람에 곰팡이 묻은 습한 공기로 가득한 지하방에서 절망하고 있는 「계단 위에 있는 집」의 또 다른 '나', 연립주택과 단독주택을 전전하다가 간신히 고층 임대아파트에 거처를 얻게 되지만, 이웃한 민간 아파트 주민들의 계급적 멸시와 차별에 직면하고 있는 「마지막 집」의 '인영'이 거주하고 있는 공간과 장소들은 가진 자 측에서의 '공간 부유화'는 빈곤한 자 측에서의 '공간 빈곤화'를 의미한다는 것을 잘 보여준다.

그것이 대도시이건 혹은 수도권의 베드타운 위성도시이건 혹은 농촌 지역이건, 이윤 동기 혹은 개발 논리에 의해 삶의 근거를 강탈당하고 배제되는 인물들이 백정희 소설의 주동인물들로 재현된다. 「금수회

의록」과 같은 알레고리의 수법으로 관광 개발에 따른 자연 파괴의 결과, 이주를 결정하는 동물들의 비상 회의를 다루고 있는「새들은 어디로 갔을까」역시, 배경은 강원도 영월의 섭새강 일원이지만, 이 소설에서의 개발 논리와 지역 파괴의 양상, 이에 따른 동물들의 생존권 위협은「가라앉는 마을」에서의 인간생태학의 비극적 상황과 다를 바 없는 파국적 현실을 보여준다.

이윤 동기에 근거한 개발 논리와 도시 구조의 변형에 대한 작가의 비판적 문제의식과는 소재적으로는 차이를 보여주는 유일한 소설로는「진혼교향곡」을 들 수 있다. 이 소설은 아마도 작가의 실제 체험에서 비롯된 작품으로 보이는데, 표절과 도용의 문제를 조명하고 있는 작품이다. 백정희 소설의 물리적·지리적 거주 공간이 이윤 동기에 의해 계급적 분리와 배제를 상징하는 것으로 자주 나타난다면, 이 소설 속에 나타나는 원작의 표절과 도용이라는 사건은 작가의 창조적 영토에 대한 침해와 수탈로 의미될 수 있다는 점에서, 위에서 거론한 여러 소설들의 공간적 함의와 심적으로 대응된다.

요컨대 백정희는 그의 소설을 통하여 자본의 논리 속에서 삶의 근거는 물론 예술적 존엄을 훼손당하는 자본에 의한 수탈과 착취의 현실을 도시 개발의 과정 속에서 추방당하는 원주민의 시선과 중첩시켜 표현하고 있는 것으로 볼 수 있다. 그런 점에서 보면, 이 소설집에 수록되어 있는 여러 작품들은 계급적 분리에 의해 작동되는 도시 안에서의 풀뿌리 민중의 고통에 대해 표현하고 있다는 공통점이 있다.

2

　수록된 소설 가운데 가장 인상 깊게 읽히는 작품은 역시 「가라앉는 마을」이다. 이 소설은 저자의 등단작이기도 한데, 이윤 동기에 기반한 자본의 논리가 어떻게 거주자인 인간을 추방하고 배제하는 폭력으로 나타나는지를 잘 보여준다.

　이 소설은 도입부에서 월산댁의 상여를 짊어지고 장례를 치르고 있는 마을 사람들의 풍경을 보여주면서 시작한다. 월산댁의 죽음은 이 농촌 지역에 불어닥친 생수공장의 '취수 작업'과 관련을 맺고 있다. 농민들에게 '땅'은 생업의 근거이기도 하고, 동시에 공동체적 삶의 터전이기도 하다. 그런데 어느 날 생수공장을 개발하겠다며 취수시설이 들어서고, 개발에 반대하는 마을 주민들을 분열시켜 공장주가 토지를 매입한 후, 굴착기로 취수공을 박아 생수를 추출하기 시작한다.

　농사를 짓던 농민들은 논에 물을 대놓지만, 하루도 지나기 전에 물이 빠져나가 농사를 지을 수 없는 상태에 처하는 것은 물론, 어느 날부터는 지반조차 침하되기 시작하다가 결국 월산댁의 가옥이 붕괴되고, 그 결과로 비극적인 죽음에 이르게 되는 것이 소설의 전개 과정이다. 마치 영국의 산업혁명 초기의 인클로저(울타리치기) 조치가 농민들을 땅으로부터 추방시켜 공장에서의 빈곤노동에 밀어 넣었던 것과 마찬가지의 상황이다.

　농민들에게 '땅'은 도덕경제의 토대이다. 땀 흘린 만큼 소출을 거둘 수 있고, 이를 통해 가족경제를 지속할 수 있다는 오래된 희망이 농민들의 집단적 심성인 것이다. 그러나 이윤 동기에 의해 추동되는 개발주의는 그런 도덕경제를 파괴하는 것을 통해서 성장경제를 구가한다.

순태가 팔아버린 논 가까이에 상여가 이르렀을 때였다. 기계 소리는 성난 사자처럼 포효하고 있었다. 집채만 한 굴착기가 뾰족하고 날카로운 이빨로 탐욕스럽게 흙을 파먹어 들어가고 있었다. 논바닥은 취수공을 박아놓은 구멍이 늘어날 때마다 흙에서는 고막을 찢는 듯한 비명을 질러대고 있었다. 순태네 논만이 아닌 황 영감네나 근처의 모든 논밭들이 몸을 비틀며 진저리를 치고 있었다. 그 부드러운 흙의 살결에 육중한 쇳덩이 취수공이 박힐 때마다 굴착기가 뿜어내는 돌가루 물이 솟구쳐 나와 분수가 되고 또 다른 논으로도 흘러들어 갔다. 생살이 찢겨지는 흙은 아픔을 견디지 못해 회색 피를 낭자하게 쏟아내고 있었다. 생살 밖으로 흘러나온 회색 액체는 벼 포기와 양파와 마늘 등 다른 농작물을 뒤덮고 아무 데나 찰싹찰싹 엉겨붙어 농작물의 일부분인 양 굳어갔다. 굴착기 입을 통해 토해진 액체는 시멘트 가루를 물에 다놓은 것 같았다. 양파와 마늘 벼 포기들은 그 액체를 뒤집어쓰고 숨을 쉬지 못해 헐떡거리는 회색 식물로 변모해갔다. 처음부터 그런 모양새로 돋아난 식물인 양.

—「가라앉는 마을」

위의 인용문에서 "근처의 모든 논밭들이 몸을 비틀며 진저리를 치고 있었다."는 의인화된 땅의 비명은 자본의 논리에 의해 압살당하는 농민들과 생태 평형의 붕괴 모두를 지시하는 표현이다. 백정희의 소설을 읽다 보면, 이렇게 개발주의가 인간 삶의 근원적 기초인 '땅'을 화폐에 의해 교환 가능한 '토지'로 변모시킨 후, 인간과 자연 모두를 생명의 순환적 질서 바깥으로 추방해버리는 폭력적 양상이 자주 나타난다. 「가라앉는 마을」에서의 월산댁의 죽음은 이러한 개발주의의 폭력성을 단적으로 비판하고 애도하기 위한 의도에서 서사화되고 있는 것일 터이다.

위의 소설을 읽다가 나는 생태사상가 김종철의 『땅의 옹호』(2008)에서의 다음과 같은 진술도 자연스럽게 떠올렸다.

> 자본주의 문명의 전개는 노동자에 대한 착취의 역사라기보다 세계 전역의 토착문화와 문화의 토대인 땅에 대한 체계적인 유린과 공격의 역사라고 할 수 있다. 자본주의는 땅을 사고팔 수 있는 상품으로 전환시킴으로써 그 땅을 기반으로 살아온 사람들의 공동체적 삶을 가차없이 망가뜨리고, 오로지 소수 특권층의 배타적인 '행복'을 증진시켜 왔다. 뿐만 아니라, 그 과정에서 무엇보다도 땅 그 자체의 생명력이 거의 회복불능의 수준으로 훼손되었다.
> ― 김종철, 『땅의 옹호』

위에서 김종철이 개탄하고 있는 "땅에 대한 체계적인 유린과 공격의 역사"라는 표현을 읽으면서 백정희의 「가라앉는 마을」의 절망적 묘사들을 떠올리는 것은 결코 어려운 것이 아니다. 그러나 오늘날의 소설가들에게 땅에 대한 이러한 근원적 감각과 이에 기반한 비판 의식은 잘 드러나지 않는다. 땅으로부터 유리된 도시적 삶의 감각이 일종의 '제2의 자연'처럼 체화되어 있기 때문이다.

반면, 백정희의 소설 속 인물들은 이런 개발주의가 관철된 신자유주의적 도시 문명에 의해 상실되고 파괴되는 공동체적 삶의 원초적 풍경에 대한 기억을 간직하고 있고, 도시 문명의 폭력적이고 비정한 이면을 그 누구보다도 날카롭게 인식하면서, 이를 비판적으로 응시하는 태도를 보여준다. 현실을 바라보는 작가의 시선 혹은 주체 위치는 철저하게 풀뿌리 민중과 자연의 편에 서 있다.

가령 목포 고화도 출신으로 서울에 올라와 백화점 식육부에서 일하고 있는「외양간 풍경」의 '갑철'은 그가 일하고 있는 자본주의적 소비사회의 표상인 '백화점'과 그의 감성의 뿌리가 되었을 성장기의 고향 '오일장'을 대비적으로 인식하고 있는 인물이다. 그는 고향의 오일장을 회상하면서 "마당굿인 걸립굿을 허느라고 꽹과리에 징에 장구에 북을 동원하여 놀 때는 내놈도 어찌나 신이 나던지 온 마당을 껑충거리고 다님시러 신들린 놈같이 덩실덩실 춤을 추고 소리를 질렀지라우."라며 회한에 젖어 말한다. 공동체에 기반한 민중적 활기가 장터를 가득 채우고 있었음을 피력하고 있는 진술이다.

반면, 그가 일하는 '백화점'은 도시인들의 과시적 소비 행태의 이면에, 자신과 같은 저임금 노동자에 대한 구조적 착취가 자행되는 '흡혈 공간'으로 인식된다.

그렇다면 우리 놈덜은 뭣이냐? 잠 한숨 못 자고 일은 좆빠지게 하고도 땡전 한 푼 못 받는 이런 법은 어느 나라의 어느 개 같은 법이냐고 했소. 모기 새끼가 밤새 피 빨아 처먹는 것도 아니고 정육부 놈덜 노동력을 착취했으면 눈꼽 찌그러기만치라도 그 값을 쳐주는 것이 당연지사 아니냐고 그랬소. 기업이라는 것이 덩치만 컸다뿐이제, 살살거리고 날아와서 피 빨아먹는 모기 새끼와 다를 것이 뭣이냐고 했소. 우리 같은 가난허고 힘없는 촌놈덜 노동력이나 빨아먹고도 근로기준법이 어떻고 야근 인정이 안 되고 따위로 이유를 내세우다니 참말로 내놈 눈에는 덩치만 컸다뿐이제 기업이라는 것이 모기 새끼와 다를 바 없노라고 했소. 땅바닥에 기어가는 벌가지도 밟으면 꿈틀대는디 나 같은 피 끓는 놈 건들면 누가 가만있었소?

―「외양간 풍경」

　　위의 인용문은 장시간 저임금 노동의 착취가 체계적으로 작동하는 백화점 식육부의 노동 행태를 비판하고 있는 부분이다. 위에서 갑철은 자신의 존재를 "백정 놈"으로 멸칭하면서, 가혹한 노동 착취가 자행되는 백화점의 인사 관리 행태 전체를 질박한 호남 방언으로 유감없이 풍자한다. 물론 그러한 풍자를 통해 해고당한 갑철의 일상이 복원될 수 있는 것은 아니다. 그러나 이윤 동기에 기반한 시장주의적·관료주의적 시스템에 의해 배제된 약자의 최후의 무기란 이런 풍자에 있다는 사실 역시 경시할 수는 없다. 이것은 단순히 "백정 놈"의 처량한 장

탄식이 아니다. 객관적 상황의 궁핍함에도 불구하고, 무엇보다 집칠의 풍자에는 상실된 장터의 민중적 활기를 심미적으로 복원시키는 낙천주의가 있다. 아마도 이것이 민중적 활기라고 앞에서 표현했던, 권위의 상징적 전도를 가능케 하는 민중적 서사의 힘일 것이다.

3

백정희의 소설은 현실의 구조적 모순에 대한 객관적 인식에서 출발한다. 소설에 있어 리얼리즘적 수법이 오늘의 작법에서는 낡은 것으로 간주되는 경향이 있지만, 작가 백정희에게 쓴다는 행위를 지속시키는 힘은 자신을 둘러싼 상황과 세계의 구조적 폭력을 냉정하게 직시하고, 그것을 교정하고자 하는 증언에의 의지가 꽤 깊어 보인다. 이 소설집에 수록된 소설들의 창작 연도는 등단작으로부터 가늠해보면, 20여 년에 이르는 것으로 보이는데, 그럼에도 불구하고 각각이 소설에서 피력되고 있는 서사적 문제의식은 현재진행형의 성격을 띠고 있다. 구조화된 현실의 모순은 단지 의지적·관념적으로 극복한다고 해서 낭만적으로 해소되는 것은 아니다. 백정희의 소설을 읽으며, 항상 패배하는 인물과 상황을 묘사하고 서술한다는 것이 무슨 의미가 있느냐고 질문을 던지는 사람도 있을 수 있다. 그러나 현실의 구조적 압력에 대항하여 한 사람의 소설가가 필사적으로 그의 펜을 굴리는 이유는 명백하다. 모든 현실 속에서 인간들은 더 나은 세계를 위해 저항해

왔고, 그런 저항과 몸부림을 기록함으로써만 현실에 대한 순응주의와 타협주의를 심미적으로나마 성찰하고 극복할 수 있기 때문이다.

이번에 출간되는 백정희의 소설에는 이명박 정권 시기의 '뉴타운 재개발'이나 이른바 '4대강 살리기'를 통한 국토 변형의 토건주의와 개발주의가 소설의 중요한 배경으로 등장하고 있다.

「새들은 어디로 갔을까」는 동강댐 건설과 유역 개발에 따른 리조트화에 대항하는 서식지 동물들의 항의 행동이 우화로 쓰여진 작품인데, 회의에 모인 동물들의 입을 통해서 이러한 행태가 직정적으로 비판되고 있다.

> 더더구나 나라 안의 유명한 강들을 파헤쳐 대운하를 만든다는 소문은 곧 우리들의 죽음을 의미하기에 더 이상 지체할 수 없었습니다. 이제는 산과 들과 바다를 깎던 기계로 강바닥까지 파헤쳐 깎는 4대강 사업을 한다고 합니다. 우리에게는 사형이요 전쟁이 나는 거나 다를 바 없습니다. 저는 그 무서운 물속의 지진이요, 전쟁을 피해 가족들과 목숨을 걸고 여기까지 뛰어올라왔습니다.
>
> —「새들은 어디로 갔을까」

위의 진술은 낙동강 모래 채취로 피난을 온 쏘가리와 메기들의 현실에 대한 비판인데, 이 밖에도 황금박쥐, 파랑새, 버들치, 까막딱따구리, 어름치, 송사리, 통가리, 무지개 송어, 갈겨니, 꺽지, 박쥐 등을 포함한 무수한 생명들의 입을 빌려 자연의 생태적 질서를 유린하는 개발주의의 폭력성을 매섭게 꾸짖는다.

그러나 유린당하고 있는 것은 자연만이 아니다. 인간 역시 이 소설집에서 반복적으로 언급되는 '뉴타운 재개발'과 같은 젠트리피케이션 정책에 의해 삶의 장소로부터 박해받고 추방당하고 있다. 「바람은 길이 없다」, 「계단 위에 있는 집」, 「마지막 집」과 같은 작품은 작가 자신이 몸소 체험한 이러한 현실을 소설로 재현한 작품으로 읽힌다.

이 세 편의 작품들은 주제론적 차원에서 보자면, 일종의 '뉴타운 재개발'을 소재로 한 자전적 연작소설의 성격을 띠고 있다. 소설 속의 작중 인물은 상이하지만, 그들은 모두 시골에서 서울로 이주했으며, 소설을 쓰고 있지만 건강이 아주 나쁜 상태에 있고, 한때는 비정규직으로나마 일정한 수입이 있었지만, 현재는 지하방과 연립의 꼭대기층, 혹은 배관이 낡아 수시로 물이 새는 임대아파트 안에서 경제적 불안과 이사의 고통을 겪는 것으로 서술되고 있다.

이 세 편의 소설 속에서 공히 작중 인물의 불안과 절망을 초래하는 원인은 '뉴타운 재개발'에 따른 주택 가격의 상승과 집주인에 의한 거듭된 퇴거 압박이다. 그러나 투기 심리로 전세 가격조차 이미 감당할 수 없는 수준으로 뛰어올라, 더 먼 변두리 경계 지역의 남루한 지하방과 옥탑방 등을 전전해야 하는, 사실상의 '주거 난민'으로 전락하여 떠돌게 되는 생활상의 불안과 붕괴감이 증폭된다.

「바람은 길이 없다」에서 이러한 심적 상태는 아래와 같이 서술된다.

나는 유리관처럼 밀봉된 세상 밖에 홀로 서 있는 느낌이 들었다. 유리관으로 된 세상 안에서는 모두들 건강한 모습으로 분주하게 갈 길을 가고 있었다. 사람들이 떠드는 소리. 부르는 소리. 일하는 소리. 학교에 가느라 출근하느라 만원버스 안에서 시달리는 모습들. 모든 움직이는 모습들이 투명 유리를 통해 그대로 내 눈에 들어왔다. 나에겐 유리관 안으로 들어갈 길이 없었다. 잃어버린 길을 찾아 내 눈은 정보지 위에서 헤매고 있었다.

—「바람은 길이 없다」

백정희의 소설을 읽으며, 나는 일본의 사회학자 하시모토 겐지(橋本健二)의 '계급도시'라는 문제의식을 떠올렸다. 위에서 거론한 세 편의 소설에서 등장인물과 화자를 "세상 밖에 홀로 서 있는 느낌"과 같은 극단적인 무력감과 고립감을 초래하게 만드는 근본적인 원인은 이명박 정권의 성립 이후 본격화된 젠트리피케이션(지역 부유화)과 도시 공간의 재개발에 따른 거주민의 계급적 분리 및 원주민의 추방이라는 사태다.

토지 위에 사회가 투영된 것이 도시라면(앙리 르페브르), 백정희의 소설 속에 묘사되는 도시 공간은 투기화된 자본에 의해 원주민인 빈자들의 생명과 생존권이 압살되고 박해당하는 차가운 배제와 폭력의 공간으로 반복적으로 제시된다. 뉴타운/신도시와 같은 미끈한 개발의 용어들을 통해서 괴물처럼 확장되는 것은 공간을 더 촘촘하게 자본화하는 물질적 탐욕과 욕망이다. 그것은 만족을 모르며 비대해지면서 희생양을 찾아내는데, 주거 난민으로 전락하게 되는 소설 속의 인물들이 그들이다. 아무런 죄 없이 이들은 단지 경제적으로 빈곤하다는 이유 때문에, 뿌리내리고 싶어했던 장소로부터 지속적으로 배제되고 추방된다.

몇 년 전 건설회사 출신 정치꾼인 서울시장이 내뱉은 공약으로 인해 뉴타운 재개발 바람은 온 나라를 휩쓸어 흔들었다. 회오리치는 뉴타운 바람과 함께 부동산업자들과 집주인들은 어깨동무를 하고 웃는 동안 가난한 세입자들은 천둥에 개 쫓기듯 이리저리 쫓겨 다녔다. 비를 피할 곳 머리를 눕혀 잠들 지상의 방 한 칸을 찾아 헤매고 있었다. 어느 곳에서도 그녀에게만은 손톱만 한 공간으로도 들어오라는 손짓이 없었다. 그녀는 이 회색의 허름한 도시에서 낡은 책상과 책장과 책이 전부인 이삿짐 보따리를 끌고 이 골목 저 골목으로 쫓기고 또 쫓기는 생활의 연속이었다. 셋방살이에 지쳐 깊은 절망감을 느끼고 산 지 몇십 년 세월이었다.

—「계단 위에 있는 집」

세입자는 추방되지만 집주인과 부동산업자들은 개발이익을 꿈꾸고, 새롭게 건설된 도시 공간에는 이 장소와 완전히 무관한 새로운 중산층들이 거주하게 된다. 도시에서 추방된 빈자들은 도시 경계의 끝으로 난민처럼 밀려나게 되는데, 그런 과정에서 도시 공간은 계급적 경계구획을 더욱 명백하게 만든다. 이른바 '계급도시'로의 전면적 구조변화가 나타나게 되는 것이다.

「마지막 집」에는 도시의 변두리로 끝없이 밀려나던 주인공 인영이 우여곡절 끝에 LH임대아파트에 입주하게 되는 상황이 제시된다. 그곳은 도시의 "막다른 길 끝자락 골짜기 같은 곳에 서 있는 아파트"였는데, 사방을 둘러보아도 가게 하나 없는 개구리와 맹꽁이의 서식처에 인접한 곳으로 묘사되고 있다. 임대아파트에 입주함으로써 일단 주거난민으로서의 최악의 공포는 피했을지 모르지만, 그렇다고 해서 인영이 심리적 안정감을 회복하게 되는 것은 아니다. 입주할 때는 몰랐지만 임대아파트와 동일한 구조로 지어진, 인접한 일반 아파트와의 계층적·계급적 위계에서 오는 차별적 시선과 상징폭력을 일상적으로 경험하게 되기 때문이다.

> 통장의 말을 듣고 자세히 보니 정말 그랬다. 인영이 사는 임대아파트 단지와 옆에 있는 값비싼 일반 아파트 4, 5단지는 건물 자체부터 대조적으로 지어진 것을 확연히 알 수 있었다. 옆 4. 5단지는 아파트 들어가는 입구부터 무슨 궁전 대문처럼 대리석으로 웅장함이 느껴지도록 거창하게 만들어놓았다. 아파트 벽도 인영이 살고 있는 임대아파트와 확연히 다른 값비싼 자재였다. 인영은 4, 5단지를 들어가 둘러보면 대리석을 필요 이상으로 세워놓고 위압감이 느껴지는 많은 조형물을 조성해놓은 것을 볼 수 있었다.
>
> —「마지막 집」

임대아파트와 일반(민간) 아파트를 상징적으로 구별 짓기 위한 차별적 공간 디자인도 위화감을 자아내지만, 임대아파트 주민들에 대한 노골적인 차별 언동 역시 계층적·계급적 구별 짓기의 명백한 폭력을 잘 보여준다. "2단지에 살면 이 동네에서는 팽 당해요." "임대아파트라고 학교 아이들도 따돌림당하고 그래요." "임대아파트 사는 사람들이나 이 동네 후진 B마트에 다니지 4, 5단지 일반 아파트 사는 사람들은 코스트코나 큰 마트에 가서 물건을 사 와요."와 같은 명백한 모욕 발언이 아무렇지도 않게 발설되는 일상적 현실은 뻥튀기된 물질적 탐욕과 욕망이 결과적으로는 인간적 품위와 염치 모두를 몰각하게 만들어버린, 지금 이곳의 속물주의적 세태를 투명하게 보여준다.

4

지금까지는 '계급도시 안에서 살아가기'를 주제로 한 작품들을 중심으로 살펴왔지만, 이 소설집에는 그 밖에도 인상적인 두 편의 소설이 존재한다.

「말바우시장」은 일종의 환상소설의 수법으로 쓰여진 작품으로, 광주항쟁기에 계엄군의 총탄을 맞은 상흔을 가진 인순의 신산스러운 죽음에 대한 회상에 바쳐지고 있는 작품이다. 어느 날 죽은 인순으로부터 광주의 '말바우시장'으로 내려오라는 전화를 받는다. 이미 죽고 없는 동생의 전화는 비현실적이지만, '나'는 고속버스를 타고 평소 동생이 즐겨 찾던 팥죽을 파는 시장의 노포를 찾아가 동생과 함께 팥죽을 먹고, 신발을 사고, 동생의 집으로 동행하지만, 소설의 종결부를 보면 이것은 무덤 앞에서의 회상으로 드러난다.

작가에게 이 소설에서의 광주의 '말바우시장'이나 「외양간 풍경」에 등장하는 갑철의 고향 '목포 고화도'와 같은 장소는 인간적 친밀성으로 충만한 '실존적 장소 의식'을 강렬하게 환기시키는 원체험적 공간이다. 그것은 앞에서 언급한 '집 연작'에서 날카롭게 파열음을 뿜어내는 '계급도시'의 익명성과 이해관계로 점철된 자본의 폭력적 공간과는 의미론적으로 대비되는 공간이다. 무엇보다도 이 두 편의 소설에서는 실존적 장소 의식과 인간화된 기억을 의식적/무의식적으로 환기시키는 것은 호남 방언이다. 이것은 계급도시에서의 싸늘한 표준어나 익명화되어 고립되어 있는 소설적 배경과는 그 결을 달리하는 입체적인 정념으로 충만해 살아 숨쉬는 역동적 장소이다. 무엇보다도 이 장소성을 특징짓는 것은 싸늘한 이해관계로 작동되는 자본의 논리가 틈입하지 않는 살아 숨쉬는 장터의 다성성(多聲性)과 떠들썩함이다.

벤자민 브리튼의 〈진혼교향곡〉이 소설 안에서 내내 진동하는 작품 「진혼교향곡」은 한국 문단에서 종종 벌어지는 표절/도용 사태를 그린 작품이다. 작품의 화자인 '나'는 어느 날 함께 습작 모임을 함께 했던 '정임'으로부터 인물들의 대화를 호남 방언으로 바꿔달라는 요청을 받는다. 알고 보니 그것은 자신의 작품을 교묘하게 형태를 바꿔 표절한 것이었다. 등단에 목마른 습작기 예비 문인들 간에 벌어진 사태로 서술되고 있지만, 이 소설 안에는 또 하나의 표절 사태가 거론된다. 1980년대 아마추어 문학도였던 화자의 후배 '명선'은 시대의 우울을 극화

한 희곡을 썼다. 그런데 시간이 한참 흘러 그 작품을 어느 유명한 남성 작가가「왕은 어떻게 만들어지는가」라는 제목으로 도용해 한 문학상을 받았다는 것이다.

이것을 화자는 "작품의 유괴"로 표현하면서, 정임에 의해 표절/도용 당한 자신의 현실과 연결시킨다. 소설을 더 읽다 보면 정임은 표절/도 용한 작품으로 한 신문사의 신춘문예로 등단하게 되지만, 정작 원작 가인 자신은 "돈도 못 벌고 글도 못 쓰고 그렇다고 곰보도 째보도 다 하는 결혼도 하지 않은 채 세월만 솔솔 까먹고 있"다. 화자의 말처럼 "남의 글을 훔치는 짓은 남의 영혼을 죽이는 살인 행위"가 분명하다. 그런데 소설 바깥은 물론 문단 현실을 살펴보더라도, 이러한 표절 사 태는 드물지 않게 나타나고 있다. 소설 속에서의 이러한 부조리한 상 황은 단지 한 무명 작가의 절규로 한정될 수 있는 문제는 아니다. 이 것은 글쓰기의 윤리를 묻고 작가정신의 본질을 상기시키는 소설적 질 문이다.

백정희의 소설을 읽어나가면서, 나는 내내 '존재론적 거주 근거'의 문제에 대해 생각했다. 계급도시에서 주변화되어 추방되어버릴 수밖 에 없었던 인물들, 문학의 영토에서조차 작품을 도용당하고 분노와 절 망에 휩싸여 앓기를 반복하는 인물들. 그런 이들에게 유토피아는 항상 과거에 있지만 돌아갈 수 없고, 끝없는 배제와 폭력에 직면하게 만드 는 존재의 무근거성. 이런 것들을 거슬러 작가는 우리에게 진실한 문 학과 삶의 존재 근거와 장소에 대해 거듭 묻고 있었던 것은 아니었을까. 이 소설집이 백정희의 존재론적 거주 근거를 문학과 현실 모두에서 견고하게 구축하는 계기가 될 수 있기를 진심으로 기대한다. 계급 도시에서 인간화된 도시로 가야 할 길이 우리 앞에 아득하게 펼쳐져 있다.

李明元 | 문학평론가, 경희대 후마니타스칼리지 교수